Peter Meisenberg

Schwarze Kassen

Kommissar Löhrs erster Fall

Emons Verlag Köln

Umschlaggestaltung: Atelier Schaller, Köln
Umschlagzeichnung: Heribert Stragholz
Umschlaglithografie: Media Cologne GmbH, Köln
Druck und Bindung: Clausen & Bosse GmbH, Leck
Printed in Germany 2004
ISBN 3-89705-171-0

www.emons-verlag.de

Für Susi

»Kommt die Familie Schmitz in den Himmel«, polterte Jupp, der die Beerdigung als erster verlassen haben mußte, denn er kippte nach diesem verheißungsvollen Introitus mit Sicherheit nicht den ersten Asbach. »Sind komischerweise alle beide auf einmal gestorben, die Schmitzens. Jedenfalls kommen die in den Himmel, und der Petrus führt die da durch und will denen ihr neues Zuhause zeigen.«

Tante Irmi begann, mit Löhr zu füßeln und ihn von der Seite zu fixieren. Aber er tat so, als konzentriere er sich vollkommen auf Jupps Erzählkunst.

»Kommen die zuerst durch so 'ne Siedlung mit netten Einfamilienhäuschen. ›Poh‹, sagt die Frau Schmitz: ›Eso wat Schönes hammer in Ehrenfeld aber nit jehabt.‹ Doch der Petrus sagt: ›Et jeht noch weiter.‹ Kommen sie als nächstes in en Viertel mit richtig satten Villen. ›Mein Jott‹, sagt die Frau Schmitz. ›Doch nit etwa hier! Dat ist ja wunderbar!‹ Doch der Petrus sagt: ›Et jeht noch weiter.‹«

Löhr bekam einen kräftigen Tritt vors Schienbein. Der Schmerz war so heftig, daß er diese Annäherung Tante Irmis nicht mehr ignorieren konnte.

»Gut, daß das mein Holzbein war«, sagte er mit schmerzverzerrtem Gesicht, und Tante Irmi sah ihn dabei voller Mißbilligung an.

»Kommen sie schließlich und endlich durch 'nen riesigen Park mit Kieswegen, 'ner Allee und so wat alles und am Ende vom Park eine prächtige weiße Villa. Säulen, Erker, Türme. Alles dran. ›Doch nit etwa hier sollen wir wohnen?‹, fragt die Frau Schmitz den Petrus. Doch der Petrus nickt: ›Genau hier.‹ Da fährt die Frau Schmitz wütend ihren Mann an und schreit: ›Du mit deinen Knoblauchpillen! Dat hätten mir doch schon viel früher haben können!‹«

Die Runde lachte. Jupp natürlich am lautesten. Nur Tante Irmi lachte nicht, sondern nutzte die Geräuschkulisse, um sich endlich an Löhrs Ohr festzubeißen.

»Also machst du dat jetzt, dat Helga obduzieren lassen?« fragte sie in einem Ton, als stünde es bereits fest, daß er es machte und als wäre es nur noch eine Frage des Zeitpunktes.

»Also hör mal! Wie denkst du dir das? Dafür gibt es doch überhaupt keinen Grund«, sagte Löhr.

»Keinen Grund? Ich habe *Beweise*, dat dat Lisa dat Helga vergiftet hat!«

»Der Arzt hat doch einen Totenschein ausgestellt, nicht? Und soviel ich weiß, ist Tante Helga am Schlag gestorben.«

»Am Schlag!« Irmis Stimme überschlug sich. »Natürlich ist die am Schlag gestorben. Aber woher kam der Schlag?«

»Gott! Die meisten Hövelers sterben am Schlag. Familienkrankheit. Und außerdem war Tante Helga schon siebenundsechzig!«

»›Schon‹! Ist dat dann en Alter? Siebenundsechzig! – Enä, Jakob! Der Schlag kam davon, dat dat Lisa dat Helga mit Gift gefüttert hat. Laß et dir gesagt sein. Ich habe Beweise!«

»Tante Irmi! Denk doch mal einen Augenblick lang nach! Die Tante Lisa sitzt seit Jahren im Rollstuhl. Die kann ihre rechte Hand nicht mehr bewegen. Sie ist pflegebedürftig. Und wie sollte sie überhaupt an Gift kommen?«

»Die hat ihre Pillen gebunkert. Schwere Tabletten. Ganz gefährliche Sachen. Und dann hat sie die dem Helga unters Essen gemengt!«

Statt zu antworten, atmete Löhr tief aus. Genau so hatte er es kommen gesehen. Daß sich die Hövelers untereinander nicht immer so grün waren, wie sie nach außen taten, das wußte er. Er brauchte nur seine Mutter über ihre Schwestern und Brüder reden zu hören, da schwang zwischen den Zeilen immer eine gehörige Portion Gehässigkeit mit. Und er hatte Zeiten erlebt, in denen zwei Geschwister dermaßen zerstritten waren, daß sie monate-, manchmal jahrelang nicht miteinander sprachen. So wie im Augenblick Toni und Lisa. Aber so was! Der eigenen Schwester einen Giftmord in die Schuhe schieben zu wollen! Das war absurd. Welcher Teufel mochte Tante Irmi reiten? Warum zettelte sie eine solch perfide Intrige an? Und vor allem: Warum mußte sie ausgerechnet ihn da mit hineinziehen? Wieso war er immer und immer wieder zuständig für alle strittigen Familienangelegenheiten – nicht nur der Hövelers, sondern auch der Löhrs? Warum hatten sie sich alle ausgerechnet ihn zum Sündenbock, Friedensstifter, Seelenklempner und Schiedsrichter ausgesucht? Doch nicht etwa bloß, weil er der einzige Polizist in der Familie war?

»Dat ist doch für dich 'ne Kleinigkeit, Jakob. Du in deiner Position. Und ich sage dir: Du kriegst 'nen Fall, da wird janz Köln von sprechen!«

»Tante Irmi!« Löhr hatte sich entschlossen, Irmis Motive für diese abgründige Unterstellung zuerst einmal ganz auszuklammern, sich gar nicht erst zu fragen, wie und weshalb sie dazu käme, sondern einfach stur formalistisch weiterzuargumentieren. »Das ist nicht so einfach, wie du dir das vorstellst. Ich selbst kann gar keine Obduktion anordnen. Das kann nur der zuständige Staatsanwalt.«

»Dann sagste dem eben dat, so wie et ist!«

»Ja, was denn, Tante Irmi? Soll ich ihm sagen, daß meine Tante Irmi gesagt hat, meine Tante Lisa hätte meine Tante Helga mit Pillen umgebracht?«

»Ich habe *Beweise*, Jakob!«

***

Auf dem Gang den Hauptweg von Melaten herunter, als vor ihm ein Meer dunkler Regenschirme wogte, hatte Löhr noch trotz des traurigen Anlasses grinsen müssen. Er hatte an den alten Glauben gedacht, nach dem man vom Wetter am Tag der Beerdigung auf den Charakter des Verstorbenen schließen konnte. Danach hätte Tante Helga eine gute Frau gewesen sein müssen. Es hatte nicht in Strömen gegossen. Das wäre auch gegen den Glauben vom guten Charakter gewesen. Nein, einem guten Menschen regnete es Bindfäden ins Grab. Und es hatte Bindfäden geregnet. Und zwar schon den ganzen Morgen lang. Um dem Glauben Genüge zu tun, hatte Löhr, dann doch ein wenig verärgert angesichts der inzwischen von Lehmspritzern bedeckten Beerdigungsschuhe und der versauten Hosenaufschläge denken müssen, um dem Glauben zu genügen, hätte es vollkommen gereicht, wenn der Bindfadenregen erst während der Versammlung der Trauergemeinde um das offene Grab begonnen und nur wenige Minuten gedauert hätte. Aber so war Tante Helga wohl gewesen. Zu gut.

Helga war eine ältere Schwester seiner Mutter gewesen, eines der sieben Kinder von Opa Jakob und Oma Agnes. Helga hatte nie geheiratet, und der Grund dafür war, so lautete zumindest die Familiensaga, daß sie eben so gut gewesen war. »Ach, dat Helga ess e su e herzensjot Minsch!« Das klang Löhr seit seiner frühesten Kindheit in den Ohren. Da war Opa Jakob bereits am Schlag gestorben, und Tante Helga besorgte ihrer Mutter den Haushalt. Aufopferungsvoll. Sie hatte sich immer aufgeopfert für andere. Später, nachdem Oma Agnes ins Altersheim mußte, besorgte Helga ihrem ältesten Bruder, Onkel Bruno, den Haushalt. Onkel Bruno war der Stolz der katholischen Hövelers. Der einzige der Familie, der es zum Priester gebracht hatte. Fünfzehn Jahre war Tante Helga seine Haushälterin in drei verschiedenen Pfarreien der Stadt gewesen, bis Onkel Bruno zum Vorsteher des Priesterseminars in Bonn berufen worden war, wo Frauen bekanntermaßen nicht hineindürfen. Aber wie um ihren Willen, sich für andere aufzuopfern, auf die Probe zu stellen, ergab es sich gleich nach Onkel Brunos klerikalem Karrieresprung, daß Tante Lisa, Helgas zwei Jahre jüngere Schwester, einen Schlaganfall erlitt – die Hövelersche Familienkrankheit – und pflegebedürftig wurde. Es war beinahe selbstverständlich, daß Tante Helga zu ihr zog, sie pflegte und ihr den Haushalt besorgte. Das war alles, was Löhr über Tante Helga wußte, die er mit zu Grabe getragen hatte. Natürlich hatte Onkel Bruno es übernommen, die Grabrede zu halten. Löhr hatte ab und zu zwischen den Regenschirmen seinen violetten Talar an der Spitze des Trauerzuges aufleuchten sehen.

Sie waren an einer der monumentalen Kölner Familiengrabstätten vorbeigezogen, einer von zwei gewaltigen Todesengeln flankierten Gruft; Löhrs Gedanken waren von Tante Helgas aufopferungsvollem Leben abgeschweift, und sein Blick war an der ausdruckslosen Miene eines der beiden Todesengel hängengeblieben. An seinen eigenen Tod gatte er sonst so gut wie nie gedacht. Nur eben bei solchen Gelegenheiten. Und die, so war es ihm vorgekommen, hatten sich in der letzten Zeit gehäuft. Erst vor zwei Wochen hatte er Onkel Willi beerdigt, den älteren Bruder seines Vaters … Ein Zwicken in seinem linken Oberarm riß ihn aus den trübsinnigen Friedhofsgedanken. Er brauchte sich nicht umzudrehen, um den Urheber des Schmerzes auszumachen. Onkel Toni, der jüngste Bruder seiner Mutter. Kneifen, Zwicken, Pitschen waren seit jeher Onkel Tonis Leidenschaft. Kaum daß sie dem Krabbelalter entwachsen waren, hatte Onkel Toni sämtliche Kinder der Familie mit seinem Kneifen traktiert. Und wenn sie schrien oder sich wehrten, hatte er sie mit Geld geködert, damit sie sich freiwillig seiner Tortur aussetzten:

»Willste e Pitscherchen, kriegste ene Groschen.« Pitscherchen-Toni also.

»Na, wie ess et, Jung?« Tonis rote Knollennase glänzte regennaß, und seine Miene entsprach keineswegs dem Anlaß. Immerhin war Helga seine Schwester gewesen.

»Danke. Und selbst?«

»Du weißt doch. Schlechte Minsche jeht et immer jot.« Was nur eine Redensart sein konnte. Toni hielt sich keineswegs für einen schlechten, sondern im Gegenteil für einen ausgesprochen warmherzigen Menschen. Löhr war selten jemandem begegnet, bei dem Anspruch und Wirklichkeit in bezug auf die eigene Person dermaßen auseinanderklafften wie bei Onkel Toni.

»Wo häste dann ding Irmgard jelosse?«

Ein weiteres Beispiel für Tonis Impertinenz. Denn der wußte natürlich genau, daß Löhrs Frau Familientreffen der Löhrs oder der Hövelers – welcher Art auch immer – mied wie der Teufel das Weihwasser. Löhr nahm sich fest vor, Toni dafür zu bestrafen und sich das nächste Mal taub zu stellen, wenn eine seiner beiden Töchter wieder einmal in Schwierigkeiten stecken und Toni ihn händeringend um Beistand anflehen würde.

»Die hat ihre Migräne.« Selbstverständlich war das eine Lüge. Irmgard litt nie unter Migräne. Irmgard war das blühende Leben und hielt sich derzeit zu einem Aquarellkurs in Siena auf. Löhr hätte sich eher die Zunge abgebissen, als Toni davon zu erzählen.

»Ach so.« Tonis Grinsen war ein eindeutiges Signal, daß er Löhr kein Wort glaubte.

Der Trauerzug näherte sich dem frisch aufgeworfenen Grab, teilte sich, und Löhr nutzte die Gelegenheit, sich Onkel Tonis Nähe zu entziehen, indem er so tat, als wolle er unbedingt auf der anderen Seite des Grabes neben dem Rollstuhl seiner Tante Lisa zu stehen kommen, woraufhin Toni prompt zurückblieb, denn mit seiner Schwester Lisa lag er seit Jahren in Fehde. Löhr drängte sich durch die Trauergemeinde, dabei immer wieder den Spitzen der Regenschirme ausweichend, kam aber nicht sehr weit, denn da hatte ihn plötzlich der Blick seiner Tante Irmi getroffen, und dieser Blick hatte ihm befohlen, auf der Stelle an ihre Seite zu kommen.

Irmi war die einzige der Schwestern seiner Mutter, die es, wenn auch durch Heirat, zu Wohlstand gebracht hatte. Zu dieser glücklichen Fügung hatte ihr zweifellos ihr stattliches Äußeres verholfen, denn im Gegensatz zu den anderen, etwas klein geratenen und samt und sonders, einschließlich seiner Mutter, mit nicht besonders edlen kleinen Knollennasen versehenen Höveler-Mädchen verfügte Tante Irmi über ebenmäßigere Züge und über eine als üppig zu bezeichnende Figur. Ihre Schönheit war allerdings im Laufe der Zeit durch einen unangenehmen herrischen Zug beeinträchtigt worden. Und eben ein solcher Gutsherrinenblick hatte Löhr gerade getroffen, ein Blick, der ihm bedeutete, daß Tante Irmi ihm etwas äußerst Wichtiges mitzuteilen hatte.

Brav hatte Löhr seiner Tante zugenickt und sich neben sie gestellt, um dann seinem Onkel Bruno zuzuhören, der, flankiert von zwei Meßdienern, von denen der eine einen Regenschirm über ihn hielt, während der andere unverdrossen ein Weihrauchfäßchen schwenkte, eben mit der Traueransprache begonnen hatte. Er gab sich, wie Löhr bemerkte, keine besondere Mühe, eigene Worte für die Würdigung des guten Charakters seiner verblichenen Schwester zu finden; die Formeln und Floskeln, die er benutzte, klangen zwar salbungsvoll und getragen, aber auch ebenso leer und abgedroschen. Löhr hätte ein bißchen mehr echtes Mitgefühl von seinem Onkel erwartet. Schließlich hatte er lange Zeit mit der Toten eine harmonische Lebensgemeinschaft gebildet. Oder war die vielleicht doch nicht so ganz harmonisch gewesen? Vielleicht, dachte er, treibt der Regen Onkel Bruno zu solcher Eile und Nachlässigkeit, und vielleicht denkt er schon wie all die anderen an die trockene und warme Kneipe, wo sie sich gleich zum Totenschmaus treffen würden. Er hatte sich in der ums Grab stehenden Trauergemeinde umgeblickt, und wie immer bei solchen Anlässen war ihm ein wenig warm ums Herz angesichts all der ihm seit seiner frühesten Kindheit vertrauten Gesichter geworden. Wenn er sie alle so versammelt sah, empfand er sich als Teil eines Stammes, und obwohl er wußte, welche Gemeinheiten sich die Mitglieder dieses Stammes gegenseitig zufügen konnten, war dies immer ein sehr wohliges Gefühl der Geborgenheit in einer großen Gemeinschaft.

Tante Irmi hatte ihn an seinem Mantelärmel gezupft, und ihr Blick zwang ihn, sein Ohr ihrem Mund zu nähern.

»Da ist was nicht in Ordnung«, hatte Tante Irmi geflüstert und Löhr hatte sehen können, wie der Zeigefinger ihrer rechten Hand zitternd auf den Sarg deutete, dessen poliertes Holz Onkel Bruno soeben mit der ersten Schippe Sand verunzierte. »Du mußt sie obduzieren lassen!«

»Oh nein!« Löhr hatte gewußt, was auf ihn zu kam. Eine Gänsehaut zog sich ihm schlagartig über Arme und Rücken. Nicht schon wieder eine Familientragödie!

»Doch!« Tante Irmis Stimme hatte so herrisch wie nie zuvor geklungen, um dann in ein zischendes Flüstern umzuschlagen. »Dat Lisa hat dat Helga vergiftet!«

Anschließend hatte er sich dann von Tante Irmi fernhalten können, bis die Familienmitglieder sich im »Steinbüchel« zum Totenschmaus versammelten. Löhr war schon widerwillig entschlossen gewesen, sich an dem Tisch von Onkel Toni und seiner Familie niederzulassen, obwohl er sah, daß dessen Tochter Waltraud einen verräterischen blauen Fleck unterm linken Auge nur unzureichend kaschiert hatte. Da hatte es wohl mal wieder Zoff mit ihrem Kerl gegeben, und Löhr würde mal wieder um juristischen oder sonstigen Beistand angegangen werden. Wonach ihm überhaupt nicht der Sinn stand – aber immer noch besser, als sich Tante Irmis Gruselgeschichte anhören zu müssen. Doch vergeblich.

»Jakob!« hatte Irmis Feldwebelstimme durchs Lokal gedröhnt, und es wäre aufgefallen, hätte er nicht darauf reagiert. Es gab kein Entrinnen.

Bis vor ein paar Augenblicken war sie nicht dazu gekommen, ihn anzusprechen, denn Jupp, ihr Mann, dominierte die Runde mit Beerdigungswitzen. Jupp Kleinschmidt besaß einen Gebrauchtwagenhandel in Vogelsang – und genau so sah er auch aus. Die schütteren, vormals blonden Haare in einer langen Strähne zweimal um den blanken rosigen Quadratschädel gewickelt, ein Gebiß wie ein Gaul – der ganze Mann war mit der Konstitution eines Pferdes versehen. Sein Verstand unterschied sich allerdings von einem Pferdeverstand, denn Jupp konnte rechnen. Und wie. Eine Villa in der Marienburg und zwei Mietshäuser in Nippes waren bei seinen Rechenkünsten rumgekommen. Löhr war froh, nicht im Betrugsdezernat zu arbeiten. Er hätte drauf gewettet, daß Jupp kein Unbekannter war.

Natürlich ließ Tante Irmi nicht locker. Sie war nicht nur eine Höveler, sondern auch die Gattin eines Gebrauchtwagenhändlers. Löhr atmete noch einmal schwer ein und tat so, als ließe er sich die ganze Sache durch den Kopf gehen. Tatsächlich aber dachte er nicht im geringsten daran und schwor sich, nicht danach zu fragen, welche »Beweise« Irmi genauer meinte. Die mit einem Kranz Kölsch auftauchende Kellnerin schien ihm eine Verschnaufpause verschaffen zu können. Gierig griff er nach einem Kölschglas. Doch in dem Augenblick, in dem er es an den Mund heben wollte, tauchte sein Kollege Esser auf. Er nickte mit gesammelter Miene der Trauergesellschaft an seinem Tisch zu und wandte sich dann mit säuerlichem Unterton an Löhr.

»Wir müssen raus, Jakob.«

»Alles klar.« Löhr erhob sich und ließ eine Zentnerlast auf seinem Stuhl neben Tante Irmi zurück. Er klopfte mit den Knöcheln seiner Rechten auf den Tisch. »Der Dienst!« Dann wandte er sich schnell um und folgte seinem Kollegen, der bereits am Durchgang zum Schankraum war.

»Ich ruf dich an, Jakob!« Das war kein Versprechen, was ihm da in Tante Irmis Stimme hinterher klang. Das war eine Drohung.

***

»Daß du immer noch kein Handy hast!« Esser fuhr den zweiten Gang des Dienst-Mondeos bis in den roten Bereich aus. Er war sauer.

»Ein Handy, Rudi! Seh ich aus wie'n Filmproduzent?«

»Jeder hat heute ein Handy. Die ganze Dienststelle.«

»Wer ein Handy hat, Rudi, der hat kein gut funktionierendes Büro.«

»Du meinst, du brauchst kein Handy, weil du mich hast?«

Dazu schwieg Löhr. Er wollte Esser nicht noch mehr reizen. Denn alles, was er zu dessen Behauptung hätte sagen können, wäre ein mehr oder weniger gewundenes »Ja« gewesen. Ohne Esser wäre er aufgeschmissen, so, wie es um seine Auffassung vom Dienst stand. Nicht, daß er ein schlechter Kriminalpolizist gewesen wäre. Er hatte einige verzwickte Fälle sozusagen im Handumdrehen gelöst, für die andere Kollegen Monate gebraucht hätten. Er hatte nur etwas gegen Routinearbeit, etwas gegen Akten, etwas gegen allzu enge Einhaltung lächerlicher Dienstvorschriften, etwas gegen Speichelleckerei gegenüber Staatsanwälten, also schlicht gegen all das, was siebzig Prozent der normalen Polizeiarbeit in einem Mordkommissariat ausmacht. Warum war er dennoch ein ebenso erfolgreicher Kriminalist wie die meisten Kollegen des KK11, ja, manchmal sogar noch ein bißchen erfolgreicher als die anderen?

Ein Tag, der mit einer Beerdigung begonnen hatte, war ein guter Tag, um sich mal ein paar Gedanken über sich selbst zu machen. In aller nötigen Bescheidenheit. Doch auch in Bescheidenheit konnte er von sich sagen, daß er trotz seiner eher lässigen Dienstauffassung den einen oder anderen kriminalistischen Coup gelandet hatte. An so etwas wie Aura oder Charisma konnte es nicht liegen. Er wußte, er besaß weder das eine noch das andere. Wenn es da überhaupt einen Unterschied gab. Er kam sich eher ziemlich durchschnittlich vor. War durchschnittlich groß, sogar eher unterdurchschnittlich, also eher klein. Nicht besonders drahtig, also eher ein bißchen zu dick. Durchschnittlich attraktiv, also nicht so ganz gut aussehend, eher unauffällig: schütteres Haar, Schmerbäuchlein und all das, was einen Mann über die Vierzig auszeichnet oder wohl eher nicht auszeichnet. Noch nicht einmal ein Faible für gepflegte Garderobe besaß er – ganz im Gegensatz zu Esser. Also eher schlampig gekleidet. Obwohl schlampig auch wiederum nicht stimmte. Er hatte halt bloß eine Vorliebe für seine alten Jacketts, es fiel ihm einfach schwer, sich von ihnen zu trennen, auch wenn Irmgard, seine Frau, schon das dritte Paar Lederschoner auf die Ärmel genäht hatte.

Esser dagegen … Nun ja. Warum er bei all dieser Durchschnittlichkeit – also eher Unterdurchschnittlichkeit – trotzdem ein in seltenen Fällen genialer Kriminalist war? Es lag vielleicht daran, daß er ein bißchen besser und ein bißchen geduldiger zuhören konnte als die meisten anderen. Sich ein bißchen mehr in andere hineinversetzen konnte, sich zwei oder drei Gedanken mehr darüber als andere machte, was in den Köpfen und den Gemütern anderer Leute vorginge. Nun gut. Als Kriminalist waren diese Eigenschaften sicher sehr nützlich. Aber waren sie es auch für ihn als Mensch? Manchmal hätte er liebend gern auf sie verzichtet. Denn einer, der gut zuhören kann und der sich Gedanken über andere macht, den nutzt man auch gern aus. Und so wurde er immer und immer wieder in Familienangelegenheiten hineingezogen, über die er so genau gar nicht Bescheid wissen wollte. Immer, wenn man in der Familie glaubte, einen Richter oder Regulator zu benötigen, an wen wandte man sich dann? Lieber hätte er dem Wachsen und Gedeihen seiner zahlreichen Verwandten als wohlgefälliger Beobachter zugeschaut. Aber so, wie sich die Dinge nun einmal entwickelt hatten, war er oft genug mehr in Familienangelegenheiten unterwegs als in dienstlichen …

»Wenn du ein Handy hättest, hätt ich nicht wie ein Blödmann über Melaten laufen und mich zu der Kneipe durchfragen müssen, in der du versackt bist.« Esser ließ nicht locker.

»Ich bin nicht versackt, Rudi. Ich hab kein einziges Kölsch getrunken.«

»Trotzdem. Du wolltest nach der Beerdigung gleich zum Dienst kommen.«

»Rudi! Nach ‘ner Beerdigung geht man mit den Angehörigen in ‘ne Kneipe. Das ist eben so. Das gehört dazu.«

»Wenn du ein Handy hättest, hättest du wenigstens Bescheid sagen können.«

»Es ist doch jetzt alles in Ordnung, Rudi, oder? Ich bin doch hier.«

»Ja. Weil ich wieder mal deinen Chauffeur und dein Kindermädchen spiele.«

»Tut mir leid«, sagte Löhr und versuchte so etwas wie Zerknirschung in seiner Stimme mitklingen zu lassen. Er hoffte, daß dies Esser nun endlich beruhigen würde. Natürlich hatte Esser recht. Er *war* sein Kindermädchen, er *war* sein Chauffeur, und er war noch einiges mehr. Vor allem aber war er eine Seele von Mensch, und Löhr würde ihm auf immer und ewig dankbar sein. Auch wenn Esser meistens reichlich distanziert auf Löhrs familiäre Eskapaden reagierte und ab und an sich querstellte und drohte, die Brocken hinzuschmeißen. Wenn einer wie Esser immer den Kopf für den anderen hinhält und einem die Drecksarbeit vom Halse hält, dann hat er auch das Recht, von Zeit zu Zeit mal aufzumucken. Andererseits: Wo ein Geben ist, ist auch ein Nehmen. Schließlich war es nicht so, daß Esser ganz umsonst die Aktenarbeiten für Löhr erledigte, ihm unangenehme Telefonate abnahm und ihn bei überflüssigen Dienstbesprechungen vertrat. Esser hatte auch seine Leichen im Keller. Genauer gesagt, eine. Und die war das Gegenteil von tot. Esser hatte eine Freundin, die er peinlichst vor seiner Frau geheimhielt, und Löhr deckte dieses Verhältnis mit allen ihm zur Verfügung stehenden Mitteln. Nicht etwa, daß er Ehebruch prinzipiell gutgeheißen hätte. Im Gegenteil. Er war Familienmensch und Scheidungsgegner. Nie und nimmer würde er sich von seiner Frau Irmgard trennen. Auch wenn sie so gut wie nie zu Hause, sondern ständig auf irgendwelchen Bildungsreisen war. Selbst wenn er gewußt hätte, daß sie auf diesen Reisen andere Zwecke als die der Bildung verfolgte. Er hätte es gar nicht wissen mögen. Er liebte Irmgard, und er war sicher, daß sie ihn auch liebte. Das genügte ihm. Er war ein Feind des Auseinanderreißens von Familien und langjährigen Beziehungen. Und genau aus diesem Grund deckte er Esser. Denn je länger Esser das Verhältnis zu seiner Freundin geheimhalten konnte, desto länger blieb seine Ehe im Lot.

»Wo fahren wir eigentlich hin?« fragte Löhr.

»Wohin wohl? Zum Tatort, Mensch!«

»Ach ja. Und wo ist das?«

»Wir sind gleich da.« Esser klappte den Blinkerhebel herunter. Löhr sah vor sich das Eingangstor zum Rheinauhafen.

»Doch nicht etwa 'ne Wasserleiche?« Fünfzehn Jahre Arbeit in der Mordkommission hatten es nicht vermocht, Löhr den Anblick halbverwester Leichen erträglich finden zu lassen. Allein schon sein vor allem am Morgen empfindlicher Geruchssinn verweigerte jeden Gewöhnungs- oder Abstumpfungsprozeß. Und da die Kripo »ungeklärte Todesfälle« bearbeitet und es sich bei den meisten »ungeklärten Todesfällen« um tote Junkies, Penner und vereinsamte Alte handelt, die in der Regel am Morgen auf öffentlichen Klos, unter Parkbänken und in verwahrlosten Wohnungen entdeckt werden, waren Löhrs Leichen bisher fast immer Morgen-Leichen gewesen.

»Nein. Keine richtige«, sagte Esser beruhigend.

»Was ist denn 'ne falsche Wasserleiche?«

»Der ist noch nicht geschwommen. Der lag unten. Einer von den Yachttypen wollte seinen Anker ausprobieren und hatte den plötzlich am Haken. Der ist noch ziemlich frisch.«

»Trotzdem«, sagte Löhr. »Das machst du. – Bitte!«

»Hat das bei uns beiden schon jemals wer anders gemacht als ich?« gab Esser zurück.

Zwei Streifenwagen hatten den Bergungsort der Leiche umstellt, und die Streifenpolizisten waren damit beschäftigt, die Schaulustigen fernzuhalten. Löhr sah einen dunkel gekleideten Körper auf einer gelben Plastikplane liegen, blieb in gehöriger Distanz dazu und wartete, bis Esser sich über den Toten beugte und mit seiner Untersuchung begann. Dann wandte er sich an eine Streifenpolizistin.

»Morgen. Löhr vom KK11. Haben Sie eine Ahnung, wo der Finder ist?«

»Da drüben. Auf dem Schiff.« Die Polizistin wies auf eine hellgraue Motoryacht, die zwanzig Meter weiter am Kai vertäut war. An der Reling stand ein rotgesichtiger Mann in einem marineblauen

Blazer und beugte sich so weit, wie es die Gesetze der Schwerkraft eben noch zuließen, vor, um Esser bei der Arbeit zuzuschauen.

»Danke«, nickte Löhr der Polizistin zu und erntete dafür ein fast gleichgültiges Achselzucken, das ihm signalisierte, er solle sich ja nichts auf seine Position hier einbilden. Löhr war angesichts solcher Gesten immer wieder verdutzt. Er wäre ohnehin nie auf die Idee gekommen, sich am Tatort etwas auf seine Stellung als Kriminaler einzubilden. Und daß er gegenüber Schutzpolizisten nicht weisungsbefugt war, wußte er auch. Wenn, dann hätte er sie lediglich freundlich *gebeten*, etwas für ihn zu tun.

Der Mann im blauen Blazer erzählte ihm ausschweifend und detailversessen das, was Esser ihm eben in einem Nebensatz geschildert hatte. Daß er mit seiner Yacht eine Probefahrt durchs Hafenbecken gemacht, dabei die Ankerkette ein Stück ausgefahren, die Klappvorrichtung des Ankers ausprobiert hatte und dann, als er den Anker wieder hochzog, den Toten am Haken gehabt hatte. Wie er denn gemerkt hätte, daß er so etwas Schweres wie den Mann dort hochzöge? wollte Löhr wissen. Der Blazer sah ihn an, als wäre Löhr ein Idiot.

»Dat hab ich natürlich überhaupt nicht gemerkt. Weil dat machen bei mir an Bord alles die Maschinen.«

Löhr sah verständnislos in das rote Gesicht seines Gegenübers. Der hob angesichts solcher nautischer Unkenntnis genervt die Augenbrauen.

»Die Ankerkette wird vom Diesel anjetrieben. Der Motor ist eso stark, da merkt man nix, da könnt 'n Ochs dranhängen.«

»Aha«. Der Blazer sah an Löhr vorbei, streckte den Hals, um zu beobachten, wie Esser den Toten umdrehte, ihm Hemd und Jackett bis zum Kopf hochschob und seinen Rücken untersuchte.

»Haben Sie vielleicht eine Vorstellung, wie der Mann hier ins Hafenbecken gekommen sein könnte?«

»Wat macht der da?« fragte der Blazer, statt Löhr zu antworten.

»Er untersucht die Leiche, ob vielleicht Fremdeinwirkung als Todesursache in Frage kommt.«

»Fremdeinwirkung? Meinen Sie denn etwa, der ist freiwillig in die Drecksbrühe gesprungen?«

»Womit wir wieder bei meiner Frage wären«, sagte Löhr.

Der Blazer ließ Luft durch seine geschlossenen Lippen ab, so daß ein Furzgeräusch zustande kam.

»Also, solang wie ich hier liege, ist hier noch nie einer reingesprungen. Wenn, dann springen die drüben von der Severinsbrücke in den Rhein.«

»Waren Sie heute nacht auf Ihrem Schiff?«

»Ich? Nä. Ich komm immer erst morgens um acht.«

»Gibt es denn jemanden im Hafen, der vergangene Nacht hier gewesen sein könnte?«

»Nit, dat ich wüßte. Ich kenn keinen mehr, der hier auf seinem Boot übernachtet, seitdem der Schäfers Nas tot ist.« Er sagte das mit einem Seitenblick, der verriet, daß er gern seine intimen Kenntnisse über das Leben des großen Gangsters loswerden wollte. Der hatte – das wußte jeder Streifenpolizist – jahrelang hier im Rheinauhafen auf einer Yacht gehaust. Doch Löhr verspürte keinen Bedarf, die Mythen der Kölner Unterwelt aufgewärmt zu bekommen. Er nickte dem Blazer zu: »Danke auch«.

Seine Personalien abzufragen, war überflüssig. Das hatten mit Sicherheit schon die Kollegen von der Streife gemacht. Er machte einen weiten Bogen um Esser und den Toten und sah, wie sich weiter abseits, nahe am Hafenbecken, zwei Männer in grünen Overalls über etwas am Boden beugten – Kollegen vom Erkennungsdienst. Er ging zu ihnen.

»Morgen. Was Besonderes?«

Der eine der beiden EDler hob kurz den Kopf, nickte Löhr zu und wies dann auf den Boden. Löhr erkannte, daß an dieser Stelle das Pflaster von einer Schlammschicht bedeckt war und sah im Schlamm den Abdruck von Autoreifen.

»Von einem Lkw«, sagte der EDler.

»Fahren viele Lkws hier lang?«

Der EDler schüttelte den Kopf. »Wir haben uns beim Hafenmeister erkundigt. Heute morgen war noch kein Lkw hier.«

»Also könnte die Spur von vergangener Nacht stammen?« fragte Löhr.

Der EDler nickte. »Ist noch ziemlich frisch.«

»Macht ihr einen Abdruck?« fragte Löhr.

»Was denn sonst?«

»Schönen Tag noch.« Löhr nickte den beiden Männern zu und schlenderte zurück zum Dienstwagen, setzte sich auf den Beifahrersitz und atmete schwer aus, so, als habe er bereits sein ganzes Tagewerk hinter sich gebracht.

Drei Minuten später öffnete sich die Fahrertür, und Esser ließ sich hinters Steuer plumpsen.

»Und?« fragte Löhr.

Statt gleich zu antworten, streifte sich Esser langsam die Latex-Handschuhe ab und stopfte sie hinter sich in eine Plastiktüte. Dann steckte er sich eine Zigarette an und inhalierte tief. In gewisser Weise bewunderte Löhr Esser. Nein, nicht bloß in gewisser Weise. Er bewunderte ihn. Obwohl er ständig rauchte und Löhr als Nichtraucher – von den zwei, drei Zigarren pro Woche einmal abgesehen – das störte. Zumal im Auto. Er bewunderte ihn, obwohl ihm die ständig wechselnden Eau-de-Toilettes Essers unangenehm in die Nase stiegen. Obwohl ihm Essers ständige Krawatten und immer neuen Anzüge und Jacketts reichlich deplaziert vorkamen. Aber Esser hielt sich nun einmal für einen attraktiven jungen Mann (er verleugnete ständig, daß er auch schon über vierzig war), und vielleicht war er das auch. Zumindest einigermaßen attraktiv. Löhr bewunderte ihn, obwohl er ständig wegen des Handys herumnörgelte und seine Frau betrog. Er bewunderte ihn, weil er ein so gewissenhafter Polizist war. Weil er Leichen untersuchen konnte, ohne daß ihm dabei schlecht wurde. Weil er –

»Der ist nicht ersoffen«, sagte Esser durch den Rauch seiner Zigarette. »So, wie ich das sehe, hat der ordentlich was drübergekriegt, Schädel, Halsbereich, Rippen, ein Arm gebrochen. Meiner Meinung nach war der schon tot, bevor er hier reingekippt wurde.«

»An die Möglichkeit hab ich auch schon gedacht«, sagte Löhr.

»Ach nee! Und wieso?«

»Der Typ drüben auf dem Boot meinte, hier wäre noch nie einer reingesprungen. Ist ja auch logisch. Wenn sich einer unbedingt ersäufen will, springt er in den Rhein und nicht in ein Hafenbecken.«

»Hm«, machte Esser. »Jedenfalls sind die Lungen voll Wasser gelaufen, und er ist innerhalb von ein, zwei Stunden abgesunken.«

»So wird's wohl gewesen sein.«

»Ich denke, wir beantragen auf jeden Fall eine Obduktion. Dann *wissen* wir, wie der um die Ecke gekommen ist.«

»Gut. Einverstanden«, sagte Löhr und sah zu, wie Esser inhalierte und die Asche seiner Zigarette im überquellenden Aschenbecher abstreifte.

»Hast du schon eine Ahnung, wer der Kerl ist?« fragte Löhr vorsichtig. Er hatte immer ein bißchen Angst, Esser könne explodieren, wenn er ihm zuviel zumutete.

Wieder antwortete Esser nicht gleich, sondern zog behäbig, Zigarette im Mundwinkel, ein Plastiksäckchen aus seiner Jackettasche und hielt es Löhr unter die Nase. Löhr sah darin einen vormals wohl dunkelbraunen, durch häufige Benutzung aber inzwischen schwarz glänzenden Rosenkranz.

»Ein Rosenkranz?« fragte er. Esser überging gnädig die überflüssige Frage. »Schätze, es handelt sich um einen Priester oder so was«, sagte er. »Die Klamotten, die der Typ anhat. Und das Ding da. War in der Innentasche von seinem Anzug. Hat der Täter bestimmt übersehen. Ansonsten hat er alles ausgeräumt. Keine Papiere mehr, nichts.«

»'n Pfaffe also«, stöhnte Löhr.

***

Die acht noch nicht vollständig abgeschlossenen Todesermittlungsfälle aus den vergangenen Tagen lagen herausfordernd vor Löhr auf dem Schreibtisch, aber es sah ganz danach aus, daß er heute nicht mehr in der Lage sein würde, auch nur einen von ihnen zum Abschluß zu bringen. Mit mäßigem Interesse blätterte er in einem Ordner, der auf drei dürren Seiten das Leben und langsame Sterben eines am Freitagmorgen in der U-Bahn-Unterführung unter dem Neumarkt tot aufgefundenen Stadtstreichers auflistete. Löhr dachte dabei an sein eigenes Leben, sein Verhältnis zur Religion insbesondere. Er hatte nicht generell etwas gegen Pfaffen. Im Gegenteil: Er empfand für sie in seiner Kindheit lange eine fast erschaudernde Hochachtung. Sie hatten für ihn eine besondere Aura an sich gehabt, was wohl damit zusammenhing, daß er sie näher an Gott geglaubt hatte als die anderen Menschen, geglaubt hatte, sie könnten mit Gott sprechen, was ihm selbst so gut wie nie gelungen war. Dann aber hatte, als er zwölf oder dreizehn war, seine Hochachtung vor Geistlichen einen empfindlichen Schaden erlitten, nachdem er zufällig ein Gespräch zwischen seinem Onkel Bruno und seiner Tante Helga – die damals noch dessen Haushälterin war – mit angehört hatte. Sie hatten miteinander gestritten, vielmehr: Onkel Bruno hatte Tante Helga niedergemacht. Es war die Art und Weise gewesen, *wie* Bruno, der Priester, der in der Frühmesse noch eine Oblate in den Leib Christi verwandelt hatte, mit ihr sprach. Er polterte nicht, wie Löhr das beispielsweise von seinem Vater gewohnt war; er wurde nicht laut, im Gegenteil, Jakob mußte gewaltig die Ohren spitzen, um mitzubekommen, wie Onkel Bruno Tante Helga den Kopf wusch. Leise zischelnd reihte er einen Vorwurf an den anderen, aber nicht so, daß diese gleich als solche zu erkennen waren. Vielmehr verkleidete Onkel Bruno seine Vorwürfe und Unterstellungen in Lobreden und Danksagungen, und Jakob brauchte eine ganze Weile, bis er den ätzenden Sarkasmus, die vergiftete Ironie in den Worten des Onkels erkannte und als eine vor Hohn triefende Beschimpfung durchschaute. Löhr hatte vergessen, um was es damals ging. Er glaubte, sich dunkel daran zu erinnern, daß Onkel Bruno seiner Schwester – seiner Haushälterin – vorwarf, die miserabelste Köchin der ganzen Erzdiözese zu sein. Es konnten aber auch Vorwürfe ihren Charakter betreffend gewesen sein. Doch war der Inhalt dessen, was Onkel Bruno damals gesagt hatte, nicht das Wichtigste. Es war die Form und es war der Ton, die Löhr damals so verschreckt hatten und die ihm so hinterhältig, so gemein vorgekommen waren, daß es sein Verhältnis zu Priestern, seinen Glauben an deren Aura der Heiligkeit bis in die Grundfeste erschütterte. Eine Erschütterung, die nicht ohne Folgen für sein Verhältnis zum Glauben im allgemeinen geblieben war. Denn, so sagte sich der dreizehnjährige Löhr damals, wenn die Diener Gottes, die, die gleichsam unmittelbar mit ihm verkehrten, wenn die zu solchen Gemeinheiten fähig waren, dann konnte es doch mit der allumfassenden Güte Gottes nicht allzuweit her sein. Diese Überlegung hatte im Laufe eines halben Jahres eine folgenreiche Kettenreaktion in Gang gesetzt, an deren Ende von seinem zuvor fast inbrünstigen Kinderglauben nicht viel mehr übrig geblieben war als das, was gemeinhin als »Rheinischer Katholizismus« bekannt ist. Man glaubt ein bißchen. Man glaubt, weil es ja nicht schadet, ganz verkehrt kann's ja nicht sein, und im übrigen kann man ja nie wissen ... Allerdings war bei Löhr eine tief wurzelnde Skepsis gegenüber den Repräsentanten des Glaubens, den Priestern geblieben.

Er sah auf die Uhr. Es war halb drei und Esser noch nicht zurück aus der Marzellenstraße, wohin er mit einem Polaroid-Foto des Toten gefahren war, um in der Personalabteilung des Generalvikariats möglicherweise dessen Identität klären zu können. Löhr hoffte inbrünstig, daß sie falsch lagen in ihrer Beurteilung des Toten vom Rheinauhafen, daß es sich doch nicht um einen Pfaffen handeln würde, denn das hätte unabdingbar zur Folge, daß sie sich mit seinesgleichen beschäftigen müßten. Um dem von vornherein aus dem Wege zu gehen, hatte er Esser allein ins Generalvikariat geschickt und dafür in der Zeit die Fälle der letzten Woche bearbeiten wollen. Doch jetzt hatte er sich bereits so weit in den Tiefen seiner Vergangenheit und den Untiefen seiner unlösbar damit verwobenen Familiengeschichte verstrickt, daß ihm endgültig die Lust auf das Aktenstudium vergangen war. Er klappte den Ordner des Neumarkt-Stadtstreichers zu und legte ihn auf den Stapel der unerledigten Fälle zurück.

Tante Lisa eine giftmischende Mörderin? Löhr stützte den Kopf in die Hände und betrachtete den Helmut-Newton-Kalender, den Esser an der Wand gegenüber aufgehängt hatte. Für den Monat Juni zeigte er eine auf dem Marmorboden eines Bades hingestreckte, fast nackte Frau mit geschlossenen Augen und absurd langen Gliedmaßen. Von so etwas hatten die Höveler-Mädchen nur träumen können. Sie waren – mit Ausnahme von Tante Irmi – klein und kurzbeinig und dazu auch noch mit einer knubbeligen Nase ausgestattet. Tante Lisa besaß die etwas markantere, aber darum nicht hübschere Variante. Ob sie aus diesem Grund unverheiratet geblieben war? Nein, das konnte nicht sein, denn sie hatte, bis der Schlaganfall sie in den Rollstuhl zwang, ein durchaus liebenswürdiges Wesen besessen; nichts vom zänkischen Charakter ihres Bruders Toni, von den Herrschaftsattitüden ihrer Schwester Irmi, dem Sarkasmus ihres Priester-Bruders Bruno und der gefährlichen, weil unterirdische Klippen vermuten lassenden Demut Helgas. Löhr erinnerte sich daran, daß Lisa von allen Geschwistern seiner Mutter immer diejenige gewesen war, die sich bei Familientreffen am meisten mit den Kindern beschäftigt, mit ihnen Spiele gespielt, gebastelt hatte, während die anderen Erwachsenen stundenlang Kaffee getrunken und sich mit nahezu verbissener Ehrfurcht den Mund fusselig gequasselt hatten über das schwere und verantwortungsvolle Priesteramt ihres Bruders Bruno. Entgegen dem etwas hochfahrenden Wesen ihrer Geschwister – seine Mutter einmal ausgenommen – war Tante Lisa ihm in ihrer schüchternen Bescheidenheit immer als die Glücklichste der Höveleres vorgekommen. Einmal, das würde er nie vergessen, er war sechs oder sieben gewesen, hatte sie ihm zu Sankt Martin aus der Bäckerei (Tante Lisa hatte ihr ganzes Leben als Bäckereiverkäuferin gearbeitet) nicht einen, sondern gleich drei Weckmänner mitgebracht. Mit *drei* Tonpfeifen! Das war ihm für lange Zeit als das gewaltigste Geschenk seiner Kindheit in Erinnerung geblieben. – Der Schlaganfall hatte Tante Lisa verändert. Bei den wenigen Gelegenheiten, die Löhr sie seitdem gesehen hatte, war sie ihm introvertiert, manchmal sogar geistig abwesend vorgekommen. Was nichts damit zu tun hatte, daß ihre geistigen Fähigkeiten durch den Schlag in Mitleidenschaft gezogen worden wären. Wenn sie wollte, war sie hellwach, konnte sich an jedem Gespräch beteiligen und trotz einer halbseitigen Lähmung des Gesichtes auch ausreichend gut artikulieren. Ihr Wesen hatte sich verändert. Es war ihm vorgekommen, als habe sie sich in sich zurückgezogen, als lebe sie in einer eigenen Welt, aus der sie alle und alles ausklammerte, was dort nicht hineinpaßte. Und auch von ihrer sanften Liebenswürdigkeit war nicht viel übriggeblieben. Statt eines Lächelns trug sie ein merkwürdiges Grinsen zur Schau. Aber das hatte sicher mit der halbseitigen Lähmung zu tun ... Vielleicht war es dieser permanent hämische Ausdruck in Lisas Miene, was Tante Irmi auf die abstruse Idee vom Giftmord gebracht hatte. Löhr spürte, daß er sich darum kümmern mußte. Natürlich nicht, weil seine intrigante Tante es ihm gewissermaßen befohlen hatte. Er mußte sich ganz einfach mal um seine Tante Lisa kümmern. Und sei es nur deshalb, weil ...

Die Bürotür sprang auf und Esser kam, sich eine Haarsträhne aus der schweißnassen Stirn schiebend, herein und warf sich auf die verschlissene Besucher-Couch, als habe er gerade den Brückenlauf hinter sich.

»Und?«

»Volltreffer!« sagte Esser, während er sich gleichzeitig seine Aktenmappe heranzog. Doch dann blieb sein Blick an dem Aktenstapel auf der linken Seite von Löhrs Schreibtisch hängen. Langsam zog er die Hand vom Verschluß der Aktenmappe zurück.

»Und was hast *du* die ganze Zeit über gemacht?« fragte er mit einem lauernden Unterton. Er wußte natürlich genau, daß auf der linken Schreibtischhälfte Löhrs die unerledigten Fälle lagerten.

»Ich?« fragte Löhr so unschuldig wie möglich. »Ich, – ich habe nachgedacht.«

»Ach ja. Und worüber, wenn man fragen darf?«

»Über unseren neuen Fall natürlich.« Esser konnte wirklich kleinlich sein.

»Das ist sehr löblich.« Essers Tonlage triefte vor Hohn. »Und zu welchen Ergebnissen hat dich dein – zweifelsohne äußerst intensives – Nachdenken gebracht?«

»Also, um es kurz zu machen: Der Typ aus dem Rheinhaufen – das ist *kein* Pfaffe ...«

»Falsch!« Esser war in die Falle getappt, seine Hand sprengte den Verschluß der Aktentasche und zog im gleichen Augenblick einen rosafarbenen Ordner heraus, den Löhr als eine Personalakte erkannte.

»Der Mann ist vom Personalchef im Generalvikariat einwandfrei als Domprobst Michael Henning identifiziert worden!« Esser warf Löhr mit einer geschickten Drehung des Handgelenks den Ordner zu, und der hatte Mühe, ihn einigermaßen elegant aufzufangen, behielt ihn aber ruhig wiegend in der Hand, statt ihn aufzuklappen.

»Und? Was hatte unser Domprobst Henning im Rheinauhafen zu suchen? Und dann noch ausgerechnet als Leiche?«

Esser verdrehte die Augen. »Ich dachte, das hättest du durch intensives Nachdenken bereits rausgekriegt?«

»Na, wie gesagt ...«

»Also!« Esser platzte vor Mitteilungsbedürfnis und begann mit der Rechten die Finger seiner Linken einzeln abzuzählen. »Domprobst Henning war der Vorsitzende der Rechnungskammer des Generalvikariats ...«

»Interessant.«

»Zweitens hätte er gar nicht in Köln sein dürfen. Zumindest gestern und heute nicht.«

»Und wieso nicht?«

»Er hätte«, begann Esser, doch das Piepsen von Löhrs Telefon unterbrach ihn – vielmehr der rasche Griff Löhrs zum Hörer.

»Für dich«, sagte Engstfeld von der Geschäftsstelle des KK11 am anderen Ende der Leitung und fügte mit ironischem Unterton hinzu: »Privat!«

Löhr durchfuhr ein Schreck: Tante Irmi! Sie hatte seine Durchwahl nicht und sich über die Geschäftsstelle mit ihm verbinden lassen. Er wollte »Nein!« in den Hörer brüllen, doch da tönte bereits ein quäkendes »Hallo?« an sein Ohr. Nein, das war nicht Tante Irmis Stimme. Es war Onkel Toni.

»Macht dir doch nichts aus, wenn ich dich in deiner Dienstzeit anrufe, oder? Oder haste vielleicht gerade wieder ‘nen Fall?«

»In der Tat *arbeite* ich gerade«, dröhnte Löhr mit Blick auf Esser, der ihn mißtrauisch beobachtete. »Wie jeder andere normale Mensch zu dieser Tageszeit!« Aber er wußte genau, daß er Onkel Toni damit nicht abwimmeln konnte. Nicht Onkel Toni.

»Du hast ja heut morgen mein Waltraud gesehen«, fuhr Onkel Toni in der Tat völlig uneingeschüchtert fort. »Da muß unbedingt wat passieren.«

»Ja und? Dann muß eben was passieren. Aber bin *ich* der Vater?« Löhr erinnerte sich an Onkel Tonis Impertinenz während der Beerdigung und an seinen Entschluß, so bald nicht mehr den Berater in Tonis Familienangelegenheiten zu spielen. Und außerdem hatte er schon genug mit der Familie zu tun, das Problem Tante Lisa stand noch an.

»Da muß ene Fachmann ran, ene Jurist. Dat ist zu kompliziert.« Onkel Toni verfiel keineswegs aufs Bitten. Bescheidene Tonarten gehörten nicht unbedingt zum kommunikativen Repertoire der Hövelers.

»Ich bin kein Jurist!« sagte Löhr bestimmt. Es half nichts.

»Also wann kommste vorbei?«

Löhr atmete tief ein, holte Luft, um einen donnerndes »Überhaupt nicht!« in den Hörer zu brüllen. Doch dann besann er sich. Ein Nein wäre wirkungslos verhallt. Toni bekam man so nicht los. Und überhaupt: War er nicht ohnehin schon hoffnungslos verstrickt? Warum sich noch wehren?

»Nach Dienstschluß, Onkel Toni«, sagte er sanft und legte auf.

»Wo waren wir stehengeblieben?« wandte er sich wieder höflich Esser zu. Der hatte sich in der Zwischenzeit den Personalbogen des Domprobstes Henning von Löhrs Schreibtisch zurückgeangelt und darin vertieft.

»Er sollte seit gestern morgen eigentlich auf einer Tagung in Paderborn sein«, murmelte Esser. »Und erst heute abend wieder zurückkommen.«

»Frage ist also«, sagte Löhr und erhob sich hinter seinem Schreibtisch, »warum ist er nicht hingefahren? Was hat ihn aufgehalten?«

»Was du nicht sagst!«

Löhr überhörte Essers Sarkasmus und ging zur Garderobe. »Was macht so ein Vorsteher der Rechnungskammer eigentlich?«

»Die kontrollieren sämtliche Ausgaben in der Erzdiözese, das heißt, die überprüfen, ob alle Aufträge und Rechnungen korrekt abgewickelt und bezahlt werden.«

»Klingt ja nicht besonders spannend«, sagte Löhr und zog sich sein Jackett über.

»Was machst du? Wo gehst du hin?«

Löhr war bereits an der Tür. »Ich muß gerade mal was erledigen. Bin in zwei Stunden zurück.«

»Waas? Wir haben einen neuen Fall und du?«

»Du hast doch jetzt die Frage zu klären, warum dieser Probst nicht nach Paderborn gefahren ist. Vielleicht gibt das ja schon eine Spur?«

Als er sah, wie sich Essers Mund vor Verblüffung öffnete, schloß er schnell die Tür hinter sich, bevor der noch etwas sagen konnte.

***

Er hatte am Heumarkt die Straßenbahn genommen und war die Luxemburger bis zur Sülzburgstraße hinausgefahren, ging jetzt die Sülzburgstraße Richtung Berrenrather entlang. Vor einem Supermarkt hockten ein paar Jugendliche, zwischen dreizehn und sechzehn. Weite und wahrscheinlich teure Skateboarder-Klamotten, lange blonde Stirntollen, die Nacken ausrasiert, die Gesichter so unschuldig, wie sie in dem Alter noch sein können. Löhr hätte sie gar nicht wahrgenommen, wenn er sie nicht in dem Augenblick passiert hätte, in dem eine kleine alte Dame in einem malvenfarbenen Kostüm, einen schwarzen Pudel an der Leine, aus dem Supermarkt herausgekommen wäre. So bekam er aus den Augenwinkeln mit, wie einer der Jungen der alten Dame kalt in die Augen sah und ohne eine Miene zu verziehen, ohne jede Gehässigkeit, ganz beiläufig sagte: »Warum lassen Sie Ihrem Pudel nicht den Arsch kahlrasieren?« Löhr beobachtete, wie sich im Gesicht der alten Dame ein unfaßbarer Schrecken abzeichnete, sie einen Augenblick lang schockiert stehenblieb, um sich dann mit kleinen Trippelschritten schleunigst davonzumachen. Löhr war stehengeblieben, sah zu den Jungs hinunter, die auf der Stufe vor dem Supermarkt saßen. Kein Lachen bei den Kids, kein weiterer Kommentar, lediglich ein schwaches mitleidiges Lächeln um die Mundwinkel. Für einen Moment war Löhr danach, sich einzumischen, dann ließ er es aber und ging weiter. Er mischte sich schon genug ein. Und er wußte, was es bedeutete, sich einzumischen. Die Einmischungen in die diversen Angelegenheiten seiner weitverzweigten Sippschaft hatten ihn dermaßen auf die abschüssige Bahn der Konzessionen gebracht, daß es wohl nie mehr ein Halten geben würde.

Tante Lisa wohnte in einem zweistöckigen Mietshaus in der Gustavstraße. Soweit Löhr wußte, hatte Tante Lisa immer in der Gustavstraße gewohnt. Den weitaus größten Teil ihres Lebens im elterlichen Haus, einem einstöckigen Backsteinbau ein paar Meter weiter zur Zülpicherstraße hinunter, in dem sein Großvater Jakob bis zu seinem Tod eine kleine Kohlenhandlung betrieben hatte. Danach, nachdem auch Oma Agnes gestorben war und das Haus mit den nun endgültig überflüssig gewordenen Anbauten, Hinterhöfen und Lagern verkauft worden war, war sie in diese neue Wohnung gezogen, während Tante Helga, die ebenfalls mit im elterlichen Haus geblieben war und ihre Mutter versorgt und gepflegt hatte, eine Stelle als Haushälterin bei einem Priester-Freund Onkel Brunos antrat.

Löhr war erstaunt, wie schnell nach seinem Klingeln der Türdrücker ging. An der Wohnungstür erkannte er, warum: Eine Frau, Mitte Dreißig und auch ohne ihren weißen Kittel sofort an ihrem kühl taxierenden Blick und den sich aufs Notwendigste beschränkenden Bewegungen als professionelle Pflegerin zu erkennen, öffnete ihm – und verabschiedete sich quasi im gleichen Atemzug. Ihr Dienst an der Menschheit war, zumindest was Tante Lisa betraf, für heute vorbei.

Löhr blieb einen Augenblick im kargen Wohnungsflur stehen, sah sich um und hörte dabei aus dem Wohnzimmer, dessen Tür nur angelehnt war, schrille Stimmen im Streitgespräch – Tante Lisa hatte den Fernseher laufen. Es war schon einige Zeit her, daß er zum letzten Mal hier gewesen war, und er mußte sich an die spezifische Atmosphäre, die den Schwestern seiner Mutter zu eigen war, erst wieder gewöhnen. An einem Garderobenständer hing ein einziges dünnes Sommermäntelchen; daneben stand eine Kommode, auf der ein dickes Gebetbuch mit abgegriffenem Goldschnitt lag – »Der Schott«, wie er seit seiner Kindheit wußte. Über der Kommode hing statt eines Spiegels ein hölzernes Kruzifix mit einem geschnitzten Christus. Den einzigen Schmuck im ganzen Flur stellte ein verwelktes Sträußchen aus Buchsbaum-Zweigen dar, ein Palmstrauß, den man zwischen den Gekreuzigten und sein Folterinstrument gesteckt hatte. Löhr räusperte sich, klopfte an die Wohnzimmertür und trat ein. Lisa saß in ihrem Rollstuhl und starrte in den Fernseher. Löhr hatte inzwischen mitbekommen, daß es in der Talkshow um die Frage ging, ob Schwule bessere Frauen seien, und er hatte sich schon im Flur gefragt, ob dies das richtige Thema für Tante Lisa wäre. War es anscheinend. Denn die alte Frau war vom Fernseher völlig hypnotisiert und hatte weder sein Klingeln noch sein Klopfen und Eintreten mitbekommen. Löhr räusperte sich noch einmal, diesmal lauter. Ohne Erfolg. Schließlich trat er so auf sie zu, daß sie ihn von ihrer unversehrten Seite hätte sehen müssen, und berührte sie sachte an der Schulter. Wie elektrisiert fuhr Tante Lisa herum und sackte dann japsend in ihren Rollstuhl zurück, als sie wahrnahm, wer sie da gestört hatte.

»Jakob! Wie bist du denn hier reingekommen?«

Er erklärte es ihr und reichte ihr die Blumen, die er auf der Sülzburgstraße für sie gekauft hatte. Tante Lisa grinste ihr schiefes Lächeln, betrachtete die Tulpen, nahm sie ihm aber nicht ab.

»Dat is aber nett, daß du mal vorbeigekommen bist, Jakob.«

»Ja. Ich mußte heut morgen nach der Beerdigung gleich weg zum Dienst, und da bin ich nicht mehr dazu gekommen, ein paar Worte auch mit dir zu sprechen ...«

»Ja, ja. Du hast ja immer so viel zu tun, Jakob. – War aber doch 'ne schöne Beerdigung, nit?«

Eine Bemerkung, aus der nichts weiter zu schließen war, als daß viele Menschen bei der Beerdigung zugegen gewesen waren. Das nannte man bei den Hövelers immer schon eine »schöne Beerdigung«. Löhr machte eine fragende Geste zum Fernseher hinüber, denn ihre Unterhaltung hatte bisher in Konkurrenz mit dem Gekreische der Schwulen und Transvestiten gestanden, die tatsächlich alle fest davon überzeugt schienen, die besseren Frauen zu sein. Tante Lisa nickte heftig.

»Ja, ja. Kannste ausmachen, Jakob. Interessiert mich sowieso nit.« Eine immer wieder erstaunliche Behauptung angesichts der Tatsache, wie gebannt diejenigen, die sie aussprechen, bis vor wenigen Augenblicken noch dem Geschehen auf dem Bildschirm gefolgt sind. Löhr schaltete den Fernseher aus und setzte sich Tante Lisa gegenüber auf einen gepolsterten Hocker.

»Ich wollt eigentlich nur mal nachsehen, wie et dir so geht, Tante Lisa. Muß ja 'n schwerer Schlag für dich gewesen sein, daß die Tante Helga so schnell –«

Lisa winkte mit ihrer gesunden Linken, einem von Altersflecken übersäten, feisten Händchen, milde ab.

»Et tut mir nur leid wegen dem Helga. *So* schnell hätt et wirklich nit sein brauchen. ‘n paar Jährchen hätt et schon noch verdient jehabt, dat arme Minsch. Aber wer weiß, wofür et jut war …« Lisas gesundes linkes Auge drehte sich nach oben, zweifellos in Richtung Herrgott, während ihr rechtes Auge weiterhin Löhr im Visier behielt. »Vielleicht hat ER ihr ja allerhand Leiden dadurch erspart …«

»Kam ja tatsächlich ein bißchen plötzlich …«

»Jott!« Tante Lisas linkes Auge suchte schon wieder den Kontakt mit IHM. »Ist eben unsere Familienkrankheit, der Schlag. Erst unser armer Papa, dann ich – siehste ja. Und ich hab noch mal Glück jehabt. Aber dat Helga …« Löhr bemerkte das erste Mal so etwas wie Trauer in Tante Lisas ansonsten schwer zu deutender Miene. Jedenfalls senkte sie für ein paar Augenblicke den Kopf und schüttelte ihn sanft.

»Und glaubst du, du kommst jetzt zurecht – so ganz allein?« fragte er vorsichtig.

»Ich?« Ihre beiden Augen fixierten ihn diesmal fast parallel. »Aber sicher komm ich zurecht, Jung. Ich hab doch die Krankenschwester, und von der Gemeinde habe ich auch noch jemanden gekriegt, eine wirklich nette Dame, die macht alle Erledigungen für mich und macht auch die Wohnung sauber und alles.«

»Das ging so schnell, nachdem Tante Helga gestorben war?«

Tante Lisas kleine Linke machte eine wegwerfende, fast verächtliche Bewegung auf der Armlehne ihres Rollstuhls. »Die hätt ich immer schon haben können. Aber dat Helga wollte ja unbedingt …« Sie ließ ihre Stimme versiegen und beendete den Satz nicht. Er blickte auf seine Hände hinunter, in denen er immer noch die Tulpen hielt, ohne daß er darauf geachtet hatte. Er stand auf.

»Hast du irgendwo eine Vase, Tante Lisa, wo ich die Blumen reinstellen kann?«

Sie machte eine vage Bewegung in den Raum hinein. »Irgendwo müßte hier bestimmt eine sein.«

Löhr sah sich um und wurde jetzt erst der Abstrusität des Raumes gewahr. Jeder freie Fleck an den Wänden, jede Kommode, jedes Schränkchen, jeder Beistelltisch und jeder Blumenständer war mit Marien-Devotionalien vollgehängt, vollgestellt, vollgestopft – alles, wirklich alles war mit Marienbildern, Marienstatuetten jeglicher Größe, Farbe und Form bepflastert, wobei die jeweiligen Ausführungen in der nach oben offenen Richter-Skala des Kitschs samt und sonders weit jenseits der »Neun« liegen mußten. Löhr war schockiert angesichts der Hunderten von süßlich bemalten Madonnen-Physiognomien – ob mit oder ohne Heiligenschein, mit oder ohne Jesuskind.

»Was ist – was habt ihr – habt ihr die alle hier gesammelt?« stotterte er in Richtung Tante Lisa. Die war ihm mit einer Drehung ihres Rollstuhls gefolgt.

»Nein, nein«, sagte sie. »Das sind nur noch meine.«

Löhr verstand nicht. »Wie? Deine?«

»Die von der Helga habe ich aussortiert. Jetzt sind das nur noch meine.«

»Ach?«

Aber von Tante Lisa kam keine weitere Erklärung. Sie zuckte bloß mit der Schulter.

»Und wo – wo hast du die alle her?« Löhr berührte eine handhohe Gipsmadonna in blauem Sternenmantel und einem kunstvoll über ihrem Kopf drapierten vergoldeten Blech-Heiligenschein.

»Die? Die hab ich aus Kevelaer mitgebracht, dat ist eine von meinen ältesten – von meiner ersten Wallfahrt.«

Löhr verstand. Soweit es da etwas zu verstehen gab. Erschüttert drehte er sich einmal um die eigene Achse. Nur Madonnen. Keine einzige Blumenvase.

»Hier ist aber keine Blumenvase ...«

»Dann guck doch mal in die Küche, Jakob. Da müßte eigentlich eine sein.«

Löhr ging durch den Flur in die wohlaufgeräumte Küche, versorgte die Blumen und kehrte mit der Vase zurück ins Wohnzimmer, räumte auf einer Kommode drei oder vier Marienstatuetten so auseinander, daß die Blumenvase dazwischen Platz fand, und wollte sich wieder Tante Lisa zuwenden, als ihm an der Wand über der Kommode etwas auffiel, das so gar nicht ins weihrauchgeschwängerte Ambiente dieses Wohnzimmers paßte. An einem Platz, an dem vorher – am weißen Fleck erkennbar – etwas Größeres gehangen haben mußte, hing eine von einem alten Holzrahmen eingefaßte Schwarzweiß-Fotografie, die einen etwa fünfundzwanzigjährigen Mann zeigte, der mit forschem Blick und einem dazu nicht passenden, leicht melancholischen Zug um die Mundwinkel in die Kamera blickte. Eine Fotografie, die kurz nach Kriegsende aufgenommen sein mußte. Der junge Mann trug eine Wehrmachtsuniform, an der die Rangabzeichen auf den Schulterklappen entfernt worden waren. Löhr hatte schon die Hand am Rahmen der Fotografie, wollte sie schon abnehmen und seiner Tante zeigen, doch dann hielt er inne. Wenn er sie so direkt fragte, seine Neugier offenkundig zeigte, lief er Gefahr, daß sie sich verschloß. Er wandte sich ihr zum Abschied zu.

»Brauchst du irgendwas, Tante Lisa? Was, was ich dir demnächst vielleicht mal mitbringen soll?«

»Ich? Ich brauche nix, Jung. Ich hab alles, wat ich brauche.«

»Wirklich nicht?«

»Ja – ich meine, wenn du zufällig mal an 'nem Schächtelchen After Eight vorbeikommst. Die Originalen ... Die Krankenschwester bringt mir immer die falschen mit.«

Typisch Höveler, dachte Löhr. Zuerst immer so tun, als wenn man völlig selbstgenügsam und bescheiden wäre – um dann am Ende doch noch die Katze aus dem Sack zu lassen. Löhr legte zum Abschied kurz seine Hand auf die gesunde Schulter Tante Lisas.

»Ich denk dran, Tante Lisa.«

***

Esser saß, den Zeigefinger der Rechten an die Nase gepreßt, an seinem Schreibtisch und war offensichtlich so in eine Akte vertieft, daß er Löhrs Hereinkommen nicht wahrgenommen hatte.

»Hallo!« flötete Löhr, nun doch von einem schlechten Gewissen belastet, den Kollegen so lang allein der Arbeit überlassen zu haben. Esser blickte blinzelnd auf.

»Na, alles erledigt?« fragte er in einem versöhnungsbereiten Ton. Scheinbar war er auf etwas so Interessantes gestoßen, daß ihn Löhrs Verrat an der gemeinsamen Arbeit doch nicht mehr nachhaltig kränkte.

Löhr zuckte lässig die Schultern. »Und du? Was Neues?«

»Kannst du wohl sagen!« dröhnte Esser und schlug mit der flachen Hand auf die vor ihm liegende Akte. »Die von der Gerichtsmedizin haben sich überschlagen. Vor einer halben Stunde habe ich das Ergebnis gekriegt!«

»Und?«

»Wie ich's gesagt habe! Unser Domprobst ist nicht ersoffen! Der war mausetot, bevor er in den Rheinauhafen gekippt wurde.«

»Aha?«

»Die ganzen Frakturen und so weiter, die ich schon festgestellt hatte – und noch ein bißchen mehr ...« Esser ließ den Rest des Satzes in der Schwebe, spielte ein bißchen die Karte seines durch redliche Arbeit erworbenen Informationsvorsprungs aus.

Löhr ließ ihm den Spaß, seufzte ergeben und sank in seinen Bürostuhl. »Und *was* noch mehr?« fragte er voller Demut.

Esser tippte auf seine Akte. »Die Gerichtsmediziner vermuten, daß unser Mann durch einen Sturz aus großer Höhe zu Tode gekommen ist. Zwanzig, dreißig Meter.«

Das war tatsächlich eine Überraschung. »Und wie kommen die darauf?«

»Er hat die klassischen Verletzungen – Stauchungen, Splitterfrakturen und so weiter, die solche Springer auch haben.«

»Springer? Die meinen, der ist zuerst vom Unicenter gesprungen und hat sich dann, um auf Nummer sicher zu gehen, anschließend im Rheinauhafen ertränkt?«

Ein Blitz aus Essers Augen traf Löhr mit der Mahnung, wenn er sich schon nicht vor Arbeitseifer überschlug, die Sache wenigstens *etwas* ernster zu nehmen. In der Tat war Löhr nicht ganz bei der Sache. Obwohl er es hätte sein müssen. Er wußte, daß das Anfangsstadium eines Falles das Wichtigste war, am meisten Aufmerksamkeit verlangte. Aber er konnte sich nicht helfen: seine Gedanken kreisten immer noch um die Begegnung mit Tante Lisa. Was hatte es mit der vergilbten Fotografie des jungen Mannes auf sich? Zweifellos hatte Tante Lisa sie erst nach dem Tod ihrer Schwester aufgehängt, und zwar an einen Platz, an dem zuvor etwas gehangen haben mußte, das Tante Helga gehört hatte. Denn Lisa mußte, wie er aus ihrer Andeutung schließen konnte, es seien nur noch ihre eigenen Marien-Devotionalen im Zimmer, alles, was Helga gehört hatte, unmittelbar nach deren Tod aus dem Zimmer entfernt haben. Warum? Und warum hatte sie die Fotografie jetzt erst aufgehängt? Wen stellte sie überhaupt dar? Und was bedeutete der junge Mann für seine Tante?

»Hörst du mir überhaupt zu?«

»'tschuldigung. Was hattest du gerade ...?«

»Ich sagte gerade«, zischte Esser, »daß derjenige, der den Domprobst aus dieser Höhe heruntergekippt hat, kein Interesse daran gehabt haben muß, daß man die Leiche an dem Platz auch findet. Deshalb hat er ihn zum Rheinauhafen gekarrt und dort versenkt.«

»Interessant«, sagte Löhr und versuchte sich jetzt ernsthaft auf den neuen Fall zu konzentrieren. »Dann scheint's ja jetzt tatsächlich so, daß wir wegen Mord ermitteln.«

»Was dachtest du denn?« fragte Esser mit leichter Herablassung. »Das war mir von Anfang an klar.«

Löhr zuckte die Schulter. »Hätte ja nun auch 'n Unfall sein können, oder?«

»Nicht, nachdem ich seinen Schädel gesehen habe. – Aber den Anblick wolltest du dir ja ersparen.«

»Ist ja schon gut. – Wie machen wir weiter?«

»Ich hab heut nachmittag versucht, seine Verwandten zu erreichen ...«

»Hat er welche?«

»Nur noch einen Bruder. Lebt in München. Ich habe ihm auf den Anrufbeantworter gesprochen, daß er zurückrufen soll.«

»Freunde, Bekannte und so weiter?«

»Da kommen wir erst dran, wenn wir den Schlüssel zu seiner Wohnung kriegen.«

»Von wem?«

»Den bringt uns morgen früh jemand vom Generalvikariat vorbei. Außerdem hab ich für uns morgen um elf einen Termin mit Hennings Vorgesetztem im Generalvikariat gemacht, einem ...« Esser blätterte in seinem Notizbuch, »einem Generalvikar Schorn.«

»Mit dem hast du auch schon gesprochen?« Löhr hatte so etwas wie Anerkennung mitklingen lassen wollen, doch Esser faßte seine Frage als Hohn auf und schoß wieder einen seiner Augen-Blitze gegen Löhr ab.

»Ich weiß ja nicht, was dein Beruf ist, Jakob, aber meiner ist es, Mordfälle aufzuklären.«

»Das war überhaupt nicht so gemeint, Rudi! Ehrlich!«

»Dann ist ja gut«, schnappte Esser.

Löhr stand auf, ging zu Esser hinüber und legte ihm Versöhnung heischend eine Hand auf die Schulter. »Komm, Rudi! Tut mir leid.«

»Ist gut«, brummte Esser, bei dem Löhrs körperliche Verbrüderungs-Attacken selten ihre Wirkung verfehlten. Aber alles hat seinen Preis.

»Bist du heute abend zufällig zu Hause?«

»Könnte später werden«, sagte Löhr. »Wieso?«

»Ich meine, falls meine Frau auf die Idee kommt, bei dir anzurufen.«

Löhr verstand, aber es juckte ihn, den Kollegen jetzt doch noch ein bißchen zu foppen. »Und wieso sollte die bei mir anrufen?«

Esser verdrehte gequält die Augen. »Du weißt schon, Jakob ...«

»Nee. Keine Ahnung.«

Gemartert sackte Esser ein Stück in sich zusammen. »Ich hab sie eben angerufen und ihr erzählt, wir hätten einen neuen Fall, bis spät daran zu tun und würden dann wahrscheinlich noch einen Schlummertrunk bei dir nehmen ...«

»Verstehe«, sagte Löhr. »Aber ich bin heut abend nicht zu Hause ...«

»Warum schaffst du dir nicht endlich mal ein Handy an, Jakob?«

Eine Frage, die Löhr unbeantwortet ließ.

***

Es war noch hell, und die eben hinter dem Fernsehturm untergegangene Sonne warf einen letzten rötlichen Schimmer auf die Steinquader der Eigelsteintorburg, als Löhr unter dem Torbogen hindurchging und wie immer einen Blick nach oben auf die eisernen Zacken des Fallgitters warf. Seit seiner Kindheit hatte er Angst, die Verankerung könnte sich gerade in dem Augenblick lösen, in dem er unter dem Gitter durchging, und die Spieße würden auf ihn herabsausen. Doch auch die zweitausendachthundertsechundsiebzigste Durchschreitung der Torburg überstand er unbeschadet. Er ging munter den Eigelstein hinunter, bog dann in den Thürmchenswall ein und betrat die Gefilde seiner Kindheit. Auf dem Thürmchenswall war er geboren und aufgewachsen. Die Löhrs waren die Hausmeister des Dreikönigsgymnasiums in der dritten Generation gewesen. Löhrs Urgroßvater, sein Großvater und auch noch sein Vater hatten in ihren blauen Kitteln in der Loge gleich neben dem Eingang der humanistischen Anstalt residiert und ihre Morgende damit zugebracht, zu spät kommende Schüler aufzuhalten und ihre Namen in eine dicke Kladde einzutragen, um dann in den Pausen süße Backwaren, »Teilchen« genannt, an sie zu verkaufen. Natürlich nicht nur an die zu spät Gekommenen, sondern an alle Schüler und sogar an einige Lehrer. Zumindest an die Lehrer, die selbst einmal Schüler des DKGs gewesen und damit schon von früh an der Sucht nach den Löhrschen »Teilchen« verfallen waren. Jakob selbst gehörte der ersten Generation der Löhrs an, die nicht den blauen Kittel angezogen und etwas anderes als DKG-Hausmeister geworden war. Wobei ihm als dem jüngsten der Familie ohnehin die Erbfolge nicht zugestanden hätte und sein ältester Bruder Bernd nach einer gescheiterten Karriere als Banker eine Weile schon mit der Übernahme des väterlichen Postens geliebäugelt hatte – bis es dann zu spät war und das DKG seine Pforten im Thürmchenswall schloß und irgendwo in eine westliche Vorstadt umsiedelte. Das war auch das Ende der Löhr-Dynastie. Er erinnerte sich noch sehr genau daran, mit welch biblischem Zorn sein Vater auf die Umzugspläne des Gymnasiums reagiert hatte. Er konnte und wollte partout nicht verstehen, wie eine solche, doch unbedingt sonst allen Traditionen – und seien sie auch die schlechtesten – verbundene Anstalt dieses altehrwürdige Gebäude in gleichsam historischer Lage aufgeben konnte. Natürlich war ihm klar, daß das Gebäude auf dem Thürmchenswall nicht der Stammsitz des ältesten Kölner Gymnasiums war (welcher sich vielmehr auf der Marzellenstraße befand) und gerade mal hundertfünfzig Jahre auf dem Buckel hatte. Aber hundert dieser hundertfünfzig Jahre hatte das Gymnasium unter der Regie der Löhr-Dynastie gestanden – und das war es, was Karl Löhr so kränkte. Er nahm die Auslagerung der Anstalt höchst persönlich, als einen gegen die Ehre seiner Familie gerichteten intriganten Streich, und konsequenterweise machte er den Umzug nicht mit, ließ sich trotzig mit zweiundsechzig in Frühpension schicken und verbot seinem Ältesten, Bernd, sich weiter auf die vakante Stelle zu bewerben. Ob deren Annahme aber wirklich am skandalösen Lebenswandel seines Bruders etwas geändert hätte? Löhr zuckte wie im Selbstgespräch mit der Schulter und bog vom Thürmchenswall in die Domstraße ein.

Eine Straße, in die wohl nie Leben kommt, dachte er. In seiner Kindheit hatte es in der Ödnis der ihm damals endlos lang erscheinenden Straße noch ein paar Kneipen und eine triste Nachtbar gegeben, vor deren Schaufenster (das halbnackte Tänzerinnen mit silbernen Sternchen auf den Brustwarzen zeigte) er sich als Zwölfjähriger die Nase platt gedrückt hatte. Selbst das gab es jetzt nicht mehr. Noch toter, den Charme frischgekälkter Brandmauern ausstrahlend, die Straße Unter Krahnenbäumen, obwohl man hier neue Mietshäuser gebaut hatte, nachdem die alten, einstöckigen, so lang sich selbst überlassen worden waren, bis man guten Gewissens auch dieses Stück seiner Kindheit hatte abreißen können. Welche Schlachten hatte er sich mit den »Kraden« von Unter Krahnenbäumen geliefert! Jetzt:

Totenstille. Aus den Fenstern der bläuliche Widerschein der Glotzen. Kein Mensch auf der Straße. Schnell ging Löhr an der neuen Musikhochschule vorbei – auch dieses Gebäude und insbesondere den Abriß der alten Musikhochschule hatten die Löhrs als eine persönliche Kränkung empfunden, denn das große, klotzige Backsteingebäude war seit Menschengedenken Bestandteil ihrer Aussicht aus der zur Dagobertstraße hinausgehenden Dienstwohnung im Dreikönigsgymnasium gewesen. Warum ein Haus abreißen, wenn es noch vollkommen in Ordnung ist?, hörte er jetzt noch seinen Vater donnern und für ihn selbst gehörte das Gebrumme der Bässe, die Läufe und Triller der Klaviere, die Glissendi der Flöten, die Stimmübungen der Sängerinnen, die den ganzen Tag über aus dem roten Backsteinhaus herausklangen wie Gesumme aus einem riesigen Bienenhaus, zu den schönsten Kindheitserinnerungen. Der Spannbeton der neuen Musikhochschule ließ keinen einzigen Ton nach draußen dringen.

Löhr verließ das Viertel seiner Kindheit mit dem melancholischen Gefühl, daß er dort bald gar nichts mehr finden würde, an dem sich seine Erinnerungen erwärmen könnten, überquerte den Vorplatz von St. Kunibert, wo sein Onkel Toni Küster war, und steuerte auf dessen Dienstwohnung in der Hauszeile rechts neben der Kirche zu.

»Sag bloß nit, du hätt's bis jetzt gearbeitet!« empfing ihn Toni in einem Flur, der ebenso karg eingerichtet war wie der seiner Schwester Lisa, und begleitete den in den Ton eines Frozzelns gekleideten Vorwurf mit einem leichten Pitschen in Löhrs linken Oberarm. Löhr lächelte gequält.

»Wir sitzen alle im Herrenzimmer«, sagte Onkel Toni, öffnete eine Tür und ging voraus. Herrenzimmer! Typisch für Toni, von dem es in der Familie immer schon geheißen hatte, er wolle höher pissen als er könne. Tatsächlich unterschied sich das »Herrenzimmer« des Küsters lediglich durch einen überdimensionalen Bücherschrank mit theologischer Literatur von einem gewöhnlichen Wohnzimmer. Tante Hiltrud, genannt Hilli, Tonis Frau, saß in einem Ledersessel, ihr gegenüber, auf der Couch, Tochter Waltraud, immer noch mit dem markanten blauen Fleck unterm linken Auge – und, wie Löhr mit einiger Überraschung feststellte, unverkennbar schwanger. Sollte das etwa der Grund …? Löhr entschloß sich, einfach darüber hinwegzusehen und setzte sich in den vom Onkel angebotenen Sessel. Es gab, wie immer bei Toni, Moselwein. Ein süßes

Möselchen, kredenzt in schweren Kristallgläsern. Auch in diesem Punkt eiferte Toni seinem großen Bruder Bruno nach. Herrenzimmer, theologische Fachliteratur im Eichenbücherschrank, Moselwein direkt vom Erzeuger, von der ewig schwarzen Kleidung und den noch schwärzeren Ansichten ganz zu schweigen. Nur, daß er es in der Kirchenhierarchie bloß zum Küster gebracht hatte, – aus Gründen, die nie ganz ans Licht gekommen waren und die, obwohl Löhr immer schon begierig gewesen war, sie zu erfahren, hier und jetzt bestimmt nicht aufs Tapet gebracht werden würden. Löhr gab sich tapfer, trank ein Anstandsschlückchen des Moselweins – immerhin eine Spätlese – und nahm sich vor, sich für dieses Opfer in der erstbesten Kneipe mit einem schönen frischen Kölsch zu belohnen.

»Du hast ja bestimmt schon gesehen, in welchem Zustand uns Waltraud ist ...«, begann Onkel Toni ohne Umschweife.

»Och ja?« brummte Löhr, gab sich Mühe, einigermaßen überrascht zu wirken und warf einen raschen Blick auf Waltrauds Bauch. »Wenn du mich so fragst ...«

»Damit hat et nun folgendes auf sich«, fuhr Toni fort, ohne Löhrs mickrigen Verstellungskünsten Beachtung zu schenken. »Dat Waltraud und der Hermann-Josef, die sind ja jetzt schon über vier Jahr verheiratet –«

»Vier Jahre, fünf Monate und vierzehn Tage«, unterbrach ihn Tante Hilli, die bisher ebensowenig ein Wort gesagt hatte wie Waltraud, und wurde für ihre Einmischung sofort mit einem zornigen Blick Tonis bestraft.

»Und all die Jahre hat et bei denen nit geklappt mit dem Kinderkriegen, obwohl die sich dat immer gewünscht haben und sich redlich Mühe gegeben haben. Nit, Waltraud?«

Waltraud nickte stumm. Löhr konnte beobachten, wie sich ihre Miene während Tonis Ausführungen zu einer undurchdringlichen Maske verhärtete.

»Tja«, sagte Löhr. »Um so schöner, daß es jetzt geklappt hat.«

»Wart doch mal ab!« Tonis buschige Brauen zogen sich ungeduldig zusammen. »Die haben also alles probiert, die beiden. Und et hat und hat nit geklappt. Bis dat Hilli 'ne Idee hatte –«

»Tja, ich hab gesagt –«, wollte Tante Hilli beginnen, ihren Anteil an der Geschichte beizusteuern, wurde jedoch prompt wieder von Toni ausgebremst.

»Dat Hilli meinte«, fuhr er fort, »wenn alles nit hilft, dann hilft ja vielleicht 'ne Wallfahrt nach Lourdes.« Toni hörte auf zu reden und sah Löhr prüfend an.

»Warum nicht?« sagte Löhr so unschuldig wie möglich.

»Eben! Warum nicht? Und die sind also da hin gefahren, der Hermann-Josef und dat Waltraud – nit?«

Wieder nickte Waltraud, deren Gesichtszüge sich mittlerweile versteinert hatten.

»Und stell dir vor –«, versuchte Hilli eine erneute Gesprächsbeteiligung. Chancenlos.

»Und stell dir vor«, sagte Toni: »Et hat jeklappt! Direkt nach der Wallfahrt ist dat Waltraud schwanger geworden!«

Und das sollte alles gewesen sein? »Ja, dann freut euch doch!« sagte Löhr, erntete jedoch peinliches Schweigen. Aller Blicke wanderten zu Waltraud hinüber, die wie eine Gestalt aus dem Wachsfigurenkabinett auf der Couch saß.

»Und da fängt dat Problem nämlich an«, brach Toni das Schweigen mit unheilschwangerer Stimme.

»Welches Problem?«

»Der Hermann-Josef behauptet, dat dat Kind nit von ihm ist!«

»Oho!« machte Löhr, und er verkniff sich jegliche Bemerkung, vor allem eine über die Wunder von Lourdes.

»Und dat dat wirklich en Problem ist«, fuhr Toni fort, »dat siehste ja – wie dat Kind aussieht.« Er machte eine unwillige Geste in Richtung auf Waltrauds blaues Auge, unterschlug allerdings eine Schilderung des Tathergangs. »Seitdem wohnt dat Waltraud bei uns. Seit vierzehn Tagen.«

»Und was sagst *du* dazu?« wandte sich Löhr an seine Kusine.

»Nix!« antwortete Toni. »Kein Sterbenswort!«

Und in der Tat machte Waltraud, deren Versteinerung inzwischen ein irreversibles Stadium erreicht zu haben schien, weniger Anstalten denn je, sich an dem Gespräch zu beteiligen.

»Es ist zum Verzweifeln!« hörte Löhr seine Tante Hilli flüstern.

»Tja, – und was habt ihr euch vorgestellt, soll *ich* da machen?« fragte Löhr vorsichtig.

»Wie mir da weiter vorgehen sollen! Wat mir da machen sollen!« Zum ersten Mal meinte Löhr so etwas wie eine Bitte in der Tonlage seines Onkels anklingen zu hören. Er zuckte die Schulter.

»Einen Vaterschaftstest, natürlich. Aber das kann man sinnvollerweise erst machen, wenn das Kind da ist.«

»Eben! – Und bis dahin?«

Löhr atmete tief ein und zögerte mit einer Antwort. Er wußte, was auf ihn zukam. Endlose Gespräche mit diesem ausgemachten Kotzbrocken Hermann-Josef. Danach stand ihm überhaupt nicht der Sinn. Ebensowenig wie ihm der Sinn danach gestanden hatte, Onkel Toni wieder mal aus einer Patsche zu helfen. Schließlich harrte immer noch das Geheimnis um Tante Lisa seiner Lüftung. Genug Familienprobleme.

»Tja ...«, stöhnte er gedehnt und mit dem festen Vorsatz, sich nicht auf Tonis Familienangelegenheiten einzulassen. Doch dann traf sein Blick auf die versteinerte Waltraud – und sein Mitgefühl für die Kusine führte innerhalb weniger Augenblicke zum Einsturz seines Vorsatzes. »Nein« sagen zu können, schien heute – und wann überhaupt? – nicht zu seinen Stärken zu gehören. »Ihr meint also«, sagte er, weiterhin gedehnt, »ich sollte mal mit dem Hermann-Josef sprechen ...?«

Heftiges Nicken bei Toni und Hilli. Löhr atmete tief aus.

»Aber dann«, sagte er weiter und fixierte die versteinerte Waltraud, »dann müßtest du mir auch sagen, wie's dazu gekommen ist.«

Keine Reaktion in der Miene Waltrauds, abgesehen von einem Senken des Blicks.

»Bei Gelegenheit«, bot Löhr an, und er glaubte nach einer Weile so etwas wie den Hauch eines Nickens bei Waltraud zu bemerken. Das mußte fürs erste genügen. Er stemmte sich aus seinem Sessel hoch.

»Aber du hast ja noch gar nicht ausgetrunken!« protestierte Hilli, die dieses Mal merkwürdigerweise keine Zurechtweisung Tonis kassierte.

»Der ist zwar sehr lecker, der Wein«, log Löhr. »Aber ich muß ein bißchen auf meinen Magen aufpassen. – Und ich muß so schnell wie möglich ins Bett. Hab morgen 'nen anstrengenden Tag.«

Ebenso konventionell-herzlich wie schnell verabschiedete er sich von seinen Verwandten, wobei selbst Waltraud sich dazu durchrang, ihm ihre eiskalte Hand zu reichen. Im Flur – Toni begleitete ihn zur Tür – nahm er dann, nachdem er sicher war, daß sie allein und die Tür zum »Herrenzimmer« geschlossen war, die Gelegenheit wahr, seinen Onkel auf das ihm am Herzen liegende Thema anzusprechen.

»Sag mal«, begann er, »hast du vielleicht 'ne Ahnung, ob die Tante Lisa früher mal wat mit 'nem Mann gehabt hat?«

Erstaunen im knollennasigen Gesicht des Onkels, dann ein Zusammenkneifen der raupenartigen Augenbrauen. »Dat Lisa?« Löhr wartete ab, beobachtete, wie sich Tonis Augenbrauen bei der Anstrengung des Nachdenkens noch mehr zusammenschoben, bis sie einen einzigen dicken, haarigen Wulst bildeten. »Jaa«, sagte er schließlich gedehnt. »Da war mal wat, glaub ich. Direkt nach'm Krieg – oder auch Anfang der Fünfziger. Wenn ich mich recht entsinne, war dat Lisa sogar mal verlobt –«

»Und weiter? Mit wem? Wer war das?«

»Ach Jott! Dat weiß ich nit mehr, Jung. Erstens ist dat lang her und zweitens bin ich ja 'n paar Jahre jünger wie dat Lisa. Damals war ich vierzehn, fünfzehn. Da hab ich mich für so wat noch nit so interessiert. Und überhaupt … Wieso willste dat eigentlich wissen?«

»Nur so«, sagte Löhr. »Ich kümmer mich im Moment ein bißchen um Tante Lisa …« Den Rest ließ er in der Schwebe, was auch genügte, denn Toni wurde von seinem schlechten Gewissen wegen seines Krachs mit Lisa zu betroffenem Schweigen verurteilt.

»Und du weißt wirklich nicht …?«

»Frag mal dat Irmi«, sagte Toni, »dat kennt sich damit ganz bestimmt besser aus als ich.«

Genau das würde Löhr nicht tun. Man sollte nie den Kläger hören, wenn es um den Beklagten geht.

»Gut. Werd ich machen«, sagte Löhr und drückte den Türgriff herunter.

»Und du sprichst mit dem Hermann-Josef?«

»Ja. Mach ich.«

»Bestimmt?«

»Versprochen ist versprochen«, sagte Löhr so fest wie möglich und trat in den Hausflur. Während er beim Hinabsteigen der Treppe hörte, wie Toni oben die Wohnungstür schloß, verfluchte er sein Höverlersches Erbe. Nichts als Ärger und noch nicht einmal die Andeutung eines »Bitte«, geschweige denn eines »Danke«. Sie alle beanspruchten seine Funktion als Flicker und Kitter ihrer Leben wie selbstverständlich. Er war's aber auch selbst schuld, verdammt noch mal!

***

Esser und Löhr hatten an diesem Vormittag bereits ein ansehnliches Arbeitsprogramm hinter sich, als sie zum Generalvikariat aufbrachen. In der Frühbesprechung des Kommissariats hatten sie ihren neuen Fall vorgetragen und erläutert, weswegen sie ihn als Mordfall behandelten und heute noch an den zuständigen Staatsanwalt weitergeben würden. Schuhmacher, der Leiter des Kommissariats, hatte Löhr zum Chef der für diesen Fall gebildeten Mordkommission benannt, ihm aber – auf Löhrs ausdrücklichen Wunsch – niemanden weiteren beigestellt als Esser. Esser hatte das zähneknirschend, aber schweigend hingenommen. Er wußte genau, weshalb Löhr behauptete, in dem Fall würde ein Zweierteam vollkommen ausreichen. Ein dritter, Fremder im Team, hätte zwar eine wesentliche Arbeitserleichterung bedeutet, aber er hätte möglicherweise Löhrs notorische Kapriolen nicht so ohne weiteres gedeckt wie Esser. Andererseits, sagte sich Esser, kam so auch niemand hinter seine kleinen Geheimnissse. Und niemand würde ihr kollegiales Verhältnis stören können, das im übrigen noch nie darunter gelitten hatte, daß wegen des höheren Dienstalters in der Regel Löhr und nicht er zum Leiter der Mordkommission bestellt wurde. Zwar war dann Löhr nominell der Chef des Teams, was aber lediglich bedeutete, daß er für Fehler geradestehen mußte.

Nach der Frühbesprechung hatte Esser den Bruder des Getöteten in München erreicht und ihm das Ableben des Domprobstes mitgeteilt. Der Bruder, ein Bühnenbildner, hatte sich nicht allzu geschockt angehört (Löhr hatte über die Raumsprechanlage mitgehört). Er habe seit Jahren keinen Kontakt mehr zu Henning – aufgrund einer »gewissen weltanschaulichen Entfremdung«, wie er sich ausdrückte. Deshalb könne er ihnen nichts über das Privatleben des Domprobstes mitteilen. Kurze Zeit später war ein Bote des Generalvikariats mit dem Schlüssel zu Hennings Wohnung gekommen, und sie hatten sich sofort auf den Weg gemacht.

Nach dem Eindruck, den die kleine, helle und wohlaufgeräumte Wohnung des Domprobstes machte, mußte er ein bescheidener, zur Sparsamkeit neigender Mann ohne Abgründe, Exzesse, Obsessionen – noch nicht einmal mit irgendwelchen ausgefallenen Hobbys – gewesen sein. Ein braver Diener seines Herrn. Nichts Überflüssiges, Luxuriöses oder gar Anstößiges fand sich in den beiden Zimmern auf der Altengrabengasse, deren Fenster auf den Park des Erzbischöflichen Palastes hinausgingen. Das Schlafzimmer war mit nichts als einem schmalen Bett, einem Nachttisch und einem kleinen

Kleiderschrank möbliert. Auf dem Nachttisch lagen ein paar Krimis. Löhr hatte sie durchgeblättert. Chesterton, Harry Kemelman und Charles Merril Smith. Auch hier also ganz auf Linie, obwohl Löhr bezweifelte, daß Reverend Cesare Paul Randollphs luxuriöser Lebensstil dem Verblichenen zugesagt hatte. Das Wohnzimmer, eher ein Arbeitszimmer, war mit der gleichen sachlichen Schlichtheit eingerichtet wie der Schlafraum. Eine Sitzecke mit drei einfachen Sesseln, ein Schreibtisch, ein Bücherschrank, merkwürdigerweise mit wenig theologischer, dafür mit spezieller betriebswirtschaftlicher Fachliteratur und einer ganzen Reihe von Büchern in italienischer Sprache – außer Lexika meistens Abhandlungen zur Architektur von Landvillen in Latium und Fotobänden über Renaissance-Kleinkunst. Kein einziges Bild an den Wänden, bis auf ein gerahmtes Foto von irgendeiner – wahrscheinlich italienischen – Landschaft, kein Fernseher, keine Stereoanlage, nur ein kleiner Weltempfänger auf dem Fensterbrett. So viel Anspruchslosigkeit war irgendwie verdächtig. Doch auch die Schreibtischschubladen, die Löhr und Esser gemeinsam durchsuchten, brachten nichts zum Vorschein, was die Integrität des Domprobstes in Frage gestellt hätte. Am meisten Aufschluß gab sein Notizbuch, wenn man überhaupt von »Aufschluß« sprechen konnte. Kaum private Adressen im Adressverzeichnis, die meisten Namen und Telefonnummern gehörten zu Kollegen des Toten in verschiedenen Außenstellen des Generalvikariats. Domprobst Henning mußte, so hatte es den Anschein, ganz in seiner Arbeit aufgegangen sein. Im nur spärlich mit Notizen versehenen Terminteil des Notizbuches stießen sie auf zwei Namen: zwei Männer, mit denen sich Henning ein paar Tage vor seinem Tod privat getroffen haben mußte. Am 28. Mai war für acht Uhr abends der Name Horst Krinke eingetragen, am 1. Juni, auch für acht Uhr abends, der Name Ernst Siegloch. Von Siegloch fanden sie im Adressverzeichnis eine Telefonnummer mit Bonner Vorwahl, Krinke dagegen hatte keinen Eintrag. Diesen beiden Spuren, hatten sie beschlossen, würden sie am Nachmittag nachgehen. Vielleicht würden sie aber auch schon in Hennings Büro nähere Aufschlüsse finden.

Auf dem Weg dorthin waren sie von der Löwengasse zu Fuß durch die Hohe Pforte und dann gegen den Strom der Touristen und Einkaufsbummler über die Hohe Straße gegangen und standen nach einer Viertelstunde in der Marzellenstraße vor dem Portal des Generalvikariats. Löhr zögerte hineinzugehen. Der Gedanke, den Rest des Vormittags in einem von Priestern beherrschten Gebäude zu verbringen, schreckte ihn.

»Wieso bist du eigentlich so sicher, daß wir hier was finden?«

»Mensch Jakob! Hast du vielleicht eine andere Idee, wo wir suchen sollen?«

»Die meisten Morde und Totschläge werden von Familienmitgliedern, die zweitmeisten im Freundes- und Bekanntenkreis begangen.«

Esser verdrehte die Augen. »Du hast es doch eben selbst gesehen: der Mann hatte kein Privatleben!«

»Und wenn doch? Wenn wir irgendwas übersehen haben?« Allein schon der spezifische Geruch, den Priester verströmen können, bereitete Löhr ein leichtes Unwohlsein. Er glaubte ihn bereits hier auf der Straße in der Nase zu haben.

»Da war nichts, Jakob! Außer den zwei Namen. Und ich geb dir Brief und Siegel drauf, das sind tote Spuren!«

»Und wenn nicht? Dann verlieren wir hier doch nur Zeit! Wir sollten zumindest zuerst die zwei Spuren ausschließen. Weil, wie gesagt, die meisten Morde ...« Dabei schoß ihm wieder Tante Lisa durch den Kopf. Und die Behauptung von Irmi. Und das Foto. Vielleicht wußte seine Mutter etwas über den jungen Mann?

Esser hatte die Geduld verloren, stieß einfach die Tür auf und betrat vor Löhr die Halle des Generalvikariats.

»Und wenn einer mit Rechnungsprüfungen zu tun hat wie unser Domprobst«, flüsterte er Löhr zu, dem nichts anderes übrig geblieben war, als zu folgen, »dann stößt der vielleicht ab und zu mal auf ein faules Ei. Und in so einem faulen Ei kann immer ein schönes Motiv für einen Mord versteckt sein.«

»Hm, hm«, brummelte Löhr, blieb ein paar verdrossene Schritte hinter Esser zurück, sah zu, wie der sich an der blau lackierten Rezeption von einer Empfangsdame den Weg zu Generalvikar Schorn beschreiben ließ und trottete ihm dann hinterher.

Sie stiegen unter ausladenden gotischen Bögen eine breite Treppe hoch und gelangten in den ersten Stock des straßenwärts gelegenen Gebäudetraktes. Auf den Treppenabsatz führten zwei schwere Doppeltüren aus massiver Eiche, doch Esser ging links den Flur hinunter, stieß eine Glastüre auf. Der Flur setzte sich fort, rechts und links eine Reihe von Türen, zwar weniger mächtig als die beiden Eichentüren auf dem Treppenabsatz, doch immer noch imposant genug, um den Besucher spüren zu lassen, daß er sich im Zentrum der Macht der Heiligen Kirche des Rheinlands befand. Vor einer der Türen blieb Esser stehen, sah auf das Namensschild rechts neben der Tür und klopfte.

Zur Erleichterung Löhrs trug Schorn Zivil, lediglich ein kleines silbernes Kreuz am Revers, roch auch überhaupt nicht wie ein Priester und erwies sich als ein rotwangiger, freundlich-jovialer Vertreter seiner Gattung. Doch hinter seiner Jovialität und seiner zur Schau gestellten Sanftmut meinte Löhr eine lauernde Wachsamkeit zu spüren, eine vorsichtige Zurückhaltung, aus deren Deckung heraus jederzeit ein konzentrierter Angriff erfolgen konnte.

»Nein, nein«, beantwortete er Löhrs Frage nach dem Privatleben des Toten. »Ihr Eindruck trügt durchaus nicht. Domprobst Henning hatte sein ganzes Leben, und das heißt auch den größten Teil seiner Freizeit, seiner Arbeit gewidmet. Privatleben? Er ist mit einem Studienkollegen alle paar Wochen mal einen Schluck Wein trinken gegangen ...«

»Irgendwelche Hobbys?«

»Hobbys?« Generalvikar Schorn lächelte fein. »Nicht daß ich wüßte. – Außer man betrachtet seine regelmäßigen Wallfahrten nach Rom als Hobby. Aber das waren sie wohl nicht. Zumindest nicht in unseren Augen. Domprobst Henning opferte seinen gesamten Urlaub für diese Wallfahrten.«

Esser, der Löhrs Nachfragen nach Hennings Privatleben ungeduldig verfolgt hatte, erhob sich von seinem Besucherstuhl.

»Dann können wir uns ja jetzt mal den Arbeitsplatz von Domprobst Henning anschauen, nicht?«

Schorn hob beschwörend ein Paar unbehaarte, fleischige Hände. »Kann ich Ihnen seine Unterlagen nicht hierher bringen lassen? Ich stelle Ihnen gern mein Büro für die Durchsicht zur Verfügung.«

Esser runzelte die Stirn. Der Generalvikar knotete die Finger seiner Hände ineinander. »In Domprobst Hennings Büro sitzen sein Referent und seine Sekretärin. Wenn sie mitbekommen, daß die Polizei ... Sie wissen doch, das ist bei uns genau so wie überall anders auch. Dann wird herumgetratscht – und dann ...«

»Tut mir leid«, sagte Esser mit seiner Polizeistimme.

»Moment!« warf Löhr ein. »Wenn Sie nicht wollen, daß die beiden uns sehen, dann schicken Sie sie doch einfach solang irgendwo anders hin.«

Der Generalvikar sah Löhr ein paar Augenblicke entgeistert an, dann glitt ein breites Lächeln über seine rosigen Wangen, und er griff zum Telefonhörer. »Genau so machen wir's!« sagte er, während er wählte. »Ich bestell sie zu einer Dienstbesprechung.«

Er griff zum Telefon, behielt aber die Hand auf dem Hörer. Ein winziges hinterhältiges Grinsen zuckte über seine Wangen. »Ich verlasse mich auf Ihre Diskretion, meine Herren. – Sie wissen, wo Sie sich befinden?«

»Selbstverständlich«, sagten Esser und Löhr unisono.

In Hennings tatsächlich nach wenigen Minuten leerem Büro war es keine große Kunst herauszufinden, woran der Domprobst in der letzten Zeit gearbeitet hatte. Sauber in der Mitte seines Schreibtisches austariert lag ein Terminkalender, in dem an jedem Tag bis zu Hennings Tod bis zu acht Terminen verzeichnet waren. Auf der linken Schreibtischseite die unerledigten, auf der rechten Seite die erledigten Vorgänge samt einer Unterschriftenmappe. Während Löhr in den Vorgängen auf der rechten Seite blätterte, ging Esser das Rolodex durch und wurde prompt fündig.

»Hier!« sagte er. »Krinke. Da haben wir ihn! Der, mit dem Henning sich zwei Tage vor seinem Tod privat getroffen hat.«

Löhr antwortete nicht, stöberte weiter in den Akten des Domprobstes.

»War also doch kein privates Treffen …«, fuhr Esser sinnierend fort.

»Wieso?«

»Krinke sitzt auch hier im Generalvikariat. Gerhard Krinke, Hauptabteilung 22, Abteilung 227, Bauvorhaben, Auftragsvergabe …«

Während Esser sich die Telefonnummer Krinkes notierte, war Löhr erstarrt. Langsam nahm er einen der Vorgänge, die er die ganze Zeit über durchstöbert hatte, hoch.

»Hier!« sagte er mit klarer, fast lauter Stimme. »Ich hab's.«

»Was?« fragte Esser.

»Tatmotiv. Tatort. Vielleicht auch Täter. – Du hast recht gehabt. Wir sind auf Gold gestoßen.«

Esser sah Löhr an, als wenn der gerade behauptet hätte, ins Kloster gehen zu wollen.

»Es ist ganz einfach«, erklärte Löhr. »Unser Mann hat den ganzen letzten Monat Rechnungen für Dachdeckerarbeiten kontrolliert.

Dachdeckerarbeiten, die im Auftrag der Bauabteilung des Generalvikariats durchgeführt worden sind – an Groß St. Martin, St. Kunibert und St. Gereon.«

»Ja und?« In Essers Miene spiegelte sich ein deutlicher Unglaube.

»An diesen Aufträgen muß was faul gewesen sein. Obwohl Henning unter alle sein Okay gesetzt hat«, sagte Löhr seelenruhig.

»Ja natürlich, ganz einfach, liegt ja auf der Hand«, höhnte Esser.

Löhr sah ihn jetzt scharf an. »Woran ist unser Mann gestorben?«

»An einem Sturz aus großer Höhe«, antwortete Esser automatisch.

»Eben. Und jetzt wissen wir's etwas genauer: Jemand hat ihn von einem Kirchturmdach runtergestoßen.«

»Ach Jakob!« Esser klang fast ärgerlich. »So einfach ist es doch wirklich nicht! Nur weil Henning ein Priester war und zufällig mal mit Kirchendächern zu tun hatte, muß der doch nicht von einem Kirchendach runtergestoßen worden sein.«

»Wenn ich es dir sage!«

»Der Mann hatte lediglich mit Rechnungsprüfungen zu tun, das war ein Schreibtischhengst – was soll der dann auf einem Kirchturm? Da hat der doch überhaupt nichts zu suchen!«

»Hast du auch wieder recht.« Löhr war etwas kleinlauter geworden. Ganz so schnell, wie er den Fall lösen wollte, schien es doch nicht zu gehen.

»Aber da fällt mir was ein.« Esser holte seine Zigaretten aus der Tasche, zog eine heraus, steckte sie sich in den Mund. »Wo ist der Mann runtergeworfen worden? An das Naheliegendste haben wir noch gar nicht gedacht.«

»Und das wäre?« Löhr legte die Akten resigniert auf den Schreitisch des toten Domprobstes zurück.

»Wenn der Täter den Henning in den Rheinauhafen gekippt hat, dann kann er ihn ganz in der Nähe runtergestoßen haben.« Esser zündete seine Zigarette erst jetzt an und schaute nachdenklich der ersten Rauchwolke nach.

»Hatten wir das nicht schon mal?« fragte Löhr. »Der Täter hat den Henning ins Wasser geworfen, weil er nicht wollte, daß die Leiche am ursprünglichen Tatort gefunden wird.«

»Aber es muß doch einen Grund haben, warum ausgerechnet in den Rheinauhafen. Und der nahliegendste ist doch, daß der tatsächliche Tatort ganz in der Nähe liegt, oder?«

»Hm«, machte Löhr. »Und das wäre zum Beispiel?«

»Keine Ahnung. Wir müssen uns da umsehen. Was es da für Möglichkeiten gäbe.«

»Gute Idee«, sagte Löhr mit einem traurigen Blick auf Hennings Akten. Die enthielten einen so schönen möglichen Tatort und ein so schönes Motiv!

»Am besten gleich«, sagte Esser und drückte mangels eines Aschenbechers seine kaum halbgerauchte Kippe im Untersetzer einer Zimmerpflanze aus.

»Gleich?« protestierte Löhr. »Gleich geht nicht. Ich hab noch was vor!«

***

»Ich muß ihr endlich mal eine Spülmaschine kaufen!« dachte Löhr mit einem Anflug von schlechtem Gewissen, als er auf der Küchencouch ausgestreckt lag und seiner Mutter beim Spülen zuschaute. Er war, ohne sich vorher angemeldet zu haben, zur Mittagszeit bei ihr aufgetaucht, und sie hatte ihn an ihrem Mittagessen – eingelegte Heringe mit Pellkartoffeln – teilnehmen lassen. Esser hatte er nach ihrer Durchsuchung im Generalvikariat nicht gesagt, daß er zu seiner Mutter wollte. Über den Grund mancher seiner Absenzen vom Dienst erschien es ihm einfach klüger, Esser im unklaren zu lassen. Und da es von der Marzellenstraße nur ein Katzensprung bis zur Eintrachtstraße war, wohin seine Eltern nach dem Verlust des Hausmeisterpostens gezogen waren, hatte er beschlossen, die wohlverdiente Mittagspause bei seiner Mutter zu verbringen, mit der er ohnehin reden wollte.

Mit allmählich sich absenkenden Lidern betrachtete er das Blumenmuster auf dem Haushaltskittel seiner Mutter, hörte die leisen, glucksenden Geräusche, die ihr Abwaschen verursachte – bis ihm die Lider ganz zufielen und er in das kleine Schläfchen sank, das er – mit über der Lehne der Couch baumelnden Füßen – nach jedem Mittagessen bei seiner Mutter zu halten pflegte. Sie machte die besten eingelegten Heringe, die er je gegessen hatte und höchstwahrscheinlich je essen würde, legte die Fische nicht nur in Essig, Öl und Sahne ein, sondern verwendete für die Marinade auch einen Melcher, den sie extra für diese Speise in ihrem Stamm-Fischgeschäft auf der Serverinstraße besorgte. Löhr hatte reichlich gegessen, und sein voller Bauch verhalf ihm, ohne daß er sich hätte wehren können, zu einem zwar kurzen, aber tiefen und traumlosen Schlaf.

Kaffeegeruch weckte ihn, und als er die Augen aufschlug, sah er seine Mutter ihm gegenüber am Küchentisch sitzen und in seiner Kaffeetasse rühren. Mit einem Ruck war er auf und wieder hellwach. Er bildete sich viel auf seine Kurzschläfe ein. Zehn Minuten Schlaf reichten ihm, wie auch Napoleon, der auf dem Höhepunkt der Schlacht, wenn es für ihn im Augenblick nichts mehr zu tun gab, ein Nickerchen zu halten pflegte. Danach war er hellwach. Napoleon. Und natürlich auch er, Löhr.

»Dat ess ävver nett, Mutter«, sagte er und nahm die Kaffeetasse, die sie ihm herüberschob, in Empfang. Seine Mutter war der einzige Mensch, mit dem er sich ausschließlich auf Kölsch unterhielt. Der Grund dafür war, daß seine Mutter – so wie die meisten Hövelers – das Hochdeutsche nur unvollständig beherrschte und ungern benutzte, aber auch, daß er sich mit ihr in der Sprache seiner Kindheit am wohlsten fühlte. Mit anderen sprach er auch gern Kölsch, aber nur ein paar Worte, ein paar Wendungen. Mit seiner Mutter jedoch redete er durchgängig so und das mit Gewinn, denn sie verfügte über Begriffe und Redensarten, die er bislang nicht kannte und die er versuchte, in seinen kölschen Wortschatz aufzunehmen wie Kleinode in eine Schatzkammer.

»Et ess schön, datste ens vorbeiküss«, erwiderte seine Mutter. Noch eine ihrer wohltuenden Qualitäten. Sie war die einzige der Hövelers, die höflich sein konnte. Aber immerhin war sie ja auch seine Mutter.

»Sag ens«, kam Löhr bei der zweiten Tasse Kaffee zu seinem eigentlichen Thema, denn bisher und auch während des Essens hatten sie nur über die »schöne Beerdigung« Tante Helgas und über die Familie geredet. »Dat Tante Lisa – hätt dat eigentlich ens ene Kerl gehabt?«

»Wie küsste denn do drop?« Die hellblauen Augen seiner Mutter musterten ihn mit einer Spur Mißtrauen.

»Och«, sagte Löhr, bemüht, der Sache nicht zu viel Gewicht beizulegen, und er erzählte ihr so obenhin wie nur möglich von dem Foto in Tante Lisas Wohnzimmer, so, als wenn es ihm lediglich um eine Ergänzung seiner Familienchronik ginge.

»Dat muß der Gregor sin!« sagte seine Mutter prompt und erzählte ihm die Geschichte, wie Lisa und Gregor sich kurz nach dem

Krieg beim Hamstern unter der Eigelsteintorburg begegnet waren, eine heftige, aber kurze Liebesgeschichte zwischen einem eben aus amerikanischer Gefangenschaft heimgekehrten Soldaten und einer Sechzehnjährigen, die den ganzen Tag über die Schwarzmärkte der Stadt stromerte, um durch den Verkauf von Erbstücken die Familie mit durchzubringen. Wie Lisa diese Geschichte – weil sie ja »viel zu jung für su jet« war, eine ganze Weile zu Hause verheimlichte, wie ihr Vater, Opa Jakob, aber dann doch dahinter kam und dem »Kind« die Liaison kurz und bündig verbot, und Lisa sich auch nicht getraut hatte, die Beziehung weiter aufrecht zu halten.

Das war alles gewesen?

Seine Mutter zuckte bedauernd die Schultern. »Dat wor für dat ärm Minsch ene Schock. Donoh hätt et sich nie mieh um Mannsbilder jekömmert, obwohl eigentlich noch en janze Zick die Kerls janz schön hinger dem her wore. Denn dat Lisa, dat wor in singer Zick e janz nett Persönche. Ävver wie et evens kütt ...«

Arme Tante Lisa! Hatte sich ihr ganzes Leben dieser ersten, einzigen Liebe hinterhergesehnt. Aber wieso bekannte sie sich jetzt erst dazu? Denn das Aufhängen des Fotos von Gregor mußte doch gewissermaßen ein Bekenntnis zu ihrer Jugendliebe bedeuten. Wieder zuckte seine Mutter mit der Schulter.

»Do frögste mich zu vill, Jung.«

Hatte Tante Lisa denn nicht früher, zum Beispiel in der Zeit, als sie noch bei ihrer Mutter gewohnt hatte, das Gregor-Foto schon einmal aufgehängt? Sie überlegte eine ganze Weile, massierte dabei ihre – für Hövelersche Verhältnisse nur wenig ausgeprägte – kleine Knollennase – und zuckte dann wieder mit den Schultern: Ja, vielleicht, könnte sein, wenn sie sich recht erinnerte, hatte sie das Foto schon einmal gesehen, früher, im alten Haus in der Gustavstraße, irgendwie meinte sie schon, aber wie gesagt, genau könne sie sich nicht erinnern.

Also gut, dachte Löhr, während er seine immer noch grübelnde Mutter betrachtete. Nehmen wir mal an, sie hat das Foto früher aufgehängt, warum dann aber all die Jahre nicht, die sie mit Tante Helga gemeinsam in der Wohnung gewohnt hatte? Wo dieses Foto doch ihr wohl liebstes Andenken sein mußte. Hatte sie sich etwa ihrer Schwester gegenüber deswegen geschämt? Das konnte doch wohl nicht sein!

»Sag ens, Mutter – die Tante Helga, weswegen hat die eijentlich nit jeheiratet?«

Mutter Löhr blies Luft durch die Lippen und grinste dabei.

»Dat Helga? Dat wor doch immer schon e Herehemp!«

»Herehemp?« Das hatte Löhr noch nie gehört, und er verlangte sofort nach einer Erklärung. Begierig lauschte er der der etwas trockenen Erläuterung seiner Mutter, wonach »Herehemp« Frauen bezeichnete, die steif wie ein Herrenhemd sind. Frauen, die – natürlich vor allem Männern gegenüber – auf Distanz halten, sich hochnäsig geben, unnahbar erscheinen wollen.

»Dat Helga wor sich für Kerls immer zu fein. Un deswegen hät et nie eine avjekräje ...« Die alte Frau zögerte, griente dann in sich hinein. »Un deswegen es et wahrscheinlich uch esu fromm jewode.«

Grinsend erhob sich Löhr von der Küchencouch. Es wurde allmählich Zeit. Er ging um den Tisch herum, beugte sich zu seiner Mutter hinunter, gab ihr einen angedeuteten Kuß auf die Wange und verließ beschwingt, weil er wieder um einen Begriff reicher geworden war, ihre Wohnung. »Herehemp!« murmelte er vor sich hin, als er sich auf den Weg zurück zur Löwengasse machte.

***

Esser blickte gar nicht auf, als Löhr kurz vor der im KK11 üblichen Feierabendszeit, also gegen halb fünf, das Büro betrat. Er schien mit Hochdruck weitergearbeitet zu haben und in den Unterlagen, die sie aus Hennings Büro mitgebracht hatten, auf etwas Interessantes gestoßen zu sein. Statt eines schlechten Gewissens empfand Löhr diesmal angesichts des fleißigen Essers Stolz; Stolz, einen so tüchtigen Kollegen an der Seite zu haben. Doch verborgen in diesem Gefühl des Stolzes schwang auch so etwas wie Erleichterung mit. Mit einem wie Esser lief alles auch ohne ihn. Eigentlich brauchte er bloß ab und zu mal nach dem Rechten zu sehen und den Fleiß des Kollegen in die rechten Bahnen zu lenken. Was wollte er mehr?

»Und? Was Neues?« fragte er, sich über Essers Schultern beugend. Esser studierte das Telefonverzeichnis des Generalvikariats.

»Weißt du, mit wem wir heute morgen gesprochen haben?« fragte Esser zurück. Löhr zuckte die Schulter.

»Mit dem zweitmächtigsten Mann im ganzen Erzbistum direkt hinterm Kardinal! Dieser Generalvikar, Dr. Steffen Schorn, – Apostolischer Protonotar und Domkapitular – ist Chef von allen Stabsabteilungen im Generalvikariat, er hat alles unter sich!«

»Protonotar! Domkapitular! Meine Güte! Ja und?«

»Ja, hast du das denn gewußt, daß das so ein hohes Tier ist?«

»Nö«. Löhr zog einen gleichgültigen Flunsch.

»Mensch! Wenn die so ganz stiekum ihr höchstes Tier auf uns ansetzen, dann heißt das doch, daß bei denen die Geschichte mit Henning ganz hoch gehängt ist!«

»Ist doch klar. Ein Mord in der Kirche, – das war denen noch nie angenehm.«

»Nein, nein, nein!« protestierte Esser. »Darum geht's natürlich auch. Aber nicht nur. Da muß mehr dahinter stecken. Der Mord an Henning ist nur der oberste Gipfel vom Eisberg. Da ist irgendwo die Kacke am dampfen, und deswegen hat sich gleich der oberste Boß eingeschaltet. Der kann am besten von allen den Deckel drauf halten.«

»Na schön«. Löhr wandte sich von Esser ab und setzte sich an seinen Schreibtisch. »Dahinter werden wir schon noch kommen.« Er beobachtete, wie Esser sich nervös eine Zigarette anzündete. »Was ist denn bei deiner Erkundung des Geländes rund um den Rheinauhafen rausgekommen?«

Esser zuckte die Schulter. »Nichts. Ich hab mit Schmitz vom ED den halben Nachmittag die Umgebung gecheckt: Hochhäuser, die Severinsbrücke, die Stapelhäuser am Hafen. Nichts, keine Spuren.«

»Vielleicht also doch ein Kirchturm?« grinste Löhr süffisant.

Esser stieß einen Rauchschwall gegen die Decke und ignorierte Löhrs Bermerkung. »Ich habe anschließend die anderen Spuren verfolgt. Diesen Ernst Siegloch, den können wir schon mal ausschalten.«

»Siegloch?«

»Der Mensch, mit dem Henning ein paar Tage vor seinem Tod abends verabredet war. Da ist nichts dran. Ein Studienkollege. Trifft oder traf sich mit Henning alle paar Wochen zum Weintrinken in der Altstadt, wie Schorn gesagt hat. Außerdem hat er für den Todeszeitpunkt ein ziemlich glaubwürdig klingendes Alibi. Müssen die Bonner Kollegen noch überprüfen. Hab ich aber schon in die Wege geleitet.«

»Mannomann!« machte Löhr anerkennend. »Seit wann haben wir denn eigentlich einen Todeszeitpunkt von Henning?«

Esser grinste. »Wenn du die Güte gehabt hättest, mal einen einzigen Blick in den Bericht der Gerichtsmedizin zu werfen, wüßtest du's. – Am Montagabend, zwischen 21 und 23 Uhr.«

»Da hätte der doch schon längst auf seiner Tagung in Paderborn sein müssen«, brummte Löhr.

»Daß du dich wenigstens daran erinnerst!« Esser grinste immer noch. Die Arbeit schien ihm wirklich gut zu bekommen. »Aber«, fuhr er schulterzuckend fort, »in Paderborn ist er nie angekommen. Wenn wir wüßten, wieso, hätten wir den Fall geklärt.«

»Hm.«

»Und weiter«, fuhr Esser fort, »hab ich diesen Krinke für morgen früh zu uns zur zeugenschaftlichen Vernehmung bestellt. Mit dem sind wir, glaub ich, der Sache schon wesentlich näher auf der Spur.«

»Krinke? Der aus Löhrs Terminkalender?« fragte Löhr.

Esser nickte und sah in seine Unterlagen. »Ja. Gerhard Krinke. Er vergibt die Aufträge für die Sanierung der Kirchendächer, die Henning zu prüfen hatte!«

»Aha! Also doch Kirchdächer!« sagte Löhr. »Und?«

»Ich war mit Hennings Unterlagen eben bei den Kollegen von der Wirtschaftskriminalität.«

»Oh mein Gott!« stöhnte Löhr mit künstlicher Bewunderung, aber auch mit schlechtem Gewissen. »Du hast ja gearbeitet wie ein Pferd!«

Auch diese Bemerkung ignorierte Esser. »Die Aufträge an die Dachdeckerfirmen und die entsprechenden Rechnungen, die sind alle sauber. Keinerlei Anzeichen von Betrug, Schiebung, Absprachen oder ähnliches.«

»Das haben die Kollegen von der Wirtschaftskriminalität gesagt?«

»Richtig. Und die Jungs haben mir erklärt«, sagte Esser, »wie so was laufen könnte, daß es nach außen sauber aussieht und trotzdem durch und durch faul ist.«

»Aha!« Löhr wurde jetzt zum ersten Mal während des Gesprächs mit Esser richtig aufmerksam. Er glaubte, eine Spur wittern zu können.

»Das könnte so laufen, daß der Auftraggeber sich mit, sagen wir mal, einem halben Dutzend Dachdeckerfirmen abspricht. Die legen ihm ihre Angebote vor, die sie vorher untereinander und mit ihm abgekartet haben und die bis auf eine Ausnahme alle ungefähr gleich hoch sind. Er gibt natürlich der Ausnahme, also dem Billigsten, den Zuschlag.«

»Und wer hat was von so einer Absprache?« fragte Löhr.

»Alle. Weil bei dem System jeder mal drankommt. Die brauchen sich keine Konkurrenz mehr zu machen, die werden alle satt. Unter anderem, weil sie durch die Preisabsprache ja auch die Preise in die Höhe treiben können, wie sie wollen.«

»Und was hat der Auftraggeber im Generalvikariat davon? Dieser Krinke, sagen wir mal?«

»Der hat am meisten davon. Weil der bei jeder Auftragsvergabe von allen eine Provision einstreicht.«

»Aha! Und du meinst, dieser Krinke ...?«

Essser hob abwehrend beide Hände. »Bisher ist das nur eine Theorie. So *könnte* es gelaufen sein.«

»Und Henning ist dahintergekommen, hat sich Krinke oder 'nen Dachdecker vorgeknöpft, und weil er damit im Weg stand ...« Löhr machte eine Handbewegung zur Kehle. Gar nicht schlecht, die Theorie seines Kollegen.

»Moment, Moment«, sagte Esser, doch er kam nicht weiter, denn Löhrs Telefon piepste.

»Für dich«, sagte Esser zu Löhr und konnte es sich wieder nicht verkneifen, ein ironisches »Privat!« hinzuzufügen. Diesmal war es tatsächlich Tante Irmi.

»Wieso meldest du dich nicht?« war das erste, was er hörte, und bevor er noch irgendetwas erwidern konnte, sagte sie mit Kommandostimme: »Ich bin jerade in der Stadt. Wir können uns in 'ner halben Stunde im Café Schmitz auf der Breiten Straße treffen. Kennste doch, nit? Printen-Schmitz. Ich hab wichtige Informationen für dich. Bis gleich.« Dann war die Leitung tot, Löhr seufzte tief und legte den Hörer langsam wieder auf. Natürlich sollte er Tante Irmis Befehl ignorieren. Zumal einen in einem solchen Ton vorgebrachten Befehl, ohne den geringsten Anklang einer Bitte. Er *müßte* ihn ignorieren. Andererseits aber hatten ihn die Besuche bei Tante Lisa und bei seiner Mutter neugierig gemacht, und da wäre es vielleicht doch schon interessant, wie Tante Irmis Theorie lautete und wie es um ihre »Beweise« bestellt war. Außerdem war sowieso Feierabend und Esser hatte ihren Fall offenbar ganz ausgezeichnet im Griff.

»Interessante Theorie!« sagte er laut zu Esser.

»Wer war das gerade?« fragte der. »Du hast kein Wort gesagt.«

»Falsch verbunden«, antwortete Löhr.

***

Manchmal, wenn er Muße hatte, manchmal aber auch bloß, um die Zeit hinauszudehnen – etwa bei unangenehmen Verabredungen wie dieser – wählte Löhr einen Umweg die Löwengasse hinunter, um in die Innenstadt zu gelangen: über die Weber- und Follerstraße statt des kürzeren Weges über die Hohe Pforte. Hier, entlang der Weberstraße und an der Abfahrt von der Severinsbrücke, gab es Grünflächen und den sanften, löchrigen Schatten von Bäumen, die Illusion eines Durchatmens im Freien nach einem Tag im Büro.

Tante Irmi saß natürlich schon im Café Schmitz und schaute, nachdem sie ihn hatte eintreten sehen, mißbilligend auf ihre Armbanduhr. Löhr hatte sich für den Weg reichlich Zeit gelassen, und vorsichtig auf gehörigen Abstand bedacht (er mußte an ihren Fußtritt im »Steinbüchel« denken) setzte er sich seiner Tante gegenüber auf einen der weißlackierten Stühle. Doch sie ging gar nicht weiter auf seine Verspätung ein, nickte nach einer etwas kühlen Begrüßung mit dem Kinn lediglich auf die Breite Straße hinaus und schüttelte den Kopf. Löhr sah sich um und registrierte draußen nichts als den üblichen Strom der Passanten sowie den Zaun um die Baugrube, wo früher einmal das Pressehaus gestanden hatte.

»Dat die dat einfach so abreißen durften!« sagte Tante Irmi, als sei Löhr schuld daran. Der zuckte ein wenig zusammen, konnte die unwillkürliche Bewegung aber so modifizieren, daß es aussah, als höbe er lediglich die Schultern.

»Ich hatte dir ja gesagt«, fuhr Irmi übergangslos fort, »dat ich Beweise hab für dat, wat ich dir auf der Beerdigung gesagt hab«. Dabei zog sie einen prall gefüllten braunen Briefumschlag aus ihrer Gucci-Tasche und legte ihn vor Löhr hin.

»Da sind se!« Ihre goldbewehrte Rechte strich, bevor sie ihn zu Löhr hinüberschob, über den Umschlag, als enthalte er einen Schatz.

Löhr warf einen ebenso zögerlichen wie widerwilligen Blick hinein. Dutzende Tablettenröhrchen mit der Aufschrift »Luvased«.

»Damit hat die se umjebracht!«

»Aber.«

»Nix aber! Ich hab mit 'nem *Fachmann* darüber gesprochen. Auf lange Dauer und in hohen Dosen ist dat Zeug tödlich für einen mit Bluthochdruck.«

»Schön. Aber woher willst du wissen, daß Tante Lisa die Tabletten Tante Helga verabreicht hat?«

»Weil ich dat weiß!«

Genau das schätzte er an seinen Verwandten der Höveler-Linie: ihre absolute Unerschütterlichkeit. Sie konnten, hatten sie sich einmal darauf versteift, an den gewagtesten Behauptungen festhalten wie Märtyrer an ihrem Glauben. Dieser Zug fast herrisch zu nennender Besserwisserei, der nur aus der Seelenlage der Selbstgewissen sich speisen kann, davon hätte er, der Zögerer, Zauderer, die Inkarnation der Kompromißbereitschaft (so kam er sich wenigstens immer vor, wenn er es mit den Hövelers zu tun kriegte), davon hätte er sich gern ab und zu mal eine Kante abgeschnitten.

»Und *wieso* weißt du das?« fragte er.

»Weil ich sie dabei erwischt hab, wie sie die alle in den Müll geworfen hat. Und zwar ganz stiekum.«

»Aber es könnten doch auch ihre eigenen Tabletten gewesen sein!«

»Und wieso dann die Heimlichtuerei, als sie sie beseitigen wollte?

»Mein Gott! Vielleicht war's gar nicht so heimlich, wie du gedacht hast. Vielleicht waren es ihre eigenen Pillen, und sie hat sich zum Beispiel geniert, wollte nicht, daß das jemand mitkriegt, daß sie die nimmt?«

»So'n Quatsch! Dat Lisa nimmt so viele Pillen, – wieso sollte sich dat deswegen genieren? Nee, nee, nee. Dat ist so gewesen, wie ich dir gesagt hab!«

»Gut. Aber dann hätte Lisa Helga die Pillen zwangsweise verabreichen müssen. Wie soll sie das denn gemacht haben?«

»Jetzt stell dich bitte nicht dööfer an, als de bist, Jakob. Sowat müßtest du in deinem Beruf doch wissen! Da gibt et doch tausend Möglichkeiten. Ins Essen mischen, in den Tee ...«

Löhr sackte ein wenig in sich zusammen. Bald würde ihm nichts mehr einfallen. Aber es entstand eine Pause, die ihm ein wenig Zeit zum Nachdenken verschaffte. Tante Irmi sah sich mißmutig nach der weißgeschürzten Kellnerin um, die nun schon das vierte Mal an ihnen vorbeiging, ohne sie eines Blickes zu würdigen.

»Dat ist vielleicht ein Personal hier. Sowat hät et früher nit gegeben!« Sie sagte das in einem Ton, als hätte Löhr (und nicht die Kellnerin) alle Menschen, die er je gekannt habe, tief enttäuscht.

»Nehmen wir mal an«, sagte er, ihre Bemerkung ignorierend, »das stimmt alles so. Was ich aber dann nicht verstehe, ist, *wieso* Tante Lisa so was gemacht haben soll. Was soll's da für einen Grund gegeben haben?«

»Ja, weißt du dat denn nit?« Tante Irmis Oberkörper fuhr hoch wie der einer Kobra beim Angriff. »Die zwei haben sich gehaßt wie die Heiden!«

»Ach!«

»Und zwar schon so lang, wie ich zurückdenken kann. Sozusagen von Kind an konnten die sich nicht riechen!«

»Von *Kind* an?«

Irmi überlegte kurz. »Also von Kind an nicht, das stimmt ...«

»Sondern?«

»Ich weiß es nicht genau. Irgendwann, als die siebzehn, achtzehn waren, da fing dat an, dat die sich gegenseitig die Augen ausgekratzt haben.«

»Und warum?«

»Da fragste mich zu viel. Ich weiß nicht, warum. Aber ich hab es mitgekriegt, all die Jahre. Die gönnten sich gegenseitig nicht die Butter aufm Brot. Nichts als gehässige Bemerkungen hatten die füreinander übrig.«

»Ist mir nie aufgefallen.«

»Dat konnte auch keinem auffallen, der die zwei nicht genau kannte. Dat lief alles verdeckt, Sticheleien hier, abfällige Bemerkungen da – dat konntest du schon an den Blicken sehen, dat die sich nicht grün waren.«

»Aber wieso sind die beiden dann zusammengezogen, in die Wohnung von Tante Lisa in die Gustavstraße?«

Tante Irmi zog die fülligen Schultern hoch. »Dat hab ich auch nie verstanden.«

Nachdem Löhr erfolgreich Irmis Versuch abgewehrt hatte, ihn ins »La Vita« zum Essen einzuladen, und er sich auf den Heimweg machte, ging ihm die Lisa-Helga-Geschichte nicht aus dem Kopf, und er ahnte, sie würde sich noch einige Zeit als kleiner Schatten auf jedem Röntgenbild seines Wohlbefindens bemerkbar machen.

***

»Also wenn ihr noch Leute braucht, – ich kann euch noch ein, zwei Mann geben ...« Schuhmacher, der Leiter des KK11, sagte das zwar in gönnerhaftem Ton, doch die steilen Falten an den Rändern seiner Stirn signalisierten, daß dies keineswegs so gemeint war.

»Das ist sehr freundlich, Heribert«, erwiderte Löhr in ebenso jovialem Ton, »aber ich denke, wir kommen schon klar. Morgen oder übermorgen haben wir unsern Fall geknackt.«

Die Kollegen bei der allmorgendlichen Frühbesprechung grinsten in sich hinein, während Löhrs Blick zu Esser wanderte. Esser verstand das Signal und begann mit etwas gepreßter Stimme, ihre Ermittlungsergebnisse im Fall des Domprobstes zu referieren. Löhrs vollmundige Ankündigung (deren Hintersinn Esser natürlich begriffen hatte) schmeckte ihm gar nicht, das konnte Löhr ihm ansehen. Dennoch stellte Esser den Fall so dar, daß sie mit Krinke, dem für die Bauvorhaben im Generalvikariat zuständigen Sachbearbeiter, wohl auf die richtige Spur gestoßen seien.

»Trotzdem«, sagte Schuhmacher, nachdem Esser fertig war, nun auch ein wenig gepreßt, »trotzdem wär's schön, ihr würdet ein bißchen Tempo machen. Für die Presseabteilung ist euer Fall alles andere als ein Zuckerschlecken. Das Generalvikariat ruft alle zwei Minuten an.«

»Ach ja?« machte Löhr und bemühte sich dabei, so naiv wie möglich zu klingen. Dabei war er im Gegenteil hellwach und auf der Lauer. Er wußte, um was es ging, und er kannte solche Fälle zu Genüge. Wenn die Polizei in einer Institution, die viel auf ihr Image hält, ermittelte, wollte man, daß alles sozusagen unter Ausschluß der Öffentlichkeit geschieht. Am liebsten wäre allen, es würde gar nicht ermittelt. Esser hatte das schon richtig erkannt, als er bemerkt hatte, daß man den Oberboß im Generalvikariat auf sie angesetzt hatte. Und um alles soweit wie möglich unter der Decke zu halten, setzt man dann die Presseabteilung des Polizeipräsidiums unter Druck, erinnerte sie an die Verschwiegenheitspflicht der Polizei. Und damit geriet in aller Regel die ganze Ermittlungsarbeit unter enormen Druck.

Schuhmacher wand sich. »Du kannst dir doch vorstellen, Jakob, daß das für die vom Generalvikariat 'ne heikle Angelegenheit ist ...«

Aha!, merkte Löhr auf. Hab ich es mir doch gedacht. Laut sagte er, immer noch im Unschuldston: »Was hast du denn unserer Presseabteilung schon rübergereicht?«

Schuhmacher wand sich noch mehr. »Also noch nichts von der Spur, die ihr im Generalvikariat selbst aufgetan habt, natürlich. Eigentlich nur Bla-Bla, ›Ermittlungen sind im Gange‹ und so weiter. Aber trotzdem ...«

»Wenn die vom Generalvikariat so penetrant nachbohren«, sagte

Löhr, »dann müssen die doch wissen, daß in ihrem Laden selbst irgendwas nicht in Ordnung ist, oder?«

Schuhmacher wurde wütend, weil er sich zwischen sämtliche Stühle geraten sah, bremste sich dann aber und schlug wieder seinen üblichen jovialen Ton an. »Ich steh doch selbst unter Druck, Jakob! Gestern abend rief der Präsident an –«

So weit war es also schon! »Ach ja? Und?« Löhr hatte jetzt Mühe, weiter im Unschuldston zu sprechen

»Der wollte, daß wir die Sache so diskret wie möglich behandeln. Von wegen Kardinal, Ansehen der Kirche und so – du verstehst …«

»Also für mich«, sagte Löhr, »ist 'n Mordfall 'n Mordfall, egal wo und wie und warum –«

Er brauchte nicht den Blick zu heben, um zu bemerken, wie die meisten seiner Kollegen stumm nickten, während Schweißperlen auf Schuhmachers steile Stirnfalten traten.

***

Krinke besaß ein weit vorspringendes Kinn. Die Unterlippe darüber war so weit vorgeschoben, daß die dünne Oberlippe fast verschwand, wodurch der Eindruck von Energie, den das ausladende Kinn hätte hervorrufen können, ins lächerliche Gegenteil gekehrt wurde. »Weichei«, diagnostizierte Esser auf den ersten Blick. Aber als solches erwies sich Krinke nicht. Auf jede Frage Löhrs und Essers hatte er eine plausible Antwort.

»Für die Vergabe der Aufträge an die Dachdeckerfirmen, waren Sie dafür eigentlich allein zuständig, oder gab es noch jemanden in Ihrer Abteilung?« fragte Esser.

»Im Prinzip bin ich allein in der Abteilung Bauvorhaben für alle Dachdeckerarbeiten zuständig«, antwortete Krinke.

»Im Prinzip?«

»Nun ja. Der Abteilungsleiter kontrolliert schon, was ich mache. Und muß letztendlich auch dafür geradestehen.«

»Aber die Auftragsvergabe an sich, die machen Sie allein?« fragte Esser.

»Ja.«

Löhr meinte bei diesem »Ja« den Hauch eines Zögerns gehört zu haben, und ohne Esser vorher anzusehen – was Krinke hätte mißtrauisch machen können – übernahm er das Verhör, während

Esser ihn beim Protokollieren ablöste. Ein Wechselspiel, das sie bei Vernehmungen und Verhören schon oft angewandt hatten und mittlerweile aus dem Effeff beherrschten.

»Wie geht denn so was vor sich, so eine Auftragsvergabe?« fragte Löhr in einem Ton, als erkundige er sich nach den Hobbys von Krinke.

»Ganz normal, wie alle öffentlichen Ausschreibungen. Wir beschreiben das Bauvorhaben und setzen das dann in unsere Zeitungen.«

»Und daraufhin reichen die Dachdeckerbetriebe ihre Angebote bei Ihnen ein?«

»Ja.«

»Und Sie geben dann dem Betrieb den Zuschlag, der das billigste Angebot macht?«

»Nein. Nicht unbedingt. Dem, bei dem die Preis-Leistungs-Relation am ehesten stimmt.«

»Und wie stellen Sie das fest?«

»Das sind Erfahrungswerte. Manche bleiben beispielsweise unter dem üblichen Preis, weil sie neu in den Markt wollen. Aber bei denen fehlt's fast immer an Erfahrung – Kirchendächer, das ist eine Sache für sich.«

»Der Markt? Was denn für ein Markt?«

Ein kurzes Zögern bei Krinke, ein winziges Zittern seines überdimensionalen Kinns. »Nun ja. Es gibt im Erzbistum Köln nicht allzu viele Handwerksbetriebe, die wirklich was von Kirchendächern verstehen ...«

»Wieviele?«

»Acht, neun – wenn's hochkommt zehn.« Wieder dieser Hauch eines Zögerns in der Stimme.

»Und die kennen Sie alle?«

»Ja. Natürlich. Wir haben mit allen schon mal irgendwann zusammengearbeitet.«

»Mit einigen öfters, mit anderen weniger oft?«

Krinke hob die Schultern. »Das hält sich so die Waage. Es kommt aber immer auf das Auftragsvolumen an. Meistens haben wir nur kleinere Aufträge, Reparaturen und so weiter. Da können die kleineren Firmen bessere Angebote machen. Bei größeren Aufträgen – also bei Neueindeckungen – arbeiten wir lieber mit größeren Firmen zusammen.«

Jetzt tauschten Löhr und Esser doch einen Blick. So kamen sie nicht weiter. Sie hatten noch nichts, womit sie den Mann auf diesem Gebiet festnageln konnten. Löhr vermutete, daß Esser den gleichen Gedanken hatte wie er: Schade, daß ihr Termin bei der Dachdecker-Innung erst für den Nachmittag vereinbart war.

»In welcher Beziehung standen Sie eigentlich zu Domprobst Henning?« Esser hatte wieder die Gesprächsführung übernommen und abrupt das Thema gewechselt. Löhr konzentrierte sich aufs Beobachten Krinkes und schrieb nebenbei Protokoll.

»Domprobst Henning?« Löhr sah, wie Krinke sich zusammenriß. »In welcher Beziehung? In einer rein beruflichen.«

»Und wie sah die aus – diese berufliche Beziehung?«

»Domprobst Henning war der Chef der Rechnungsabteilung im Generalvikariat –«

»Das wissen wir. Meine Frage war, was Sie mit ihm zu tun hatten. Welcher Art Ihre berufliche Beziehung zu ihm war.«

»Gar keine, eigentlich. Das heißt, seine Abteilung kontrollierte alle Abteilungen, bei denen es um Rechnungsstellung und Auftragsvergabe geht. Also auch unsere Abteilung. Mehr war da nicht.«

»An dem Tag, an dem Henning starb, lagen Ihre aktuellen Vorgänge auf seinem Schreibtisch.«

Das kam überraschend für Krinke. Er zögerte einen Augenblick mit der Antwort, und Löhr beobachtete, wie er seine Hände auf die Oberschenkel preßte. »Das wird Zufall gewesen sein«, sagte er, jetzt mit deutlich belegter Stimme. Doch dann faßte er sich. »Alle Vorgänge, die seine Abteilung prüft, mußten über seinen Schreibtisch und von ihm gegengezeichnet werden. Daß gerade meine –«

»War damit vielleicht irgendetwas nicht in Ordnung?« Essers Stimme klang vernehmbar hinterhältig.

»Nein, nein«, – jetzt geriet Krinke ins Stottern. »Mir ist nichts Gegenteiliges bekannt. Meine Sachen waren bisher immer in Ordnung und –«

»Privaten Kontakt hatten Sie nicht zu Domprobst Henning?«

Krinke antwortete mit einem etwas verwunderten »Nein«.

»Was haben Sie denn am Abend des 28. Mai gemacht, Herr Krinke?«

»An dem Abend war ich zu Hause. Meine Frau und ich hatten Gäste zum Essen.« Das kam sehr schnell, ein wenig zu schnell.

»Sind Sie sicher? Am Montagabend vor einer Woche?«

»Montagabend vor einer Woche? – Ich dachte, letzten Montag ...« Verwirrung, fast Panik in Krinkes Miene. Löhr hörte auf zu protokollieren und fixierte ihn.

»Letzten Montagabend«, sagte Esser betont ruhig, »ist Domprobst Henning umgebracht worden. Zwischen 21 und 23 Uhr.«

»Ja, ja, das meinte ich. Letzten Montag. Da haben meine Frau und ich ...« Krinkes Blick wanderte nervös zwischen Löhr und Esser hin und her, die sich nun schweigend und vielsagend ansahen, nicht, um sich durch ihren Blicktausch tatsächlich etwas zu sagen, sondern bloß, um Krinke noch nervöser zu machen, ihn in die Enge zu treiben.

»Ich habe ein *Alibi*!« Krinke schrie fast.

»Ich weiß, Herr Krinke«, sagte Esser in väterlichem Ton. »Das werden wir auch zur gegebenen Zeit überprüfen. Aber ich habe Sie nach dem Montagabend von vor einer Woche gefragt, dem 28. Mai. Was haben Sie da gemacht?«

»Ich, ich weiß nicht ...«, stotterte Krinke.

Fast sanft legte Esser Hennings aufgeklapptes Notizbuch auf den Tisch vor Krinke und deutete mit dem Zeigefinger auf den dort eingetragenen Namen.

»Können Sie das lesen?«

»Was ist das?«

»Das ist das Notizbuch von Domprobst Henning.«

Krinke starrte eine Weile mit zusammengekniffenen Augen in das Notizbuch und lachte dann verlegen.

»Ja sicher! Jetzt fällt's mir wieder ein! Natürlich. Da war ich bei ihm. Sicher.«

»Da waren Sie bei ihm? Bei ihm zu Hause?«

»Ja, ja. Er hat mir Grundrisse und Fotos von dem Haus eines Bekannten in Ostia gezeigt, wollte meine Meinung dazu hören, wegen eines neuen Dachstuhls ...«

»Sie waren also bei Domprobst Henning zu Hause – und vor drei Minuten haben Sie uns noch erklärt, sie hätten keinerlei – keinerlei! – persönlichen Kontakt zu ihm?«

Wieder lachte Krinke verlegen. »Hatte ich auch nicht. Das war eine Ausnahme. Deswegen hatte ich es auch vergessen. Das war das erste und einzige Mal, daß ich privat mit ihm zu tun hatte. Also noch nicht mal privat, es war ja sozusagen eine fachliche Auskunft, ein Rat, den er von mir haben wollte.«

Löhr sah zu Esser hinüber. In dem Punkt glaubte er Krinke. Esser nickte fast unmerklich.

»Gut, Herr Krinke«, sagte Löhr. »Bis hierher zuerst mal.«

»Zuerst mal?«

»Ja. Wir sehen uns morgen früh um die gleiche Zeit wieder. Hier. Dann werden wir unser – unser Gespräch fortsetzen.«

»Jetzt – jetzt kann ich also gehen?«

»Ja. Natürlich.«

Unsicher erhob sich der Mann von seinem Stuhl und Löhr sah, daß sich zwei nasse Flecken auf seinen Hosenbeinen gebildet hatten. Schweißflecken von seinen Händen.

***

»Mensch Junge! *Meine* Nase und deine Verhörtechnik! Wir sind unschlagbar!«

Löhr schlug klatschend auf Essers Rechte, die gerade vom ersten in den zweiten Gang des Mondeos hochschaltete. Der Wagen stotterte, weil Esser sich wegen Löhrs euphorischem Schlag verschaltet hatte. Ein wenig mißmutig korrigierte er den Fehler und steuerte den Wagen vorsichtig von der Löwengasse auf die Serverinstraße.

»*Deine* Nase?« fragte Esser skeptisch.

»'türlich! War doch wohl ich, der auf die Dachdeckermafia gekommen ist, oder?«

»Also von Dachdeckermafia kann im Augenblick überhaupt noch nicht die Rede sein. Und auf Krinke bin ja wohl ich gestoßen – mit Hilfe der Jungs von der Wirtschaftskriminalität, – muß man gerechtigkeitshalber dazusagen.«

»Meinetwegen!« Löhr machte eine großzügige Geste, mußte dann aber doch noch einmal nachhaken und murmelte, etwas leiser: »Gerechtigkeitshalber! Man kann die Pingeligkeit auch übertreiben.«

Esser ignorierte Löhrs Gemurmel, schwieg, bog von der Serverinstraße links auf die Bäche ein und von dort wieder links auf die Nordsüdfahrt.

»Wo fährst du eigentlich hin?« unterbrach Löhr die Stille.

»Nach Wesseling, zur Dachdecker-Innung.«

»Wir hatten abgemacht, daß du mich vorher noch schnell in der Gustavstraße vorbeifährst …«

»Oh Gott! Das auch noch!« Esser verdrehte die Augen.

Tat der Kerl doch einfach so, als wenn er das vergessen hätte! Löhr streifte ihn von der Seite mit einem kurzen, mißbilligenden Blick. Ihm lag eine Bemerkung über Essers heute wirklich überdurchschnittlich elegante Kleidung auf der Zunge – er trug einen Binder, der mindestens hundertfünfzig Mark gekostet hatte. Wahrscheinlich hatte er abends wieder seine Verabredung. Aber er schluckte seinen Mißmut hinunter, um die Situation nicht eskalieren zu lassen.

»Wir hatten eben noch drüber gesprochen, daß du mich an der Gustavstraße absetzt!« Trotz seines guten Vorsatzes konnte Löhr einen leicht beleidigten Unterton nicht unterdrücken.

»Ja, ja, ich weiß. Deine Tante Lisa.« Esser drückte aufs Gas und überfuhr auf der Vorgebirgsstraße eine rote Ampel. »Und wie sollen wir den Termin schaffen? In einer halben Stunde sind wir mit diesem Typen von der Innung verabredet.«

»Ich weiß«, sagte Löhr bloß.

Trotzdem fuhr Esser nun, statt auf den Bonner Wall Richtung Süden abzubiegen, die Vorgebirgsstraße weiter hinunter und bog auf die Innere Kanalstraße ein. Erst als er von dort in die Berrenrather Straße hineinfuhr, brach er das trotzige Schweigen.

»Und du meinst auch, mit diesem Krinke haben wir den Richtigen?«

»Könnte sein, könnte aber auch nicht sein.« Löhr war immer noch ein bißchen beleidigt. Wie gehässig Esser das gesagt hatte: »Deine Tante Lisa.«

»So, wie der sich bei der Vernehmung benommen hat, Mann! Der ist doch faul wie noch was. Hast du gesehen? Der hat sich in die Hose gepißt!«

»Waren bloß Schweißflecken von seinen Händen«, sagte Löhr.

»Immerhin!«

Wieder Schweigen, bis Esser in die Gustavstraße einbog. Er war inzwischen ganz versöhnungsbereit. Eine Unstimmigkeit zwischen sich und Löhr konnte er nicht länger als fünf Minuten aushalten. Löhr ging es umgekehrt genau so. Doch ein bißchen wurmte ihn Essers gehässiger Ton noch immer.

»Also sag schon«, Essers Stimme war jetzt ganz weich. »Was ist denn deine Theorie?«

»Schön.« Löhr hatte sich endlich beruhigt. »'türlich könnte der Krinke unser Mann sein. Der hat drumrumgeredet und hat gelogen –«

»Aber?« fragte Esser.

»Da vorne ist es übrigens«, sagte Löhr und deutete auf das Mietshaus, in dem Tante Lisa wohnte.

Esser fuhr halb auf den Bürgersteig vor dem Haus und stellte den Motor ab. »Aber was ist deine Theorie?« fragte er noch einmal.

»Krinke hat irgendwie Dreck am Stecken, und Henning ist ihm dahintergekommen.«

»Du glaubst also nicht, daß die zwei sich in Hennings Wohnung gemütlich Fotos und Grundrisse angeguckt haben?«

»Ich glaube Krinke, wenn er sagt, er hätte sonst nie persönlichen Kontakt mit Henning gehabt. Das mit den Grundrissen war nur ein Vorwand. Der wollte was anderes.«

»Seh ich auch so. Aber was?«

»Wenn Henning Krinke tatsächlich hinter irgend eine krumme Sache gekommen ist, dann hat der dem die Leviten gelesen, ihn unter Druck gesetzt, ihn bedroht – oder was weiß ich.«

»Und daraufhin bringt Krinke Henning um?«

»Eben«, sagte Löhr. »Das wäre zu einfach. Und außerdem trau ich dem Typen so etwas eigentlich nicht zu. Gewaltanwendung. Dafür brauchst du Mumm.«

»Oder Verzweiflung.«

»Oder Verzweiflung. Richtig.«

»Wobei wir wieder bei der Frage wären«, sagte Esser, während er sich seine Zigarettenpackung aus der Jackettasche schälte und bedächtig eine Zigarette herausklopfte, »hinter was Henning gekommen ist.«

»Hinter etwas, dessen Aufdeckung Krinke so sehr in die Verzweiflung stürzt, daß er dafür morden würde.«

»Zum Beispiel?« fragte Esser und zündete sich die Zigarette an.

»Was weiß ich. Auch wenn es nicht so gewesen ist, hat Krinke Henning nicht allein umgebracht. Ich trau's ihm einfach nicht zu. Wenn, dann hat er es mit 'nem anderen zusammen gemacht, oder gleich mit mehreren.«

»Wie auch immer. Frage ist aber nach wie vor: Warum? Wobei hat Henning Krinke erwischt?«

»Vielleicht kriegen wir das bei der Dachdecker-Innung raus.«

»Ja, vielleicht«, sagte Esser. »Und noch was: Wenn Krinke und von mir aus auch noch jemand anders Henning umgebracht haben, dann müßten er oder sie sicher gewesen sein, daß Henning der einzige war, der von der Sache wußte. Sonst gibt das keinen Sinn, einen Mord zu riskieren.«

»Ist was dran. Wenn's denn überhaupt ein Mord aus Kalkül war. Wenn eben nicht was ganz anderes als ein krummes Geschäft dahintersteckt«, sagte Löhr langsam.

Ein paar Augenblicke schwiegen beide.

»Und wo denkst du, sollen wir den zweiten oder dritten Mann suchen?« fragte Esser schließlich.

»Die Bauabteilung im Generalvikariat wär die naheliegendste Möglichkeit«, antwortete Löhr.

»Aha?«

»Ich meine, wo sonst soll Krinke krumme Dinger gedreht haben, wenn unsere Theorie stimmt, daß Henning ihm auf die Schliche gekommen ist?«

»Wenn.«

»Gehen wir mal davon aus. Es ist doch einfacher, was zu vertuschen, wenn man das zu zweit macht. Kann man sich gegenseitig immer decken ...«

»Hm«, brummte Esser. »Ist auch was dran. Kommt mir jedenfalls irgendwie bekannt vor.«

Sie grinsten sich an.

»Wir sollten uns diese Bauabteilung im Generalvikariat noch mal vorknöpfen.«

»Sollten wir«, antwortete Löhr und griff nach dem kleinen Päckchen vor sich auf der Ablage.

»Und wir sollten über den Staatsanwalt eine Kontenprüfung von Krinke beantragen.«

»Sollten wir auch«, sagte Löhr. »Und ich sollte jetzt mal kurz zu meiner Tante hoch.«

Er spürte, wie Esser ihm eine Hand auf den Arm legte.

»Laß dir ruhig Zeit, Jakob«, sagte er. »Ich fahre allein nach Wesseling. Wir sehn uns nachher im Büro.«

Löhr war gerührt. Rudi war *doch* ein Freund. Und langsam schien er auch eine Ahnung davon zu kriegen, was Familiensorgen bedeuteten.

»Danke, Rudi.«

***

Wieder öffnete ihm die Krankenschwester mit der professionellen Kleidung, der professionell-kurzen Haartracht und der professionell-abweisenden Miene. Wieder war sie gerade auf dem Sprung. Aber diesmal hielt Löhr sie zurück, mußte sie ein wenig drängen, mit in die Küche zu kommen, schloß die Tür hinter sich, um zu verhindern, daß seine Tante sie belauschte, kramte eins der »Luvased«-Päckchen heraus und hielt es der Professionellen unter die Nase.

»Können Sie mir sagen, was das ist?«

Die Pflegerin war verdattert und starrte die Pillenpackung an wie eine vollgepinkelte Windel. »Ja – Luvased. Steht doch drauf.«

»Ich möchte wissen, was Luvased *ist*.«

»Aber das steht doch auf dem Beipackzettel.«

»Erstens gibt's keinen Beipackzettel mehr und zweitens möchte ich von einer Fachkundigen wissen, welche Nebenwirkungen oder Wirkungen oder was auch immer das Zeug haben kann, die *nicht* auf dem Beipackzettel stehen.«

Die Bestimmtheit, mit der Löhr gesprochen hatte, schien die Professionelle zu beeindrucken.

»Luvased«, sagte sie wie aus der Pistole geschossen, »ist ein pflanzliches Sedativum – Baldrian und Hopfen, ein ziemlich schwaches Schlafmittel.«

»Ohne Nebenwirkungen?«

Sie schüttelte den Kopf. »Es ist absolut harmlos.«

»Auch in größeren Mengen?«

»Man wird höchstens müde.«

»Und für Leute mit hohem Blutdruck, verengten Gefäßen und so weiter. Wenn die das in größeren Mengen zu sich nehmen?«

»Sie meinen Ihre Tante? – Ja, natürlich! Sie nimmt Luvased. Ich hab's bei ihr im Nachtschränkchen gesehen.«

»Ach ja? – Und es ist auch für sie harmlos?«

»Ja, natürlich. Absolut unschädlich. Im Gegenteil, es ist zwar nicht Blutdruck senkend, aber es wirkt beruhigend auf den Kreislauf, wenn sie sich beispielsweise mal aufgeregt hat oder so ...«

»Aufgeregt hat ...«, murmelte Löhr. »Nimmt sie denn viel davon?«

Die Pflegerin hob die Schultern und zückte gleich darauf die Linke, um auf ihre Armbanduhr zu schauen. »Nein. Nicht daß ich wüßte. Ich muß jetzt los.«

»Danke auch!« rief Löhr der eilig hinausstolzierenden Pflegerin hinterher.

Aha. Mit Tante Irmi würde er ein Wörtchen zu reden haben. Die sollte sich noch mal bei ihm melden, die intrigante Zimtzicke! Sollte sich lieber um ihre eigenen Angelegenheiten kümmern. Und welchen »Fachmann« die wohl konsultiert haben mochte? Nichts also mit der Giftmischerin Lisa. Hatte er ja von vornherein gewußt. Völliger Blödsinn. Sie hatte dieses Zeugs selbst genommen. Offensichtlich in größeren Mengen, und dann hatte sie die leeren Packungen alle auf einmal in den Müll geworfen. Warum? Vielleicht ein Zufall. Wahrscheinlich hatten sich die Schachteln in ihrem Nachtschrank gestapelt. Aber warum hatte sie überhaupt ein Beruhigungsmittel genommen? Worüber hatte sie sich aufgeregt? Vielleicht würde er durch diese »Luvased«-Geschichte doch etwas mehr über seine Tante erfahren können ...

Diesmal stritten sich in Tante Lisas Talkshow halbnackte Paare an einem mallorquinischen Strand darüber, wie unmöglich sich der jeweils andere im Urlaub benehmen würde, und die Moderatorin hatte alle Mühe zu verhindern, daß sie sich gegenseitig an die Gurgel gingen. »Nie wieder Urlaub mit dir!« war das Thema der Talkrunde, die Tante Lisa, nachdem Löhr sich bemerkbar gemacht hatte, wieder mit dem gleichen Kommentar wie beim letzten Mal abschaltete.

»Och! Dat ist aber nett, dat du an mich gedacht hast!« sagte Lisa überrascht, als er sein Päckchen auspackte und ihr eine Schachtel »After Eight« reichte. Na siehste! Auch Hövelers können durchaus »Danke« sagen. Man muß sie nur richtig anpacken. Und eben dies hatte Löhr vor. Nach kurzem Austausch übers eigene und einem etwas längeren über das Wohlbefinden der anderen Familienmitglieder näherte er sich vorsichtig seinem Vorhaben.

»Sag mal, Tante Lisa«, begann er, »wie ist das eigentlich damals gekommen, daß die Tante Helga hier zu dir in die Wohnung gezogen ist?«

Ein hellwaches, mißtrauisches linkes Auge nahm ihn ins Visier.

»Wie kommste denn jetzt da drauf, Jung?«

»Och«, machte Löhr sehr gedehnt. »Mir ist das nicht aus dem Kopf gegangen, daß du letztens gesagt hast, du hättest damals schon, direkt nach deinem Schlag, eine Pflegerin und eine Haushaltshilfe bekommen können, verstehst du.«

»Nee!« Ein sehr nachdrückliches, sehr abweisendes »Nee!«

Löhr atmete tief ein. »Ich meine, das wär doch dann eigentlich gar nicht nötig gewesen, daß die Tante Helga zu dir zog ...«

Schweigen. Lisas kleine Bäckereiverkäuferinnen-Finger trommelten ein wenig auf der Lehne des Rollstuhls. Immer noch Schweigen. Löhr lächelte einfältig.

»Dat Helga hat et eben so gewollt«, kam endlich die etwas knarzige Stimme von Tante Lisa. »*Ich* wollte dat ja gar nicht. Aber die anderen haben gemeint, et wär so dat beste. Und weil dat Helga so drauf bestanden hat –«

»Aber die Tante Helga war doch damals, soviel ich weiß, Haushälterin bei irgend ‘nem Pastor ...?«

»Dat hat die Stelle gekündigt.«

»*Gekündigt*? – Wegen dir? Ich meine, um zu dir ...?«

»Wegen mir?« Tante Lisa lachte kurz auf mit einem für Löhr sehr neuen, sehr höhnischen Beiklang. Und danach war Schluß. Kein Wort war mehr aus ihr herauszuholen. Zumindest nicht über dieses dubiose Verhältnis zwischen ihr und Helga. Schließlich schlug sich Löhr mit den flachen Händen auf die Oberschenkel, erhob sich und sagte, er müsse mal wieder ins Büro. Er hatte Tante Lisa zum Abschied schon die Hand auf die Schulter gelegt, da drehte er sich noch einmal zu der Wand um, an der das Gregor-Foto hing. Erstaunliches hatte sich da in der Zwischenzeit getan. Die Tulpen, die er Lisa gestern mitgebracht hatte, waren auf einem Blumenbänkchen vor das Foto gerückt, außerdem zwei Kerzenleuchter, in denen halb heruntergebrannte Kerzen steckten. Tante Lisa hatte um das Gregor-Bild einen Altar errichtet. Er überlegte, ob er, wenn er auch noch Gregor zur Sprache bringen würde, endgültig die Tür zur Kammer, in der Lisa ihre Geheimnisse bewahrte, zuschlagen würde. Doch dann fiel ihm ein raffinierter Schachzug ein, und er beschloß, es dennoch zu riskieren. Er deutete auf den Altar und das Foto darin.

»Och, wat is dat denn?« tat er, als wenn er sehr überrascht wäre. »Das Foto hab ich ja noch nie gesehen! Wer ist das?«

Erstaunlicherweise erschien in Tante Lisas Gesicht ein schiefes Grinsen – offensichtlich als Lächeln gedacht.

»Dat? Dat ist der Gregor gewesen.«

»Gregor? Kenn ich gar nicht. Ist der mit uns verwandt?«

»Nee. Den hab ich früher mal gekannt.«

Löhr spürte, wie die Tür nahe davor war, wieder zuzuschlagen. »*Hast* du mal gekannt? Lebt der nicht mehr?«

Tante Lisas linke Schulter zuckte, begleitet von einem knappen, abschließenden: »Ich weiß et nit.« Die Tür war zu.

Löhr blieb nichts anderes, als den letzten Zug einzuleiten, obwohl er nicht mehr wagte, an dessen Erfolg zu glauben. Er beugte sich dicht zu dem Foto und betrachtete es wie ein Insektenforscher eine ihm unbekannte Spezies.

»Der kommt mir irgendwie bekannt vor«, log er. »Kann das vielleicht sein, daß das ein Kollege von mir ist? Mir fällt nur der Nachname nicht ein. Gregor ...«

»Hamacher«, sagte sie kurz. »Gregor Hamacher hieß der.« Und danach war endgültig Schluß. Tante Lisas schiefer Mund war ein schmaler Strich, ein fest verschlossener Tresor. Löhr lächelte trotzdem freundlich, legte seiner Tante noch einmal zum Abschied die Hand auf die Schulter und ließ sie allein mit ihrem Altar. Beschwingt polterte er das Treppenhaus hinunter. Die Umrisse eines Plans formten sich in seinem Kopf.

***

»Ich krieg da keine Hand und keinen Fuß dran«, sagte Esser, wühlte in den auf seinem Schreibtisch liegenden Papieren und warf dem eben ins Büro zurückkommenden Löhr einen kurzen, aber verzweifelten Blick zu.

»Was ist das?« fragte Löhr und deutete auf die Papiere.

»Unterlagen über die Dachdeckerbetriebe von der Innung.«

»Ja und?«

»Jahresabschlüsse, Bilanzen und so'n Quatsch. Von so was habe ich doch keine Ahnung! Und wir können doch nicht dauernd zu denen von der Wirtschaftskriminalität laufen und um Hilfe bitten!«

»Wieso eigentlich nicht? – Gib mal her.«

Esser reichte Löhr mit einem tiefen Seufzer die Papiere. »›Wieso eigentlich nicht!‹ – Wir haben einen Mordfall zu klären – und kein Wirtschaftsdelikt!«

»Wir klären den Mordfall *und* 'n Wirtschaftsdelikt«, sagte Löhr und setzte sich mit den Unterlagen an seinen Schreibtisch. Doch schon der erste Blick in die Statistiken verdarb ihm seinen Optimismus. Widerwillig schob er die Papiere von sich.

»Hat der Typ von der Innung denn vielleicht auch irgendwas über unsere Kandidaten gesagt?«

»Du kennst doch diese Vögel! Da sticht keine Krähe der anderen ein Auge aus. ›Alles alteingesessene, ehrenwerte Handwerksbetriebe‹«

»Und konntest du ihm nicht mal auf die Füße treten?«

»Womit denn? Wir haben doch nichts! Gerade mal einen Anfangsverdacht. Keinen einzigen konkreten Anhaltspunkt. – Von wegen, daß wir in ein, zwei Tagen den Fall geknackt haben!«

»Das werden wir auch!«

Mit spöttisch heruntergezogenen Mundwinkeln betrachtete Esser seinen selbstsicheren Kollegen, dem dann doch die Sicherheit ein wenig zusammenschmolz. »Na schön«, meinte Löhr konziliant. »Was wir haben ist unsere Theorie, unsere Hypothese: Krinke und möglicherweise noch jemand ziehen in der Bauabteilung vom Generalvikariat ein krummes Ding durch. Henning kommt ihm dahinter, steht damit im Weg und wird umgelegt. So weit klar?«

»Erstens«, antwortete Esser, »was ist das für ein krummes Ding? Zweitens: Wer ist der zweite Mann?«

»Das krumme Ding kann nur mit den Dachdeckern zusammenhängen«, sagte Löhr. »Auch wenn wir da noch nichts rausgefunden haben – wir *kriegen* es raus!«

»Na prima!« sagte Esser. »Dann ist ja alles klar.«

Danach herrschte ein langes Schweigen. Löhr wühlte in den vor ihm liegenden Papieren, aber die Zahlenkolonnen und Statistiken kamen ihm wie ein Buch mit sieben Siegeln vor. Jetzt, wußte er, stand Routine an. Und davor grauste ihm. Er dachte an seinen Ledersessel zu Hause im Wohnzimmer, auf dem er sich so lang nicht mehr gemütlich ausgebreitet hatte, und verspürte ein plötzlich unaufschiebbares Verlangen nach Ruhe, nach einer netten Zigarre, nach ein bißchen Musik, einem Nickerchen ...

»Wir machen jetzt folgendes«, sagte Esser brutal in Löhrs Gedankenflucht hinein. »Als erstes rufen wir den Staatsanwalt an, beantragen die Kontenüberprüfung Krinkes und einen Durchsuchungsbeschluß für Krinkes Abteilung im Generalvikariat. Den Kram, den wir da beschlagnahmt haben, geben wir den Jungs von der Wirtschaftskriminalität. Die sollen sehen, was sie für uns rausholen können, und wir bieten ihnen gleichzeitig an, mit dem Material ein Parallelverfahren aufmachen zu können.« Esser hatte den Telefonhörer schon in der Hand.

»Na schön«, brummte Löhr. »Keine schlechte Idee. Haben wir *den* Kram wenigstens vom Hals. – Und vielleicht was in der Hand, um Krinke an den Kragen zu können.« Er schob die Papiere vor sich endgültig ganz an den Rand seines Schreibtischs. »Und als zweites?«

»In der Zwischenzeit, während das läuft und der Staatsanwalt den Antrag beim Richter stellt, klappern wir die Dachdecker ab, einen nach dem anderen, und dann fühlen denen mal richtig auf den Zahn.«

»Oh Gott!« machte Löhr, schloß die Augen und atmete tief ein.

»Und zwar sofort«, sagte Esser noch, rief dann den Staatsanwalt an, erklärte ihm die Sachlage und bat ihn um die entsprechenden Schritte. Löhr hielt in der Zeit die Augen geschlossen und versuchte sich vorzustellen, er säße jetzt bereits in seinem Sessel. Doch Esser war richtig in Fahrt gekommen und schob, nachdem er alles im Büro erledigt hatte, Löhr vor sich zur Tür hinaus.

Die Fahrstuhltür schloß sich gerade, als Löhr noch etwas einfiel. Er steckte im letzten Augenblick die Hand zwischen die beiden Türflügel und drängte sich wieder aus dem Fahrstuhl hinaus.

»Kannst du 'ne Sekunde im Auto auf mich warten?« fragte er Esser, der mit mißtrauischem Blick im Fahrstuhl stehengeblieben war. »Muß gerade noch was erledigen.«

Er bekam Essers unwilliges Nicken nicht mehr mit, denn die Fahrstuhltür hatte sich bereits wieder geschlossen. Löhr ging zurück ins Geschäftszimmer des KK11.

»Du mußt mir einen Gefallen tun, Detlef«, sagte er zu Engstfeld, dem Leiter der Geschäftsstelle, der dabei war, fertig bearbeitete Vorgänge in Aktenordner zu heften.

»*Muß* ich?« fragte Engstfeld zurück, ohne von seiner Arbeit aufzuschauen.

»Du hast doch so gute Kontakte zu den Jungs von der Leitstelle …«

»*Hab* ich die?« Immer noch hob Engstfeld nicht den Blick, arbeitete weiter. Löhr stöhnte auf, zückte sein Portemonnaie, kramte einen Fünfzigmarkschein heraus und klatschte ihn vernehmlich auf den Resopal-Tresen. Das Geräusch ließ Engstfeld einen einzigen, gezielten Blick auf den Geldschein werfen, aber nur, um dessen Wert festzustellen.

»Beamtenbestechung«, murmelte er und heftete den nächsten Vorgang ab.

»Was ich will, ist *dienstlich*«, log Löhr mit fester Stimme. »Und außerdem ist das hier für die *Mannschaftskasse*.«

Mit einem Augenaufschlag, als verlange man etwas ziemlich Unanständiges von ihm, schloß Engstfeld endlich einen Aktenordner, kam durch den Raum auf den Tresen zu, strich mit einer Miene des Bedauerns den Fünfzigmarkschein von der Theke und ließ ihn in seiner Hosentasche verschwinden. Erst dann schlich sich ein Grinsen in seine feiste Miene.

»Kennste den? Kommt 'n Mann mit 'nem Riesenköter in die Kneipe und bestellt zwei Kölsch«, sagte er, und Löhr wußte, was auf ihn zukam. Engstfeld war ein gnadenloser Witzeerzähler. Aber es mußte jetzt wohl sein. Geduldig erwiderte er Engstfelds Grinsen und nickte.

»Der Typ kippt seinem Köter ein Kölsch in den Rachen, trinkt das andere und bestellt gleich noch 'ne Runde«, fuhr Engstfeld fort. »Das kriegt 'ne Lady mit, die an der Theke sitzt und sagt: ›So'n Hund hab ich ja noch nie gesehen! Daß der Kölsch trinken kann!‹ ›Der kann noch viel mehr‹, sagt der Mann und bestellt noch zwei Kölsch. ›Ja was denn *noch*?‹ fragt die Lady. ›Dat ist 'n begnadeter *Liebhaber*‹, sagt der Typ. ›Das kann ich mir nicht vorstellen!‹ sagt die Lady. Der Typ zuckt die Schulter und bestellt noch zwei Kölsch. Wurmt die Lady natürlich, und sie sagt schließlich: ›Das will ich jetzt aber wissen!‹ – Fünf Minuten später sind die drei in der Bude von der Frau, die zieht sich aus, legt sich hin, und der Typ sagt zu dem Hund: ›Los jetzt, Hasso. Zeig, was du kannst.‹ Der Hund rührt sich nicht, bleibt sitzen. ›Los jetzt, Hasso!‹, sagt der Typ noch mal. Der Hund rührt sich immer noch nicht. Darauf der Typ: ›Also, Hasso, ich mach es dir jetzt noch *ein Mal* vor …«

Löhr lachte nicht nur pflichtgemäß, was Engstfeld wohlgefällig zur Kenntnis nahm und endgültig gnädig stimmte.

»Also. Was soll ich für dich tun?«

Löhr zog einen Block heran und schrieb darauf »Hamacher, Gregor, geb. ca. 1925«, riß das Blatt ab und reichte es Engstfeld.

»Hier. Sag den Jungs, die sollen den mal durch ihren Computer – den Cebius, oder wie der heißt, laufen lassen und rauskriegen, wo ich den noch finde, und ob was gegen den vorliegt.«

Nicht ganz so hurtig wie den Geldschein nahm Engstfeld das Blatt an sich und legte es auf seinen Schreibtisch. »Ist gebongt«, sagte er gleichgültig und merkwürdigerweise ohne Anstalten zu machen, den nächsten Witz zu erzählen, kehrte er zu seinen Aktenordnern zurück, während Löhr sich beeilte herauszukommen, denn aus dem Hof ertönte die Hupe des Mondeos.

***

Ein Platzregen hatte Löhr überrascht, nachdem Esser ihn einen Block von seiner Wohnung entfernt, auf dem Hohenstaufenring, abgesetzt hatte, und er war bis auf die Haut durchnäßt, als er zu Hause in der Mozartstraße angekommen war. Nachdem er geduscht und sich trockene Sachen angezogen hatte, konnte er endlich das tun, wonach er sich den ganzen Nachmittag über gesehnt hatte. In der Küche goß er sich ein ordentliches Glas »Four Roses« auf Eis ein, ging damit ins Wohnzimmer, köpfte eine Zigarre, setzte sich in seinen Leder-Ohrensessel, zündete die Zigarre an und ließ seinen Blick sich ziellos in den Stuckrosetten an der Decke verlieren.

Immer, wenn Irmgard verreist war (und das kam häufig vor), fühlte er sich die ersten Tage in der Wohnung einsam. Dann vermißte er schon früh morgens die sanften, wohligen Grunzlaute, die Irmgard von sich gab, wenn sie sich im Bett umdrehte. Im Bad vermißte er ihre Parfum- und Badesalzgerüche, später das leise Klirren ihres Teegeschirrs, abends, wenn er vom Dienst nach Hause kam, ihre Allgegenwart in der Wohnung, die überall herumstehenden Teetassen, ihre Zeichnungen, Skizzen, Aquarelle, die sich im Laufe jeden Tages immer wieder neu von ihrem Arbeitszimmer aus durch die ganze Wohnung ausbreiteten, – kurz, wenn Irmgard nicht da war, kam er sich verloren, ja verlassen in der eigenen Wohnung vor. Aber eben nur während der ersten Tage nach ihrer Abreise. Danach begann er, sich die Wohnung Stück für Stück zurückzuerobern, seine eigene Ordnung darin zu installieren und Dinge zu tun, die er unterließ, wenn Irmgard da war. Beispielsweise Zigarre zu rauchen. Irmgard mochte den Geruch nicht, und wenn er dann bei bestimmten Gelegenheiten – wenn sie Gäste zum Essen hatten – trotzdem rauchte, tat er es immer mit schlechtem Gewissen. Jetzt aber genoß er seine Zigarre, paffte dicke Wolken gegen die Decke und ließ zwischendurch in homöopathischen Dosen den Whiskey über seine Zunge träufeln.

Der Nachmittag war ein einziger Reinfall, die Besuche bei den Dachdeckern verlorene Liebesmüh gewesen. Bei dreien der in Hennings Unterlagen auftauchenden Betriebe waren sie vorbeigefahren – jedes Mal mit dem gleichen niederschmetternden Ergebnis. Die Inhaber oder Geschäftsführer der Betriebe hatten sich – natürlich – völlig ahnungslos gegeben, eine Abstimmung mit Krinke über die Auftragsvergabe weit von sich gewiesen, hatten ihnen sogar ihre Bücher und Akten gezeigt zum Beweis dafür, daß sie an die Aufträge des Generalvikariats völlig korrekt und unter Einhaltung aller Regeln der Auftragsvergabe gekommen seien. Nach dem dritten Gespräch in einem miefigen kleinen Büro in Braunsfeld hatten Esser und er die Aktion abgebrochen.

Löhr war sich inzwischen auch überhaupt nicht mehr so sicher, wie er es noch bei der Entdeckung der Unterlagen auf Hennings Schreibtisch gewesen war, daß etwas, was mit seiner Arbeit im Generalvikariat zu tun hatte, mit dem Mord an ihm im Zusammenhang stand. Vielleicht hatten sie in der völlig falschen Richtung recherchiert. Vielleicht war es doch eine private Angelegenheit. Vielleicht hatten sie die persönlichen Kontakte Hennings viel zu schnell vernachlässigt. Aber wäre da wirklich etwas zu holen gewesen? Es hatte so gut wie keine Anhaltspunkte gegeben. Wirklich nicht? Also noch mal von vorne. Familie. Gab es Kontakte zur Familie? Der Bruder. Zu ihm herrschte seit Jahren Funkstille. Freunde? Der Studienfreund – Siegmar, Sieghold – Siegloch. Der hatte für den Tatabend ein Alibi. War inzwischen von den Bonner Kollegen überprüft und bestätigt worden. Es blieb also nur Krinke. Vermutlich der letzte, den Henning in seiner Wohnung empfangen hatte. Löhr versuchte sich noch einmal, die Wohnung Hennings zu vergegenwärtigen. Ihm fiel nichts weiter ein, als daß sie karg, schmucklos, spartanisch gewesen war und keinerlei Hinweise auf irgendein Privatleben geboten hatte. Bis auf die italienischsprachige Literatur. Aber die war mit den Pilgerfahrten des Domprobstes zu erklären. Hatten sie wirklich gründlich genug nachgeschaut? Sie hatten beispielsweise nicht nach möglichen Verstecken Ausschau gehalten. Das war auch nicht üblich, wenn man es mit einem Mordopfer zu tun hatte. Anders natürlich bei Tatverdächtigen. Trotzdem. Die Kargheit der Wohnung Hennings war zu auffällig. Irgendwas mußte dieser Mann doch haben in seinem Leben außer den verdammten Pilgerfahrten! Löhr griff zum Telefon und tippte Essers Privatnummer ein. Gott sei Dank ging er selbst und nicht seine Frau dran. Löhr telefonierte äußerst ungern mit Essers Frau, weil er ständig Angst hatte, sich zu verplappern, irgendeine

Verabredung, die Esser mit ihm vorgeschoben hatte, zu vergessen und Esser damit in Schwierigkeiten zu bringen.

»Sag mal, Rudi, hast du noch den Schlüssel von der Wohnung vom Henning?«

»Worum geht's denn? Wieso willst du das denn wissen?«

»Hast du ihn, oder hast du ihn nicht?«

»Der ist noch im Büro. In meinem Schreibtisch.«

»Abgeschlossen?«

»Was?«

»Meine Güte, Rudi! Der Schlüssel. In deinem Schreibtisch!«

»Ja, natürlich ist mein Schreibtisch abgeschlossen! Frag mich das doch gleich.«

»Was machst du denn gerade?«

»Ich? Nichts. Wieso?«

»Du machst nichts?«

»Ich häng mit meiner Frau vor der Glotze.«

»Ach so. – Meinst du, es macht dir was aus, jetzt noch mal kurz ins Büro zu kommen?«

Esser wohnte in Deutz in der Düppelstraße. Ein Katzensprung bis zur Löwengasse. Ebenso wie für Löhr von der Mozartstraße aus. Sie kamen fast gleichzeitig im Büro an, obwohl Esser das Auto genommen hatte und Löhr zu Fuß gegangen war. Also mußte es noch ein paar Komplikationen bei Esser zu Hause gegeben haben. Löhr verkniff es sich, nachzufragen, um Essers erstaunlich gute Laune nicht zu ruinieren. Ob er vielleicht sogar froh war, noch einmal von zu Hause wegzukönnen?

»Genau das ist mir eben auf dem Weg nach Hause auch durch den Kopf gegangen!« sagte Esser auf der Fahrt zu Hennings Wohnung in der Altengrabengasse, nachdem ihm Löhr von seinen Überlegungen berichtet hatte.

»Wirklich?«

»Glaubst du mir das etwa nicht?«

»Natürlich glaub ich dir das, Rudi.«

»Klang aber gerade nicht so ...«

»Ich glaub's dir wirklich, Rudi. Ehrlich. Liegt ja im übrigen auch ziemlich nahe, daß, wenn Henning wirklich was zu verstecken hatte, er es in seiner Wohnung versteckt.«

»Ach? Du meinst, ich käme nur auf die naheliegenden Sachen?«

Es mußte also doch irgendwas bei Essers zu Hause losgewesen sein. Wieso sonst war er auf einmal so gereizt? Doch Löhr blieb bei seinem Entschluß, nicht weiter nachzufragen. Wenn Esser etwas auf dem Herzen hatte, konnte er ja von selbst drauf zu sprechen kommen.

Die Wohnungstür war versiegelt. Esser kratzte die beiden Papierstreifen ab.

»Waren wir das?« fragte Löhr.

»Nö«, sagte Esser. »Wahrscheinlich der ED.«

»Und? Haben die was gefunden?«

»Keine Ahnung. Ich habe noch keinen Bericht. Glaub ich aber nicht. Wie ich die kenne, haben die nur Fingerabdrücke genommen.«

»Wozu?«

»Das frag ich mich auch.«

Sie fingen im Schlafzimmer an. Nahmen das Bett auseinander, dann den Kleiderschrank, rückten ihn von der Wand ab und untersuchten auch seine Rückseite, kippten den Nachttisch um, durchstöberten seinen Inhalt, zogen die Schubladen heraus, schauten darunter, blätterten die Krimis durch, rollten den Teppich vom Boden. Nichts. Im Wohn- oder Arbeitszimmer das gleiche. Aus dem Bücherregal nahmen sie sämtliche Bücher heraus, blätterten jedes einzelne durch, schraubten sogar die Plastikabdeckung vom Weltempfänger auf der Fensterbank ab und inspizierten das Innere des Gerätes. Nichts. Absolut nichts. Henning war sauber gewesen. Zumindest hier in seiner Wohnung. Also doch Fehlanzeige. Sie räumten alles wieder ein, stellten die Möbel wieder gerade. Esser hatte die Klinke der Wohnungstür schon in der Hand, als Löhr noch einen letzten Blick in das Arbeitszimmer des toten Domprobstes warf. Sie hatten wirklich alles durchsucht, nichts ausgelassen. Außer der Fotografie von der italienischen Landschaft, die zwischen Bücherregal und Fenster hing. Löhr ging zurück und nahm das Bild ab, drehte es herum. Nichts. Ein ganz normaler Wechselrahmen. Löhr begann, die Spannbügel des Rahmens zu entfernen.

»Was machst du denn da noch?« fragte Esser.

»Kleinen Moment noch«, sagte Löhr, hob die Preßpappen-Rückseite des Bildes aus dem Rahmen und drehte sie um. Das Foto steckte lose in einem schmalen Passepartout. Löhr trennte es von der Pappe. Unter ihm lag ein gleichgroßes Foto. Eine Schwarzweiß-Aufnahme.

»Und? Hast du was?« fragte Esser beim Näherkommen.

»Könnte schon sein«, sagte Löhr und reichte ihm das Foto. Es zeigte einen etwa neunjährigen Jungen. Der Junge saß auf dem Ein-Meter-Sprungbrett in irgendeinem Schwimmbad. Er war nur mit einer Badehose bekleidet, sein nackter Körper war dünn, fast hager, er strich sich eine blonde Locke aus der Stirn und lächelte dabei schüchtern in die Kamera, so, als sei er eben bei etwas Verbotenem ertappt worden.

»Ach!« sagten Löhr und Esser fast gleichzeitig.

***

»Ich seh da eigentlich nur eine Möglichkeit«.

Esser drehte das Foto des Jungen in den Händen.

»Ja. Ich weiß«, sagte Löhr tonlos und trank einen kurzen Schluck Kölsch. Das Bier war fast ungenießbar. Sie waren nach ihrem Fund in die nächstbeste Kneipe gegangen, eine trostlose und bis auf eine unsäglich fette Wirtin leere Kaschemme auf dem Klingelpütz.

»Was denn sonst noch?«

»Keine Ahnung«, sagte Löhr.

»Paßt dir nicht, was? Man sieht's dir an.«

»Da sagst du was. Da würd ich lieber noch tagelang bei den Pfaffen im Generalvikariat rumwühlen als so was. Ekelhaft.«

»Wir können's uns nicht aussuchen«, sagte Esser fatalistisch und betrachtete noch einmal das Foto. »Aber so, wie der Junge da posiert, ich meine, was sollte sonst dahinter stecken?«

Löhr antwortete nicht und blickte über Esser hinweg ins Leere.

»Andererseits«, begann Esser von neuem, »andererseits können wir froh sein. Wir hätten die Spuren im Generalvikariat noch wochenlang verfolgen können, und nichts wär dabei rausgekommen.«

»Ja, ja«, machte Löhr und tippte mit dem Zeigefinger gegen das Foto in Essers Hand. »Das da macht unsere Arbeit aber auch nicht gerade unkomplizierter.«

»Nee. Ist nicht gerade unser Spezialgebiet.«

»Dabei sind wir auf die von der Sitte angewiesen ...«

»Ich weiß. Die kochen ihre Süppchen lieber im stillen. Andererseits ist das doch zuerst aber mal einfache Routine. Wir müssen rauskriegen, wer dieser Junge hier ist.«

»Die Nadel im Heuhaufen«, murmelte Löhr, der sich innerlich immer noch gegen den Gedanken wehrte, sich nun mit so etwas Widerlichem wie Kinderpornographie oder Päderastie beschäftigen zu müssen.

»So schlimm ist's auch nicht. Wir lassen das Bild in den Fahndungscomputer einscannen. Vielleicht ist der Knabe irgendwo schon mal auffällig geworden.«

»Wie kommt so einer wie dieser Domprobst an seine Jüngelchen ...?« überlegte Löhr laut.

»Strich natürlich. Oder durchs Internet. Wir müssen seinen Computer filzen.«

»Hm«, machte Löhr.

»Oder Italien! Vielleicht ist das das Geheimnis seiner Wallfahrten?«

»Oh nein! Um Himmels Willen! Amtshilfe aus Italien? Da brauchen wir anderthalb Jahre für den Fall!«

»Vielleicht werden wir ja hier fündig, Jakob. Vielleicht haben die von der Sitte den Jungen in ihrer Kartei, und wir brauchen gar nicht lange zu suchen.«

»Hm«, machte Löhr wieder. Danach schwiegen beide eine Weile.

»Noch zwei Kölsch?« fragte die Wirtin von ihrem Tresen herüber in einem Ton, als böte sie nicht mehr ganz so frischen Fisch an.

»Nein danke«, gab Esser zurück. »Wir möchten denn zahlen, bitte.«

»Ich hab's!« sagte Löhr plötzlich laut und strahlte Esser dabei an.

»Was?«

»Die andere Möglichkeit, Rudi! Denk doch mal nach! So einer wie dieser Domprobst und kleine Jüngelchen? Das paßt doch nicht! Der Mann war doch ein Asket!«

»Haha!« Esser lachte auf. »Da kenn ich noch ganz andere ›Asketen‹ mit ganz anderen ausgefallenen Hobbys!«

»Nein, Rudi, wenn ich's dir sage! Es gibt ‘ne viel näherliegende Möglichkeit. Eine ganz natürliche. Und die klärt auch, wieso der Henning das Foto versteckt hat!«

»Spann mich nicht auf die Folter.«

»Zwei Kölsch, macht dann viervierzig«, sagte die Wirtin, die neben ihren Tisch geschlurft war. Esser zückte sein Portemonnaie, kramte ein Fünfmarkstück heraus und reichte es der Frau. »Stimmt so.«

»Wirklich keine zwei Kölsch mehr?« fragte die Wirtin.

»Nein, wirklich nicht«, sagte Löhr und sah zu, wie die Frau zurück zur Theke schlurfte.

»Also?« fragte Esser.

»Ganz einfach«, sagte Löhr. »Das auf dem Foto ist Hennings Sohn! Unehelich, selbstverständlich. Sonst hätte der das Foto ja nicht versteckt ...«

***

Das Klingeln des Telefons empfing Löhr, als er seine Wohnungstür aufschloß. Es war Onkel Toni.

»Du hast dich ja immer noch nicht mit dem Hermann-Josef in Verbindung gesetzt!«

Löhr war zuerst erschrocken, besann sich aber schnell und ging gleich zum Gegenangriff über: »Woher willst du das denn wissen?«

»Weil ich gerade mit ihm telefoniert hab, und der hat kein Wort davon gesagt, daß du bei ihm warst.«

»Sondern?«

»Sondern was?«

»Sondern *was* hat er gesagt?«

»Ich könnte ihn am Arsch lecken. – So. Jetzt weißt du, wie der drauf ist. Das ist doch kein Zustand, Köbes. Das mußt du doch zugeben. Dat Waltraud sitzt hier seit Tagen wie 'ne Mumie, dat Hilli knatscht mir von morgens bis abends den Kopp voll, und ich weiß wirklich nicht mehr, wie et weitergehen soll ...« Tonis Stimmlage war von einem empörten Forderungston in ein mitleiderregendes Jammern mutiert. Löhr stöhnte vernehmbar auf.

»Also gut ...«

»Also fährst du jetzt da hin?«

»*Jetzt*? Weiß du, wie spät es ist?«

»Gerade mal halb neun«, kam es prompt zurück.

Nachdem er aufgelegt hatte, sah sich Löhr noch ein paar Augenblicke im Zimmer um, sah die Zigarrenkiste und die Whiskyflasche im Regal, seufzte und wandte sich dann mit dem Gefühl, alles Schöne in der Welt für immer aufgeben zu müssen, wieder zur Wohnungstür.

Mit Mülheim hatte Löhr immer schon den Begriff »Diaspora« verbunden, und genau der fiel ihm jetzt wieder ein, als er aus der 15 stieg und ein Stück die Bergisch Gladbacher Straße stadtauswärts ging, die ihm hier, kurz vor der Bahnüberführung, ganz besonders öde erschien. Daß hier Menschen leben können! Zumindest einige schienen dies tatsächlich zu schaffen, denn aus der Kneipe auf der Ecke zur Montanusstraße dröhnte laute Musik, die Tür stand offen, und Löhr konnte sehen, daß die Theke übervölkert war. Eine volle Kneipe war keine schlechte Bedingung für sein Vorhaben. Toni hatte ihm gesagt, daß Hermann-Josef mit größter Wahrscheinlichkeit hier zu finden sei und Löhr hatte sich auf der Fahrt hierher mit Grausen ausgemalt, er müsse das Gespräch mit seinem angeheirateten Vetter in einer leeren Kneipe unter den wachsamen Augen des zur Verteidigung seines einzigen Stammkunden zu allem bereiten Wirtes führen. Aber dem war ja nun nicht so. An der Theke standen oder hockten massenweise vorsichtig ihre »Stößchen« gluckernden Rentner, Malocher oder Arbeitslose. Wer allerdings was war oder sein könnte, war nicht auszumachen, denn alle an der Theke versammelten Männer trugen Einheitskluft: dreistreifige Adidas-Trainingsanzüge. Etwas abseits der Männer, in separierten Gruppen, standen oder hockten die Frauen zusammen. Auch hier bemerkte Löhr ein vereinheitlichendes Merkmal, und zwar die lackierten Fingernägel, die sie so lang trugen, daß Löhr sich fragte, wie sie damit überhaupt ein Glas Kölsch umfaßt halten konnten, ohne sich dabei in den Handballen zu stechen. Es war also das klassische Vorstadtkneipen-Publikum. Löhr stellte sich an die Theke, als gehöre er dazu, bestellte beim – natürlich – schwergewichtigen Wirt ein Kölsch und ließ seinen Blick unauffällig durchs Lokal wandern, während er trank.

Es war nicht schwer, Hermann-Josef auszumachen. Er stand, ein Kölsch in der Linken, vor zwei etwas abseits der Theke hängenden Walzen-Spielautomaten und bediente sie gleichzeitig. An der Art, wie er spielte, konnte Löhr erkennen, daß Hermann-Josef ein Profi war. Er fuhrwerkte nicht wild an den Stop- und Go-Tasten herum, sondern bediente sie dosiert, so, als spiele er auf einem empfindlichen, launischen Instrument. Das tat er noch nicht einmal besonders konzentriert, sondern mit virtuoser Beiläufigkeit, denn gleichzeitig führte er ein angeregtes Gespräch mit jemandem an der Theke, von dessen Inhalt Löhr wegen des Kneipenlärms nur soviel mitbekommen konnte, daß es sich um den Wiederaufstieg des 1. FC drehte. Löhr beschloß, abzuwarten, Hermann-Josef ein wenig zu beobachten und dann eine günstige Gelegenheit abzupassen, um ihn anzusprechen. Er bestellte ein zweites Kölsch. Merkwürdigerweise schmeckte es gut. Er hatte hier eine ungenießbare Billigmarke erwartet, war aber angenehm überrascht worden. Als er seinen Blick wieder Hermann-Josef zuwandte, sah er, daß der sich von seinen Automaten ganz abgewandt hatte und sich nun auf das Gespräch über den FC zu konzentrieren schien. Kaum waren die beiden Automaten, ohne einen Gewinn für Hermann-Josef angezeigt zu haben, leergelaufen, stieß sich ein kräftiger, älterer Kerl mit schütterem Haar und einem unsäglichen, von einer Messingbrosche zusammengehaltenen Lederbinder um den Hals von der Theke ab und ging zu einem der Automaten. Er warf zwei Fünf-Mark-Stücke hinein, ließ das Ding laufen und wollte sich gerade wieder zurück an die Theke begeben, da wurde er von Hermann-Josef aufgehalten.

»He! An dem Automat spiele *ich*!«

»Nee«, sagte der andere und setzte sich gelassen auf seinen Thekenhocker. »Der Automat war leer.«

»Aber da *spiele* ich dran«, sagte Hermann-Josef scharf.

»Dann mußt du ein Schild dran machen, daß du da dran spielst. Weiß ja keiner. Der Automat war leer.«

Doch Hermann-Josef, der über ein zynisch-scharfes Mundwerk verfügte, ließ nicht locker, beharrte auf seinem vermeintlichen Recht. Dem mit dem schütteren Haar wurde es zu bunt, er verdrehte die Augen, stand schließlich von seinem Thekenhocker auf, drückt seine zehn Mark und die drei Mark zwanzig, die er inzwischen gewonnen hatte, aus dem Automat und setzte sich wieder.

»Dä! Da kannste spielen. Ist ja *dein* Automat.«

Hermann-Josef beobachtete ihn eine Weile schweigend aus den Augenwinkeln. »Willst du was auf mich trinken?« fragte er schließlich hämisch.

»Nee«, sagte der Schüttere. »Du bist mir zu höflich.«

»Dann kauf ich dir deinen wunderbaren Krawattenhalter ab. Wat willste dafür haben? Drei Mark zwanzig biete ich dir.«

Der Schüttere sagte nichts, senkte seinen Blick ins Kölschglas, trank es zur Hälfte aus und sah dann Hermann-Josef an. Der grinste voller Hohn zurück. Ein Grinsen zu viel. Im Bruchteil einer Sekunde hatte er den Rest aus dem Kölschglas des Schütteren im Gesicht und bevor er sich noch die Augen auswischen konnte, war der bei ihm und plazierte einen trockenen Uppercut unter Hermann-Josefs

Kinn, trat einen Schritt zurück, holte erneut weit zu einem wahrscheinlich definitiven rechten Haken aus. Er kam nicht dazu, ihn auszuführen, denn Löhr war schon dazwischen. Egal, was für ein zynischer Hund sein angeheirateter Vetter sein mochte, aber er konnte es nicht zulassen, daß er hier k.o. geschlagen wurde. Er umklammerte die Rechte des Schütteren, doch der, offenbar in solchen Dingen geübt, hatte die Linke schlagbereit, und Löhr spürte zuerst einen dröhnenden Schlag gegen seine rechte Schläfe und dann, als er den anderen in der Folge des plötzlichen Schmerzes losließ, einen krachenden Rumms an seinem linken Auge.

Etwas Kaltes auf der Stelle, wo einmal sein linkes Auge gewesen sein mußte, war das erste, was er wieder wahrnahm. Es stammte – wie er durch einen Schlitz unter dem Lid seines rechten Auges sehen konnte – von einem feuchten Lappen, den Hermann-Josef ihm auf die linke Gesichtshälfte preßte. Löhr öffnete das rechte Auge noch etwas mehr und sah nun die verschwommenen Konturen zweier über ihn gebeugter Gesichter. Das zweite gehörte dem feisten Wirt, dem der Schweiß die Stirn hinablief und auf Löhrs Mund tropfte.

»Wieder alles klar?« fragte Hermann-Josef.

Löhr konnte ein Nicken gerade andeuten.

»Ich han der fiese Möpp erusjeworfe«, sagte der Wirt, als hätte er die Erde gerade vor einem Meteoriten-Einschlag bewahrt.

Löhr deutete jetzt ein Schulterzucken an, das dem Wirt zu genügen schien, denn er erhob sich mit knackenden Gelenken und einem erleichterten Stöhnen und wandte sich wieder seinen Geschäften hinter der Theke zu.

Etwas später hatte Hermann-Josef ihm auf die Beine geholfen und ihn in einer ziemlich dunklen Ecke der Kneipe an einen leeren Tisch bugsiert. Jetzt hielt er ihm mit einer Miene, als sei dies das wirklich einzige Mittel, um die Folgen eines Knockouts zu bekämpfen, ein randvoll gefülltes Glas Fernet Branca unter die Nase. Löhr schob es sachte zurück.

»Wat machst du eigentlich hier?« fragte ihn der Vetter.

»Ich wollte mit dir sprechen«, stöhnte Löhr.

Hermann-Josef verdrehte die Augen. »Jetzt schicken die Hövelers mir auch noch die Schmier op der Hals!«

Allein die Andeutung eines Kopfschüttelns verursachte Löhr einen solch stechenden Schmerz in seinem Kopf, daß er es sofort unterließ und sich auf das – nicht sehr viel weniger schmerzhafte – Sprechen beschränkte.

»Privat!« hauchte er. »Wegen dem Waltraud seiner Schwangerschaft.«

Des Vetters Miene verfinsterte sich. »Hör op!« zischte er. »Do jitt et nix mieh zum Sprechen.«

»Die Waltraud sagt auch keinen Ton!« klagte Löhr.

»Ist doch klar. Dat will sich die Schnüss nit verbrennen.«

»Wie meinst du das?«

»Wie ich dat meine? Ist doch klar. Oder glaubst du an Wunder?«

Löhr zuckte ganz vorsichtig die Schulter. »Könnte doch sein, oder?«

»Nee!« kam es ganz entschieden vom Vetter. »Von mir kann dat Kind nicht sein. Janz ausgeschlossen.«

»Und wieso bist du da so sicher?«

Hermann-Josef zögerte einen Augenblick, seine wachsamen Zocker-Augen taxierten Löhr, er überlegte, ob er ihm trauen könne.

»Weil ich beim Pizedoktor war«, sagte er schließlich gedehnt.

»Bei wem?«

Hermann-Josef verdrehte die Augen. »Beim Urulogen!«

»Ja und?«

»Der hat mein Dingens, mein Sperma untersucht ...«

Löhr ahnte, was jetzt kommen würde, nickte Hermann-Josef, dem es schwerzufallen schien, den Rest zu erzählen, trotzdem aufmunternd zu.

»Tja«, sagte der Vetter ein wenig gepreßt. »Die Dinger sind zu langsam, sagt der. Da jeht nix bei mir. Also kann ich et auch nit bei dem Waltraud gewesen sein.«

***

Essers Augen weiteten sich, als Löhr kurz nach neun am nächsten Morgen ins Büro kam.

»Jakob!« Mit einem Sprung war Esser aus seinem Sessel und nahm Löhrs verquollene linke Gesichtshälfte aus der Nähe in Augenschein. »Bist du vor die Straßenbahn gelaufen?«

»Sieht man das immer noch so?« fragte Löhr, die Schwellungen unterm linken Auge vorsichtig abtastend. »Ich hab die halbe Nacht Eisbeutel drauf gehabt.«

»Jetzt sag schon! Was ist passiert?«

Gebeugt schlich Löhr zu seinem Schreibtisch, ließ sich ächzend dahinter nieder und erzählte Esser die Geschichte so, wie sie sich zugetragen hatte, nur, daß er aus seinem eher zwergenhaften Gegner einen Zwei-Zentner-Koloss machte.

»Du und deine verdammten Familiengeschichten! Die bringen dich immer nur in Teufels Küche!« Esser legte in einer Mischung aus Mitleid und Mißbilligung die Stirn in Falten und fixierte Löhrs blaues Auge, als wäre das an allem schuld.

Löhr zuckte die Schulter. »Was soll ich machen? Die Fronten waren so verhärtet. Irgendeiner mußte ja mit den beiden sprechen.«

Mißbilligend schüttelte Esser den Kopf. »Hat's denn wenigstens was gebracht? – Ich meine, mal abgesehen von deinem blauen Auge?«

»Nun ja. Der Hermann-Josef ist mit Sicherheit kein Musterknabe ...«

»Sag bloß, du hast wieder mal eine Ehe gerettet!«

»Was soll meine arme Kusine sonst machen? Der, von dem das Kind stammt, hat sich ja in die Büsche geschlagen. Sonst säß sie ja nicht zu Hause rum.«

»Und dein verzockter Vetter akzeptiert das fremde Kind?«

»Ich hab ihm gesagt, er soll froh drüber sein. Wo er doch selbst keine machen kann.«

Esser lachte. Löhr aber war nicht nach Lachen zumute. Ganz so einfach war es nicht gewesen. Die Nacht mit Hermann-Josef hatte ihn viel Energie gekostet. Er hatte nicht nur seine ganze Überzeugungskraft einsetzen, sondern gleichzeitig auch die immer heftiger werdenden Kopfschmerzen überwinden müssen.

»Und was hat sich hier heute morgen schon getan?« fragte Löhr schließlich. Er war froh, das Kapitel Hermann-Josef vorläufig abgeschlossen zu haben.

Esser atmete tief ein. »Eine Menge!«

»Und das wäre im einzelnen?« fragte Löhr und streckte dabei vorsichtig die Beine aus. Nicht nur der Kopf und das Gesicht, unerklärlicherweise tat ihm jeder einzelne Knochen im Leib weh.

»Also, heute morgen um neun Razzia im Generalvikariat!«

»Waas?«

»Tja!« Esser produzierte so etwas wie ein kokettes Achselzucken. »Ich war heute schon ganz früh im Büro, habe noch mal mit dem Staatsanwalt telefoniert und dann mit Schuhmacher gesprochen.«

»Mit Schuhmacher?«

»Der Staatsanwalt meinte, wir sollten die Sache trennen. Die von der Wirtschaftskriminalität machen ein eigenes Verfahren auf, damit das zügig über die Bühne geht. Und das hat Schuhmacher dann in die Gänge gebracht.«

»Und was ist mit dem Jungen? Dem Foto?«

»Das habe ich als allererstes gemacht. Natürlich. Ich war bei der Sitte und habe denen das Foto gegeben.«

»Und weiter?«

»Nichts weiter. Kennst die doch. Die gehen ihre Karteien durch, scannen das Foto in ihren Cebius-Computer ein. Und das ist's dann vorläufig.«

»Wie? Das ist's vorläufig?« Trotz Gliederschmerzen im ganzen Körper richtete sich Löhr ein wenig in seinem Stuhl auf. »Und was ist mit der Theorie vom unehelichen Kind? Unternehmen wir da nichts?«

»Bisher noch nichts. Ich kann mich ja schließlich nicht doppelt schlagen.«

»So hab ich das nicht gemeint, Rudi.« Löhr wollte sich wieder gegen die Lehne zurücksinken lassen, doch sein Widerspruchsgeist war noch nicht ganz erloschen. »Und außerdem«, fuhr er fort, »warum eigentlich noch die Razzia im Generalvikariat? Wieso konzentrieren wir uns jetzt nicht auf die Spur mit dem Jungen?«

Esser schüttelte den Kopf. »Ich hab mir das heute nacht durch den Kopf gehen lassen, Jakob«, sagte er. »Wir müssen zweigleisig fahren. Wir können uns jetzt nicht wieder so schnell auf die neue Spur festlegen.«

»Hm. Wahrscheinlich hast du recht.« Löhr befühlte seine malträtierte Gesichtshälfte. Denken war heute eigentlich ausgeschlossen. Trotzdem. »Aber ...« Der letzte Rest seines Widerspruchsgeistes schmiß noch einmal irgendeinen Keilriemen in seinem Gehirn an, der dann doch so etwas wie Denken anzukurbeln vermochte. »Aber wenn wir schon zweigleisig fahren, müssen wir die neue Spur mit genau soviel Druck verfolgen wie die andere. Das heißt auch die Möglichkeit mit dem unehelichen Kind ventilieren.«

»Tun wir doch«, entgegnete Esser. »Nur eins nach dem anderen. Zuerst ziehen wir die Hypothese mit der Päderastie durch. Und da können wir im Augenblick nichts machen, so lang zumindest nicht, wie die von der Sitte mit irgendwelchen Ergebnissen rüberkommen.«

»Und? Wann kommen sie?«

»Heute nachmittag frühestens, haben sie gesagt. Ich habe ihnen übrigens auch das Foto von Henning, das bei seiner Personalakte lag, gegeben. Nimmt den gleichen Lauf wie das Foto von dem Jungen. Wenn wirklich was dran ist an der Päderastie, dann wissen wir heute nachmittag bestimmt schon mehr.«

»Meine Güte!« Löhr konnte bloß noch anerkennend die Unterlippe herunterziehen und dabei mit einer neuerlichen Anwandlung schlechten Gewissens kämpfen. Das alles hatte Esser auf den Weg gebracht, während er sich die Beulen gekühlt hatte. Beulen von einer völlig überflüssigen Schlägerei in Mülheim – in Mülheim! Und das wegen eines Lourdes-Wunders! Es kostete Löhr eine fast unmenschliche Anstrengung, sich wieder auf den Fall zu konzentrieren.

»Also gut«, sagte er schließlich. »Wieso hat das eigentlich mit dem Durchsuchungsbeschluß so schnell geklappt?«

»Weil wir inzwischen Einblick in Krinkes Konto hatten. Krinke hat richtig Dreck am Stecken. Und blöd ist er auch noch.«

»Erzähl!«

»Er war ständig in den Miesen mit dem Konto und hat, um das auszugleichen, in schöner Regelmäßigkeit Bargeld zugeschossen. Bar! Im Monat im Schnitt zwei- oder dreitausend Mark. Wenn das tatsächlich Schmiergeld war – meine Güte! Dann hat er das über sein Gehaltskonto laufen gelassen!«

»Trottel!« murmelte Löhr.

»Ja. Der wird uns natürlich erzählen, er hätt's von einer Tante oder einem Onkel gepumpt oder im Spielkasino gewonnen, – aber damit wird er nicht durchkommen.«

»Sauber«, sagte Löhr. »Also vielleicht doch eine Korruptionsgeschichte im Generalvikariat? Klüngel mit den Dachdeckern?«

»Jedenfalls kommen wir in der Geschichte jetzt ganz schnell voran«, sagte Esser nun doch mit erkennbarem Stolz. »Schuhmacher hat's mit dem Chef von der Wirtschaftskriminalität so gedeichselt, daß die drei Mann für den Fall abstellen.«

»Und? Gibt's schon Ergebnisse?« fragte Löhr.

»Mensch Löhr! Hast du 'ne Ahnung, wieviele Aktenordner wir

aus der Bauabteilung und der Rechnungskammer geschleppt haben?«

»Viele?« fragte Löhr unschuldig.

Esser quittierte die scheinheilige Frage mit einem häßlichen Blick, bog dann aber, als der Löhrs dunkelrotes, geschwollenes Auge streifte, den Kopf zur Seite und schaute auf die Uhr. »Fischenich hatte mir versprochen, über alles schnell mal drüber zu gucken und, wenn er auf was besonders Auffälliges und auch für uns Interessantes gestoßen ist, kommt er damit vorbei.«

»Fischenich?«

»Das ist der für den Fall zuständige Dienststellenleiter im KK41 – Wirtschaftsstrafsachen.«

»Dann geht's da ja jetzt richtig voran«, sagte Löhr vorsichtig.

»Wurde ja wohl auch allmählich Zeit, oder?«

Löhr räusperte sich. Wieder das schlechte Gewissen. Er beruhigte es damit, daß er sich vornahm, Esser bei der nächsten Gelegenheit ohne wenn und aber, ohne jedes Meckern bei seiner Frau zu decken.

»Was ist eigentlich mit Krinke?« fragte er. »Der sollte doch jetzt hier zur Vernehmung antanzen?«

»Den habe ich auf die Warteliste gesetzt«, sagte Esser.

»Auch nach Absprache mit dem Staatsanwalt und Schuhmacher?«

»Sei nicht so empfindlich, Mann! – Ich habe mir eben gedacht, wir warten erst mal ab, was bei der Razzia rauskommt. Dann können wir ihn doch viel besser in die Mangel nehmen.«

»Ist ja schon gut. Hast ja recht.« murmelte Löhr und betastete seine rechte Schläfe, an der sich auch eine beträchtliche Schwellung befand.

»Ich hab Krinke für *morgen* früh bestellt«, sagte Esser. »Wenn's dir recht ist ...«

Löhr winkte ab, als sei ihm die Sache peinlich.

Es klopfte kurz, die Tür ging auf, und ein schlaksiger Mann in einer Wildlederjacke kam herein. Esser stand auf und stellte ihn Löhr vor.

»Heiner Fischenich, KK41 – Wirtschaftsstrafsachen.«

Fischenich schüttelte Löhr, der an seinem Schreibtisch sitzen blieb, die Hand und betrachtete mit einer hochgezogenen linken Augenbraue dessen lädiertes Auge.

»Kleine Auseinandersetzung?« fragte er grinsend.

»Sie sollten erst mal den anderen sehen«, brummelte Löhr.

»Haben Sie was rausgefunden?« unterbrach Esser das Geplänkel, bevor es für Löhr peinlich werden konnte und wies auf ein vollgekritzeltes Blatt Papier, das Fischenich in der Hand hielt. Der andere zog die Schultern hoch.

»Schwierig. Hab ich Ihnen ja schon gesagt. Hinter solche Kartellabsprachen zu kommen, ist fast unmöglich – solang alle dicht halten. Nach außen hin sieht alles vollkommen korrekt aus, korrekte Ausschreibung, korrekte Auftragsvergabe, korrekte Rechnungsstellung. Das hält jeder internen Prüfung stand.«

»Aber?« fragte Esser.

»Wenn man die Preise hier mit den Dachdeckerpreisen von einem anderen Bistum vergleicht, kommt man vielleicht hinter überhöhte Preise. Das wäre ein Ansatz. Aber das ist ein langer Weg ...«

»Und was wäre der direkte?« mischte sich jetzt Löhr ein.

»Daß einer singt«, sagte Fischenich.

»Und? Tut das einer?« fragte Löhr.

»Nein. Bisher seh ich das noch nicht. Aber ...« Fischenich hob das Papier hoch. »Vielleicht gibt's in der Richtung doch eine Möglichkeit.« Er legte das Papier auf Löhrs Schreibtisch, drehte es so, daß Löhr es lesen konnte. Esser trat hinter Löhr, um auch sehen zu können. Die Namen der neun Dachdeckerbetriebe, die regelmäßig für das Generalvikariat gearbeitet hatten, waren untereinander gelistet. Hinter jedem Firmennamen stand jeweils eine Reihe mit Daten.

»Was ist das?« fragte Löhr.

»Wir haben geprüft, wann in den letzten fünf Jahren und vor allem wie oft jede dieser Firmen einen Auftrag vom Generalvikariat bekommen hat.«

»Aha«, machte Löhr. »Und – äh – wieso?«

»Weil die meisten Kartelle so funktionieren, daß jeder, der drin ist, regelmäßig irgendwann mal dran kommt. Sprich: einen Auftrag kriegt.«

»Aha«, machte Löhr noch einmal. Er sah zu Esser rüber, der sich Fischenichs Zettel herangezogen hatte und über dessen Miene jetzt das Leuchten der Erkenntnis ging.

»Und?« fragte Esser. »Ist das so? Hat jeder von den neun regelmäßig einen Auftrag gekriegt?«

»Nein! Das ist ja der Punkt! Deswegen bin ich gleich zu euch rübergekommen!«

»Es ist also einer rausgefallen!« sagte Esser, jetzt hellwach. Löhr begann sich ein wenig über Esser zu ärgern. Der tat so, als wäre er der obercoole Fachmann.

»Genau das!« sagte Fischenich.

Fischenich mußte die Verständnislosigkeit in Löhrs Gesichtsausdruck mitbekommen haben, denn er wandte sich jetzt an ihn und sagte in pädagogischem Ton: »Ein Kartell dieser Art kann nur geknackt werden, wenn einer der Mitbieter aus dem einen oder anderen Grund querschießt oder sich übervorteilt fühlt oder aus irgend einem anderen Grund aussteigt oder versucht auszusteigen.«

»Weil er dann plaudert oder verzinkt – auf jeden Fall quatscht«, ergänzte Esser. Überflüssigerweise, wie Löhr meinte. Allmählich kapierte er das Ganze. Aber der scharfe, strafende Blick, den er in Richtung Esser abschoß, tat wegen des zugequollenen Auges so weh, daß er ihn gleich wieder bereute.

»Jedenfalls ist es so«, fuhr Fischenich fort, »daß diese Firma Lippegau hier bis vor drei Jahren genau so regelmäßig wie die anderen acht Firmen ihre Aufträge vom Generalvikariat gekriegt hat. Und dann hörte das allmählich auf. Nur noch kleine Kleckeraufträge. Die anderen bekamen die dicken Fische. Komplettsanierung des Dachstuhls von ›Herz Jesu‹ beispielsweise. Lippegau aber durfte in Niehl bloß das Vordach eines Altersheims neu eindecken. Lohnte noch nicht mal die Anfahrt. Und dann, seit einem Jahr, bekam er überhaupt keine Aufträge mehr ...«

»Das heißt ...«, sagte Löhr sehr gedehnt. Sein Hirn wehrte sich mit unsäglichen Schmerzen gegen jeden Gedanken. »Das heißt, dieser Lippegau hat sich – aus welchem Grund auch immer – mit den anderen und vor allem mit dem Auftraggeber, dem Generalvikariat, verkracht. Jedenfalls ist er nicht mehr bedient worden.«

»Du sagst es!« Esser grinste Löhr an, als habe der zum ersten Mal begriffen, daß sich die Erde um die Sonne dreht und nicht umgekehrt. Löhr fühlte sich zu erschöpft, um dem noch irgend etwas entgegenzusetzen. Auch zu erschöpft, um zum Telefonhörer zu greifen, als es klingelte. Sogar zu erschöpft, um Esser ein Zeichen zu geben, er solle für ihn dran gehen. Esser tat es auch ohne dieses Zeichen.

»Esser. 11. K.«

Löhr sah, wie Esser am Telefonhörer innerlich in Habachtstellung ging, sich auch körperlich straffte und blaß um die Nasenwurzel wurde, konnte den Vorgang aber nicht weiter verfolgen, weil

Fischenich sich zu ihm herabgebeugt hatte: »Nehmt euch diesen Lippegau mal vor! Der könnte die schwache Stelle sein. Entweder hat er schon geplaudert, oder er macht's noch. So oder so könnte er euch in eurem Fall auf die Sprünge helfen.«

Fischenich wandte sich ab, ging zur Tür, drehte sich noch einmal zu Löhr um, zog mit dem Zeigefinger bedeutungsvoll die Haut unter seinem linken Auge herunter, grinste und ging. Ganz schön clever, diese Wirtschaftsleute, ging es Löhr durch den Kopf. Dann sah er Esser. Esser, wie er mit zitternder Hand und bebenden Nüstern den Telefonhörer zurück auf den Apparat legte.

»Wer war dran?«

Esser mußte Luft holen, bevor er antworten konnte. »Der Präsident.«

»Der Präsident? Welcher Präsident?«

»*Unser* Präsident, du Idiot!«

Esser stand so heftig auf, daß sein Bürosessel hinter ihm einen Satz quer durch den Raum machte und dann gegen die Wand schepperte. Löhr zuckte zusammen.

»Wir sollen uns bei diesem Generalvikar entschuldigen!«

»Entschuldigen? Wofür denn entschuldigen?«

»Für die Aktion heute morgen. Die Durchsuchung im Generalvikariat!« Essers Hände umfaßten die Schreibtischkante, als wolle er sie mit bloßen Händen zerbröseln. Seine Kiefermuskeln traten hervor wie Taue. So wütend hatte Löhr seinen Kollegen selten gesehen.

»Das kann doch nicht dessen Ernst sein, Mann! Entschuldigen?«

»Natürlich hat er nicht ›entschuldigen‹ gesagt. Er hat's aber gemeint. Was von ›Wogen glätten‹ und so gelabert. Es ist nicht zu fassen!«

»Und wozu soll das gut sein? Das war eine ganz legale Aktion. Mit richterlichem Durchsuchungsbeschluß und allem drum und dran.«

»Das wollte ich ihm auch sagen.«

Jetzt erst fiel Löhr ein, daß Esser während des Telefonats kein einziges Wort gesagt hatte.

»Du Scheiße.«

»Ja«, sagte Esser.

»Er hat also Druck gekriegt von diesem Oberpfaffen, und den läßt er an uns ab, und wir müssen hin und dem die geweihten Füße küssen und versprechen, daß wir so was nie wieder tun.«

»So ähnlich. – Von wegen ›Mord ist Mord‹! Mord im Dom ist lange noch kein gewöhnlicher Mord. Zumindest nicht für uns Bullen.«

»Das wollen wir doch mal sehen!« Löhr spürte einen Augenblick lang weder Schmerzen noch Müdigkeit. »Dem Oberpfaffen werd ich mal die Strafprozeßordnung vorlesen und dann ...«

»Ha!« Essers Stimme schnappte über vor mit Verzweiflung getränktem Sarkasmus. »Wenn dir dein eigener Polizeipräsident in den Rücken fällt, möcht ich dich dabei gerne mal sehen.«

Löhr schwieg einen Augenblick. Spürte, wie die Schmerzen und die Müdigkeit in seinen Körper zurückkrochen und drohten, wieder das Denken zu blockieren. »Warum macht der so was?«

»Wer?«

»Der Präsident, Mann!«

»Der hat Schiß. Schiß vor den Pfaffen, vor der Kirche ...«

»Wieso?«

»Weil das eine Macht ist, Jakob! Ist dir das denn nicht klar? Eine Macht, die nicht bloß im Generalvikariat sitzt. Die sitzt in jedem Ministerium. Auch im Innenministerium. Die regieren mit! Immer noch!«

»Hm«, machte Löhr. Darüber hatte er in der Tat noch nie so genau nachgedacht. »Trotzdem«, sagte er schließlich. »Mord ist Mord. Und Strafprozeßordnung Strafprozeßordnung. Es gibt Regeln. Und solang wir uns dran halten ... Ist denn irgendwas passiert bei der Beschlagnahmungsaktion?«

»Nichts. Absolut nichts. Alles vollkommen sauber und ruhig.«

Eine Weile schwiegen sie. Löhr grübelte. Er war Esser noch einen Gefallen schuldig. Mindestens einen. Mühsam und unter Schmerzen stemmte er sich aus seinem Sessel hoch.

»Ich mach das«, sagte er. »Ich fahr dahin.«

Esser sah ihn mit sich erstaunt öffnendem Mund an. Der Zorn, der seit dem Anruf des Präsidenten sein Gesicht errötet hatte, war mit einem Schlag aus seiner Miene verschwunden.

»Bist du verrückt? Willst du dich umbringen? Hast du dich schon mal im Spiegel beguckt?«

»Den ganzen Morgen lang«, sagte Löhr.

»Dann weißt du ja Bescheid. Du gehörst ins Bett. Ich mache das.«

Esser hatte recht. Er war wirklich nicht in der Verfassung, die er haben müßte, um bei einem Oberpfaffen vorzusingen. Eine Welle von Selbstmitleid durchflutete Löhr und verursachte augenblicklich einen leichten Schwächeanfall. Er mußte sich an der Schreibtischkante festhalten.

»Also gut«, sagte er schwach. »Vielleicht hast du recht. Aber ich geh nicht nach Haus. Ich ruh mich hier ein bißchen aus und warte auf dich.«

Esser nickte, ging hinüber zum Waschbecken, betrachtete sich im Spiegel, straffte seinen Oberkörper und zog gleichzeitig seine Krawatte zurecht.

»Die geweihten Füße küssen …« murmelte er, und bittere Verachtung ringelte sich um jedes seiner Worte.

***

Das Klingeln des Telefons sickerte in die Tiefen seiner Gehörgänge und setzte sich dort fest wie das Geräusch, das der Zeitzünder einer Unterwasserbombe zehntausend Meter unter der Wasseroberfläche aus etwa zehn Kilometern Entfernung machen mußte. Ganz, ganz entfernt, aber doch gefährlich penetrant. Schließlich wurde er tatsächlich davon wach. Er wälzte sich zur Seite, öffnete vorsichtig das nicht lädierte Auge und stellte fest, daß er auf der Besuchercouch im Büro lag. Er sah auf die Uhr. Es war zwölf Uhr durch, und er hatte über eine Stunde geschlafen. Das Telefon klingelte immer noch. Er rappelte sich hoch – wieder dieser Schmerz überall in jedem Knochen, jedem Muskel – wankte zum Telefon. Es war Engstfeld.

»Ich hab was für dich. Wenn du demnächst mal vorbeikommst, geb ich's dir. Ist ja schon bezahlt.«

Als er zehn Minuten später, nachdem er das Auge und die Beule gekühlt und das Haar in Ordnung gebracht hatte, im Geschäftszimmer vorbeischaute, deutete ein auf zwei Apparaten gleichzeitig telefonierender Engstfeld wortlos mit dem Kinn auf einen auf der Theke liegenden Computerausdruck. Als er kurz zu Löhr hinüberschaute, zeichnete sich ein leichtes Erschrecken auf seiner Miene ab. Er entfernte für ein paar Sekunden beide Hörer gleichzeitig von seinen Ohren.

»Das war doch hoffentlich nicht dienstlich?«

Löhr winkte ab. »Keine Panik. Und wenn, hätt ich den Bericht schon selbst geschrieben.«

Engstfeld wandte sich mit einem Schulterzucken wieder seinen Telefonaten zu, und Löhr sah beim Hinausgehen auf den Computerausdruck. »Hamacher, Gregor, geb. 18.12.1927. Palanter Straße 14. 50937 Köln.« Es folgte eine Liste kleinerer und mittlerer Delikte – Betrug, Wettbetrug, Scheckbetrug, Urkundenfälschung, Heiratsschwindel – für die Hamacher angeklagt bzw. auch verurteilt worden war. Ein kleiner Betrüger.

Das darf doch wohl nicht wahr sein! Wohnt der Kerl bloß ein paar Ecken von Tante Lisa entfernt, und die weiß wahrscheinlich noch nicht mal, daß er überhaupt noch lebt.

Löhr ging zurück ins Büro und humpelte unschlüssig eine Weile lang durch den Raum, von seinem Schreibtisch zu dem von Esser und wieder zurück, sich dabei immer auf die Schreibtischkanten stützend. Sollte er hier bleiben und auf Esser warten? In seinem Zustand konnte er eigentlich nicht arbeiten. Sich noch mal hinlegen? Er war nicht mehr richtig müde, nur noch zerschlagen. Zur Sitte rüber auf den Waidmarkt gehen und nachfragen, was es mit dem Jungen und Henning auf sich hatte? Ob sie schon auf etwas gestoßen waren? Aber es war noch zu früh. Die Ergebnisse – wenn es denn welche geben würde – könnten erst am Nachmittag vorliegen. Aber irgendwas mußte er tun, trotz Kopf- und Gliederschmerzen. Immerhin steckten sie in einem Fall, und immerhin hatte Esser den frühen Morgen über schon geackert wie ein Pferd. Löhr zog sich die Personalakte Hennings heran, die sie aus dem Generalvikariat bekommen hatten. Natürlich würde da nichts von einem Sohn drinstehen. Aber vielleicht würde er auf ein paar neue Anhaltspunkte stoßen.

Michael Henning war am 1. November 1945 in Olpe geboren worden als jüngster Sohn des Drogisten Karl Henning und der Hausfrau Hedwig Henning, geborene Hüttenrauch. Lebten die Eltern noch? Löhr blätterte die Akte durch. Nein. Der Vater war 1981, die Mutter 1989 gestorben. Also keine Verwandten bis auf den Bruder, mit dem Esser telefoniert hatte. Löhr blätterte in der Akte nach vorn und fand einen eingelegten Zettel mit Essers Handschrift. Zwei Namen und zwei Telefonnummern. Gottfried Henning mit einer Münchner und Ernst Siegloch mit einer Bonner Telefonnummer. Richtig. Siegloch war der Wein trinkende Freund Hennings. Der konnte natürlich auch Bescheid wissen über ein vermeintliches Kind. Löhr rief zuerst die Bonner Nummer an. Es meldete sich niemand. Dann rief er die Münchner Nummer an. Nach zwei Freizeichen sprang der Anrufbeantworter an, der ihm die Wahl ließ, nach dem Piepston entweder eine Nachricht aufzusprechen oder eine

Handynummer zu wählen. Löhr legte wieder auf. Eine Handynummer anzurufen kam für ihn nicht in Betracht. Mußte er es später noch einmal versuchen. Er blätterte weiter in Hennings Personalakte. Eine saubere katholische Karriere. Von 1955 bis 1962 Meßdiener an der Katholischen Pfarrkirche St. Martin. 1964 Abitur am Johannes-Duns-Scotus Gymnasium. Während der Gymnasialzeit aktiv im »Neuen Deutschland«. Von 1964 bis 1970 Studium an der Theologischen Fakultät der Universität Paderborn, 1970 Erzbischöfliches Priesterseminar in Paderborn. Staatsexamen und Priesterweihe 1971. Von 1971 bis 1972 Kaplan an der St. Ulrich-Kirche in Paderborn. Von 1973 bis 1974 Referent in der Abteilung Organisation der Erzbischöflichen Kurie in Paderborn. 1975 Wechsel ans Erzbischöfliche Generalvikariat nach Köln. Dort von 1975 bis 1978 Referent in der Stabsabteilung Kirchenrecht, von 1978 bis 1983 Abteilungsleiter für außergerichtliche Ehesachen …

Wann und wo konnte Henning ein Kind gezeugt haben? Als Student? Als Kaplan? Warum hatte Henning eigentlich nicht die Priesterlaufbahn eingeschlagen, warum hatte er sie nach nur einem Jahr abgebrochen und war vom Kaplansamt in die Kirchenverwaltung übergewechselt? Spielte da vielleicht die Beziehung zu einer Frau eine Rolle? Und warum überhaupt der Wechsel nach Köln? War seine Position in Paderborn vielleicht wegen eines Kindes unhaltbar geworden? Interessant. Aber wer würde Auskunft geben können? Vor allem: Auskunft geben wollen? Von den offiziellen Kirchenstellen in Paderborn konnte er nichts erwarten. Er müßte beispielsweise die Haushälterin aus dem Pfarrhaus von St. Ulrich in Paderborn, wo Henning seine Kaplanszeit verbracht hatte, ausfindig machen. Sehr, sehr mühsam. Lohnte sich das überhaupt? Löhr lehnte sich in seinem Stuhl zurück und schloß kurz die Augen. Nein. Lohnte sich eigentlich nicht. Denn wenn der Junge auf dem Foto tatsächlich ein uneheliches Kind Hennings war – konnte sich hinter dessen Existenz wirklich ein Tatmotiv verstecken? Wer sollte den Domprobst Henning umbringen, bloß weil er ein Kind hatte? Trotzdem mußte diese Möglichkeit ventiliert werden. Aber nicht jetzt auf der Stelle. Er würde am späteren Nachmittag noch einmal versuchen, den Bruder oder den Bonner Freund anzurufen. Das war der schnellste Weg. Jetzt konnte er gar nichts tun. Nicht in seinem Zustand. Allenfalls täte ihm jetzt ein kleiner Gang gut. Ein Spaziergang. Statt hier im Büro die Zeit tot zu schlagen. Er klappte Hennings Personalakte zu und legte sie beiseite. Darunter kam die Liste zum Vorschein, die Fischenich am Morgen gebracht hatte, die Liste mit den Dachdeckerbetrieben. Er nahm sie in die Hand, las ein paar Namen und Zahlen, aber er verlor schnell die Lust daran, sich jetzt noch einzuarbeiten. Hat wirklich keinen Sinn. Lieber ein kleiner Spaziergang. Mal sehen, was aus diesem Hamacher geworden ist. Könnte vielleicht Tante Lisa freuen. Und er könnte endlich erfahren, was damals zwischen den beiden wirklich gewesen war. Und mit Tante Helga. Auf der anderen Seite – die Arbeit erledigte sich nicht von allein. Immer noch unschlüssig, was er jetzt tun sollte, warf er noch einmal einen Blick auf Fischenichs Liste, las weiter und stockte. Wenn das keine Fügung war! Die Dachdeckerfirma Lippegau saß auf der Hermeskeiler Straße! Zwei oder drei Straßenbahnhaltestellen von der Palanter entfernt. Das Angenehme mit dem Nützlichen verbinden! Plötzlich kam Leben in ihn. Ohne zu humpeln schaffte er den Weg zum Garderobenständer und zog sich sein Jackett über.

Auf der Straße erwies sich seine Euphorie dann doch als ebenso kurzatmig wie er selbst. Er schleppte sich bis zum Blaubach, wartete an der Ecke Waidmarkt auf ein Taxi und versuchte nicht an Engstfelds gefurchte Stirn zu denken, wenn er ihm die Quittung vorlegen würde.

***

»Der Chef? Ja, dat ist ‘ne gute Frage. Dat wüßte ich auch gerne, wo der mal wieder steckt!«

Die Frau, die hier offensichtlich so etwas wie eine Sekretärinnen-Funktion innehatte, schob mit einem abgrundtiefen Seufzer ihren Bürosessel ein Stück zurück und erhob sich dann schwerfällig. Der Sessel beantwortete die Entlastung mit einem Wehlaut, der ganz ähnlich klang wie der Seufzer der Frau. Sie mochte gut zweieinhalb Zentner wiegen und drückte auf ihrem Gang zum Fenster zwei Rollen Teerpappe, die im Wege standen, platt, ohne daß sie es zu merken schien.

»Wat mer sich nit alles andeit!« seufzte sie, während sie das Fenster öffnete. Löhr beobachtete fasziniert, wie sie sich hinauszulehnen, ihren Kopf hinauszustrecken und einen Blick auf den Hof unter ihr zu werfen versuchte. Wenn es einen Guiness-Rekord in minimalistischen Bewegungen gäbe – diese Frau hätte ihn mit Leichtigkeit einstellen können.

»Do ess her doch!« sagte sie, ohne sich zu Löhr umzudrehen. Und dann schrie sie zum Fenster hinaus: »Kalli! Da ist einer für dich!« Und jetzt vollbrachte sie tatsächlich die akrobatische Leistung, sich auch noch zu Löhr umzudrehen.

»Wovon sind Sie eigentlich?«

»Wovon? – Von der Kripo.«

Die Frau wandte sich wieder dem Fenster zu, wohl, um die eben erhaltene Information hinauszuposaunen. Doch stattdessen drehte sie sich wieder zu Löhr um und sagte in gedämpfterer Stimmlage: »Dat sagen Sie ihm besser selbst. – Der belädt gerade den Lkw da unten.«

Lippegau war ein überaus schmutziger Mann und entsprach damit dem Bild, das Löhr bisher von seiner Firma gewonnen hatte. Das Büro: eine Nische in einem Abstellraum für Baumaterialien, in dem Platz lediglich durch die Schneisen, die die Sekretärin mit ihrem Leib schlug, geschaffen wurde. Der Hof glich eher dem Abstellplatz eines fanatischen Sperrmüllsammlers als dem eines Handwerksbetriebes. Die Farbe des Pritschenwagens, den Lippegau gerade mit Balken und Leisten belud, war unter einer Kruste rissig eingetrockneten Schlamms nicht zu erkennen. Und dann der »Chef« selbst. Das war kein Dreck, wie er durch Arbeit entsteht. Zumal nach Löhrs Kenntnisstand die Arbeit eines Dachdeckers in der Regel relativ schmutzfrei abläuft. Lippegau aber sah aus wie ein Kohlenhändler nach achtundvierzigstündigem Dauereinsatz. Kein Wunder, dachte Löhr, daß dem ein feiner Verein wie das Generalvikariat keine Aufträge mehr gibt.

»Von der Kripo? Wat hab ich mit der Kripo …?« Auch Lippegaus Stimme hätte die von einem Kohlenhändler sein können. Röhrend, tief, schwarz.

Löhr erklärte ihm in groben Zügen die Zusammenhänge, ohne allerdings den Verdacht eines Kartells zu erwähnen.

»Es ist so, daß Domprobst Henning bis kurz vor seinem Tod mit der Prüfung von Aufträgen und Rechnungsvorgängen von Dachdeckerarbeiten zu tun hatte. Und wir können nicht ausschließen, daß sein Tod etwas damit zu tun hat. Wir müssen allen Spuren nachgehen. – Also reine Routine.«

»Aber ich hab doch seit fast drei Jahren nicht mehr für den Verein gearbeitet!« sagte der Dachdecker.

»Das weiß ich. Deshalb bin ich ja auch hier.«

Zuerst Unverständnis in der Miene des schwarzen Mannes. Dann plötzlich ein hinterlistiges Aufblitzen in seinen Augen. Aber er sagte nichts. Sah Löhr nur an, schien mit der Zunge nach irgendwelchen Speiseresten zu suchen und machte dabei leise Zischgeräusche.

»Sie verstehen, was ich meine?« fragte Löhr.

»Nä«, machte die Kohlenstimme.

»Was ist denn Ihre Erklärung dafür, daß Sie keine Aufträge mehr vom Generalvikariat kriegen?«

Lippegau zuckte die Schultern. »Ich bin zu klein für die. Seh'n se doch. Ich und 'ne Geselle. Mehr Mann haben wir nicht. Mit so einem Betrieb kann man Kunibert nicht komplett neu eindecken.«

»St. Kunibert?«

»Ich meine nur zum Beispiel.«

»Aber bis vor drei Jahren haben Sie Aufträge bekommen. Und nicht zu knapp.«

Wieder das Schulterzucken, das auf nichts schließen ließ. »Bis dahin hab ich mir ja auch Leute dazu geholt, wenn ich so'n Auftrag hatte.«

»Und warum machen Sie das jetzt nicht mehr?«

»Ich mach jet langsamer. Wat soll die Hetzerei noch? Noher ben ich der richste Mann om Friedhof.« Lippegau war in breitestes Kölsch verfallen. Löhr wußte, er hatte den wunden Punkt gefunden. Er wechselte das Thema.

»Von wem in der Bauabteilung des Generalvikariats haben Sie denn immer Ihre Aufträge bekommen?«

»Vom Chef natürlich. Dem Söntgenrath. Wieso?«

»Söntgenrath? Das ist der Chef?«

»Immer schon.«

»Und nicht von Krinke?«

»Ja gut. Mit dem Krinke hat man dann den Auftrag verhandelt. Die Ausführung. Die Details. Aber unterschrieben hat immer der Söntgenrath.«

»Da gab's nie Probleme?«

»Probleme? Was für Probleme?«

»Mit den beiden. Ich meine, sind die sich nie in die Quere gekommen?«

Ein kurzes, trockenes Lachen. »Die zwei? Die sind doch wie Pech und Schwefel!«

»Und Henning? Ich meine Domprobst Henning? Hatten Sie mit dem schon mal zu tun?«

»Domprobst Henning?« Lippegau beantwortete fast jede Frage mit einer Gegenfrage. Der Mann versuchte Zeit zu gewinnen. Jetzt wandte er für den Bruchteil einer Sekunde den Blick von Löhr ab, ließ ihn über das Chaos des Hofes gleiten, bis er Löhr wieder fest anschaute. »Enä. Mit dem hatt ich nie zu dunn.«

***

Das blaue Auge und die Beule waren eine perfekte Tarnung. Mit solchen Stigmata fiel er hier keinem auf. Jeder zweite der in der engen Bude Versammelten trug ein ähnliches Mal als Zeugnis eines bewegten Lebens. Die kompakte Mittfünfzigerin, die gerade das Wort führte und von der Löhr bereits wußte, daß sie ihren und den Lebensunterhalt ihres Mannes mit Putzen verdiente, hatte beispielsweise einen deutlichen roten Fleck am linken Kinnwinkel. Von dessen Entstehungsgeschichte berichtete sie gerade.

»Da kommt der zu mir in die Küch und fragt, wat et zu Essen gibt. Ich hab gleich gerochen, dat der wieder gesoffen hat. Und ich sag dem, Spiegelei, Spinat und Kartoffel. Und der macht den Topf mit den Kartoffeln auf und läßt 'nen Brüll los und fängt an zu krakeelen. Dat wären keine richtigen Kartoffel, dat wären welche aus dem Glas. Sonen Dress tät er nicht fressen, und der geht mit dem Deckel von dem Topf auf mich los und erwischt mich genau hier ...«

Sie deutete auf das rote Mal.

»Und weiter?« fragte der Büdchenbetreiber, weit zwischen zwei Dutzend Gläsern mit Süßkram über die Theke gelehnt. Die Kompakte zuckte lässig die kräftigen Schultern.

»Als er mich getroffen hat, hat er natürlich Schiß gekriegt. Ist zurück ins Wohnzimmer. Und da hab ich ihn dann erwischt. Leider.« Unglücklich schüttelte sie ihren Kopf.

»Wieso ›leider‹?« mischte sich jetzt ein Alter mit kunstvoll um die Glatze drapierten silbernen Haaren, einer extrem engen, dunkelroten Schlaghose und einem bis zum Bauchnabel aufgeknöpften rosa Hemd ein.

»Weil ich dem ein paar auf die Nase gegeben hab«, sagte die Kompakte. »Und jetzt ist der schöne neue Flokati voll Blut. Wat dat wieder an Reinigung kostet ...«

Der Besuch beim Dachdecker hatte Löhr so beschwingt, daß er von der Hermeskeiler über die Zülpicher Straße zu Fuß bis zur Palanter Straße marschiert war, wobei ihm bei jedem Schritt die Knochen ein bißchen weniger schmerzten. Er hatte bei Hamacher geklingelt, aber niemand öffnete. Da aber die Haustür offenstand, war er bis zum zweiten Stock hochgestiegen, hatte an der Wohnungstür noch einmal geklingelt und geklopft. Statt Hamachers Tür öffnete sich eine andere auf dem Flur, und eine Greisin mit einem extrem künstlichen Gebiß fragte ihn, ob er zum »Greggi« wollte, der wäre aber nicht da, er wäre sicher wieder unten im Büdchen beim Büb.

Jetzt stand er beim »Büb« und Bübs Büdchen erwies sich als eine jener Trinkhallen, in denen die Betreiber – in diesem Fall also Büb, ein sportlicher Endsechziger, früherer Radprofi, wie Löhr bereits mitbekommen hatte – sich jede erdenkliche Mühe geben, mittels der Herstellung eines gemütlichen Ambientes den Aufenthalt ihrer Gäste so lang wie möglich in die Länge zu dehnen. Bänke, Stühle und abgesägte Baumstämme, die als Tische dienten, schufen in dem kleinen und durch Jalousien vor jedem Außenlicht geschützten engen Raum eine fast gemütliche Zufluchts-Atmosphäre. Und Löhr konnte sich sehr schnell einen Überblick darüber verschaffen, wovor die hier Versammelten eine Zuflucht suchten und warum sie so ausgiebig an ihren Bierflaschen nuckelten. Um nicht aufzufallen, hatte er es den anderen gleichgetan und bei Büb eine Flasche Bier geordert; in Anbetracht der Tatsache allerdings, daß er heute überhaupt noch nichts zu sich genommen hatte, gleich eine der vertrockneten dunkelbraunen Klumpen dazu bestellt, die unter einer fast blinden Plexiglaskuppel zu einer Pyramide aufgeschichtet als Frikadellen firmierten. Nachdem er einen leichten Ekel überwunden hatte, schmeckte sie immerhin besser, als sie aussah.

So, mit seinem blauen Auge, der Bierflasche in der einen, der Frikadelle in der anderen Hand, war er nicht weiter aufgefallen, und er hatte Zeit genung gehabt, Mutmaßungen darüber anzustellen, wer unter den hier Gestrandeten »Greggi« sein mochte, der verflossene Schwarm seiner alten, siechen Tante Lisa. Obwohl ihn noch keiner der Anwesenden mit Namen angesprochen hatte, hätte es kaum Löhrs kriminalistischen Gespürs bedurft, um den dürren Alten in der engsitzenden Schlaghose und den aufgetürmten Silbersträhnen als eben jenen zu identifizieren. Die beiden anderen in Bübs Büdchen hockenden Männer, zwei müde Typen in Arbeitsklamotten, die bereits am Nachmittag mit glasigen Augen die Bierflasche zu ihrer wahren Geliebten erkoren hatten, kamen schon wegen ihres Alters nicht in Betracht. Sie waren erst in den Fünfzigern. Greggi also. Greggi schien ein unruhiger Typ zu sein. Rannte, während die Kompakte weitere Geschichten aus ihrem Ehealltag zum besten gab, von der Theke mehrfach zum Telefon, Löhr hörte ihn »Schätzchen«, »Liebchen« und »Ja ich komme gleich« in den Hörer flöten, trippelte wieder zurück an die Theke, nahm ein paar Schlucke aus seiner Bierflasche, und jetzt plötzlich fiel ihm ein, daß es Freitagnachmittag war und er den Lottoschein noch nicht abgegeben hatte; er mußte sofort in den Tabakladen gegenüber.

»Kannste doch morgen noch abgeben«, sagte Büb. »Seitdem die da alles voll auf Computer machen, kannste dat bis samstags um vier machen.«

»Ich hab meine Schein *immer* Freitagsnachmittags um vier abgegeben«, sagte Greggi. »Mein Leben lang. Und dat werd ich doch wegen denen ihre Computer nit ändern, oder?«

Greggi blickte sich, Zustimmung für seine traditionsverbundene Standfestigkeit heischend, in der Runde um. Den anderen war es jedoch offensichtlich egal, wann Greggi seinen Lottoschein abgab. Was Greggi ein bißchen ärgerte. Er zupfte nervös an der schweren Goldkette um seinen mageren Hals.

»Und außerdem spielt heut abend der FC. Um acht«, versuchte Greggi weiter im Mittelpunkt zu bleiben. »Muß ich pünktlich zu Haus sein. Wird nämlich live in ›Premiere‹ übertragen.«

Auch das riß keinen vom Hocker. Greggi spielte jetzt mit seiner Bierflasche, nahm noch einen Schluck. »Ach weißte, Büb«, er lehnte sich ein wenig zu Büb hinüber: »Böschte und der FC – dat sind doch meine einzigen Hobbys. Für wat anderes hab ich ja überhaupt keine Zeit mehr.«

»Wie?« fragte einer der beiden müden Männer endlich, und Löhr konnte sehen, daß er nur noch ein paar – und dazu ziemlich kaputte Zähne im Mund hatte. »Der FC spielt heute? Ich dachte, die Hinrunde wär zu Ende?«

Greggi sah den Kerl an wie einen vom anderen Stern. »Hast du länger nicht in Deutschland gelebt, oder was?«

»So ähnlich«, sagte der mit den kaputten Zähnen und grinste. »Ich han in der Blech jesesse.«

»Dat sieht man an den Zähnen.« Greggi stupste Büb mit seiner Bierflasche an.

»Der Werner is bei der Mafia«, sagte Büb. Alle lachten. Außer Greggi.

»Nee, nee«, sagte Greggi. »Wenn der bei der Mafia wär, dann hätten die dem die Zähne schon längst gemacht. Dat macht die Mafia nämlich. So läßt die keinen von ihren Leuten rumlaufen. – Aber jetzt muß ich der Lottoschein abgeben und dann zum FC. – Schreibste auf, Büb?«

Greggi machte nun tatsächlich Anstalten zu gehen. Da sagte der andere der beiden Männer, trocken und wie zu sich selbst: »Der FC verliert heute abend.«

Greggis faltiges Gesicht versteinerte. Er drehte sich um, ging auf den Typ zu, todernst.

»Hab ich dat richtig gehört? Kannste dat noch mal sagen?«

»Der FC verliert.«

Ohne ein weiteres Wort griff Greggi in die Gesäßtasche seiner Schlaghose – einen Augenblick lang dachte Löhr, er zöge einen Colt heraus – und brachte ein Portemonnaie zum Vorschein, daraus wieder einen Hundertmarkschein, der aussah, als sei er für exakt solche Gelegenheiten gebügelt, knallte den Schein vor Büb auf die Theke und drehte sich zu dem anderen um.

»Hältst du mit?«

Der andere griff in die Tasche seines Arbeitsanzuges.

»Büb!« Jetzt hatte Greggi eine scharfe Kommandostimme. »Nimm mal 'nen Deckel und notier. Ich setz 'nen Hunni auf den FC-Sieg. Der Klaus dagegen. Wer gewinnt, kriegt die zwei Scheine. Bei Unentschieden kriegt jeder seinen zurück. Alles klar?«

Büb kassierte die beiden Hunderter, und Greggi mußte jetzt endlich den Lottoschein abgeben. An der Tür drehte er sich aber noch einmal kurz um, und Löhr sah erst jetzt, daß er Stiefeletten mit mindestens zehn Zentimeter hohen Absätzen trug: »Die Gladbacher haben in Köln noch nie gewonnen«, sagte Greggi. »Noch *nie*!«

Löhr beobachtete, wie der Mann die Tür hinter sich schloß. Ohweia. Ob er Tante Lisa mit Greggi wirklich einen Gefallen tun würde?

***

Die Kollegen von der Sitte schienen tatsächlich extreme Geheimniskrämer zu sein. Wen von ihnen Löhr auf dem Flur des 11. Stocks im

Polizeipräsidiums auch ansprach – niemand wollte etwas davon gewußt haben, daß sein Kollege Esser am Morgen hier gewesen war und sie wegen des Henning-Falls um Hilfe gebeten hatte. Bis es Löhr zu bunt wurde und er ins Büro des Kommissariatsleiters ging. Weber, Hauptkommissar Weber, war allerdings das Gegenteil seiner Kollegen, ein rundlicher Mann mit lustigen roten Wangen – und ein außergewöhnlich gesprächiger Mann. Er überschüttete Löhr, nachdem der sich vorgestellt und eine hanebüchene Verhaftungs-Geschichte aus dem Ärmel gezaubert hatte, um sein blaues Auge zu erklären, mit einer ganzen Reihe von Sittenpolizisten-Anekdoten aus dem Stricher- und Transvestiten-Milieu, in denen es um kuriose Festnahmen, Rangeleien mit hysterisch kreischenden Tunten und abenteuerlichsten Verfolgungsjagden ging. Nach der vierten Geschichte mußte Weber kurz Luft holen, und Löhr bekam die Chance, auf seinen Fall zu sprechen zu kommen.

»Ja, ja, richtig«, nickte Weber, stand von seinem Schreibtischstuhl auf, ging quer durch das Büro, zog einen dünnen Aktenordner aus einem Regal und klappte ihn auf.

»Wir haben das alles mal durchlaufen lassen«, sagte er und blätterte dabei in der Akte.

»Durchlaufen lassen?«

Weber blickte auf. »Durch unser Computerprogramm und durch den Cebius.«

»Und?«

»Tja«, machte Weber. »Bisher glatte Fehlanzeige.«

»*Was* habt ihr denn durchlaufen lassen?«

»Das Foto von dem Jungen. Das Foto von diesem Domprobst und alle Daten, die Ihr Kollege uns sonst von dem gegeben hat.«

»Und was ist da gecheckt worden?«

»Bei dem Foto von dem Jungen haben wir geprüft, ob es bisher schon mal irgendwo aufgetaucht ist. In einschlägigen Magazinen, bei einschlägigen Internetanbietern. Und wie gesagt, Fehlanzeige.«

»Was den Jungen oder was das Foto betrifft?«

Weber lachte anerkennend auf. »Genau das ist der Haken! Unser System kann ein bestimmtes einzelnes Foto erfassen und identifizieren. Nicht aber eine Physiognomie. Das ist die Schwachstelle.«

»Das heißt, der Junge könnte durchaus da zu finden sein, allerdings auf einem anderen Bild?«

»Genau so ist es«, sagte Weber. »Aber«, fügte er nach einem nochmaligen Blick in die Akte hinzu, »das hier sieht mir allerdings auch nicht nach einem professionellen *shot* aus.«

»Shot?«

Weber holte das Foto des Jungen aus der Akte und hielt es Löhr hin. »Das ist ein Original-Abzug«, sagte er. »So was ist in dem Milieu selten. Kommt so gut wie nie vor. Meistens sind das tausendmal kopierte Aufnahmen.«

»Na gut«, sagte Löhr. »Aber wenn dieser Henning das Foto selbst gemacht hat? Wenn er den Jungen persönlich kannte? Mit ihm in irgendeiner Beziehung stand?«

»Das ist natürlich möglich.« Weber zuckte die Schulter. »Haben Sie denn eine Fotoausrüstung bei ihm in der Wohnung gefunden?«

»Nein. Haben wir nicht.«

Weber betrachtete noch einmal das Foto. »Hm«, machte er nach einer Weile. »Ist zwar keine professionelle Aufnahme, aber mit einem relativ guten Apparat gemacht worden. Ziemlich hohe Auflösung. Und dann noch Schwarzweiß. Ich tippe auf einen Hobbyfotografen.«

»Was heißt«, versuchte Löhr Webers Überlegung weiter zu denken, »daß wenn Henning die Aufnahme nicht selbst gemacht hat –« Er kam nicht weiter. »Ich krieg da keinen Sinn rein«, sagte er schließlich. »Wieso versteckt er dann dieses Foto?«

»Ihr Kollege Esser hat mir gesagt, ihr hättet es unter einem anderen Foto in einem Bilderrahmen gefunden?«

»Ja.«

Wieder zuckte Weber mit der Schulter. »Könnte sich vielleicht auch als ganz harmlos rausstellen«, sagte er. »Wenn er vielleicht einfach nur mal das Bild gewechselt und was Neues über das Foto gelegt hat. – Andere Fotos, andere Hinweise habt ihr nicht gefunden?«

»Noch nicht. Nicht in der Wohnung«, sagte Löhr.

»… dann hat er das hier«, Weber hielt die Fotografie hoch, »dann hat er das hier jedenfalls nicht als Vorlage benutzt. Sie wissen schon.«

»Hm«, brummte Löhr, mit einem Mal ganz unzufrieden. »Was ist denn mit diesem Henning? Über den habt ihr auch nichts rausgefunden?«

»Null«, sagte Weber. »Wir haben sämtliche Dateien gecheckt, in denen wir solche Typen führen, die irgendwie und irgendwann mal in der Richtung auffällig geworden sind. Aber weder bei den Freiern noch in unserer Päderasten-Kiste sind wir fündig geworden.«

»Hm«, brummte Löhr noch einmal. »Und wie kommen wir jetzt noch weiter? Wir können die Spur doch nicht so einfach ausschließen!«

»Zwei Möglichkeiten«, sagte Weber und zählte mit der Linken die Finger seiner Rechten ab. »Erstens können wir die Daten und die Fotos ans BKA weitergeben. Die haben eine Spezialabteilung und einen Spezial-Computerprogramm für alle Sexualdelikte. Irgend so eine Täterprofil-Geschichte aus Kanada. Wir können nachfragen, ob sie die Daten da durchschicken.«

»Und zweitens?«

Weber nahm jetzt den Zeigefinger seiner Rechten in die Zange seiner Linken. »Zweitens können wir die beiden Fotos hier in unsere Routine-Fahndung geben.«

»Was – was heißt das?«

»Wir schicken ein, zwei Mal die Woche zwei Leute raus auf die Piste. Vermißte oder abgehauene Kinder suchen. Babystrich, entsprechende Treffs und so weiter. Die haben immer Fotos dabei, fragen rum, löchern ihre Informanten und so weiter. Keine schlechte Trefferquote.«

»Und dabei könnte man auch rauskriegen, ob Henning sich vielleicht rumgetrieben hat?«

»Sicher. *Wenn* er sich rumgetrieben hat, wird ihn irgendeiner schon identifizieren.«

»Und wie hoch ist die Trefferquote beim BKA?«

Weber trennte seine beiden Hände und hob sie in die Höhe. »Wir müssen zuerst mal gucken, ob die den Fall überhaupt für schwerwiegend genug halten, um die Daten in ihre Programme einzuspeisen. Die sind ziemlich pingelig.«

»Immerhin Mord«, sagte Löhr.

»Schon. Bei denen weiß man allerdings nie … Aber *wenn* irgendwo und irgendwann etwas mit diesem Henning oder mit diesem Jungen gewesen ist, egal wo in Deutschland, *dann* können Sie sicher sein, daß die das gespeichert haben. Und dann sehen wir weiter. – Auf jeden Fall werd ich mich bei Ihnen melden, sobald es irgend etwas gibt.«

»Das ist nett«, sagte Löhr, nicht gerade hoffnungsvoll. Jetzt hatten sie im Fall Henning schon zwei Spuren, auf denen sie nicht gerade im Eiltempo vorankamen. Und der Mord war immerhin schon vier Tage alt. Mit Geduld am Ball bleiben. Kleinarbeit. Nicht eben seine Stärken. Aber was waren schon seine Stärken? Auf seine Intuition, auf die er sich noch vor kurzem so viel eingebildet hatte, konnte er sich offenbar auch nicht mehr verlassen. Immerhin einen gab es, auf den er sich verlassen konnte. Esser.

***

Als er in der Löwengasse am Geschäftszimmer des 11. Kommissariats vorbeiging, sah Löhr, wie Engstfeld seine Butterbrotdose in die Aktentasche steckte. Er blickte auf die Uhr. Fünf Uhr durch. Längst schon Feierabend. Er machte kehrt, steckte den Kopf ins Geschäftszimmer.

»Ist Esser schon zurück?«

Engstfeld zuckte die Schulter und stopfte eine Thermoskanne in seine Aktentasche. »Keine Ahnung. Hat sich bei mir nicht gemeldet.«

Im Büro war Esser nicht. Das Büro war so, wie Löhr es um eins verlassen hatte. Nach ihm war niemand mehr hier gewesen. Er ging zurück zum Geschäftszimmer. Engstfeld schloß gerade ab.

»Hat der Esser auch nicht zwischendurch angerufen?«

Engstfeld verdrehte die Augen. »Ich sag doch, er hat sich bei mir nicht gemeldet.«

»Komisch«, murmelte Löhr, ging zurück ins Büro und klopfte im Vorübergehen an ein paar Türen. Doch alle anderen Büros waren geschlossen. Das Kommissariat war verwaist, kein Mensch mehr da. Ob Esser gleich nach dem Termin im Generalvikariat nach Hause ist? Eigentlich nicht typisch für Esser. Oder eine Verabredung mit seiner Freundin? Nein. Da hätte er Rückendeckung von ihm gebraucht und wäre erst recht zurück ins Büro. Also rief er doch unter Essers Privatnummer an, ließ sechs, acht, zwölf mal klingeln. Niemand nahm ab. Löhr legte den Kopf in den Nacken. Überlegte. Die einzige Möglichkeit war, daß Esser sich noch so lang im Generalvikariat aufgehalten hatte. Aber über sechs Stunden? Löhr blätterte Essers »Henning«-Akte durch. Ganz obenauf fand er die Telefonnummer des Generalvikars Schorn. Mit Durchwahl. Fünf Uhr durch. Der ist bestimmt auch nicht mehr im Büro.

»Schorn ...« – Ein samtweicher, summender Frageton am anderen Ende der Leitung. War gleich beim ersten Klingeln drangegangen.

»Ja. Löhr hier. KK11. Ich meine Hauptkommissar Löhr vom 11. Kriminalkommissariat.«

»Herr Löhr!« Der konnte seiner Stimme tatsächlich so klingen lassen, als wären sie alte Freunde. »Womit kann ich Ihnen dienen, Herr Löhr?«

»Tja. Es ist so. Mein Kollege Esser. Hauptkommissar Esser ...«

»Jaa?«

»Der war doch heute mittag bei Ihnen ...«

»Sicher. Wir hatten ein sehr, sehr aufschlußreiches Gespräch. – Gibt es noch irgendetwas? Ich war davon ausgegangen, wir – Ihr Kollege Esser und ich, wir hätten so ziemlich alle Unklarheiten – wenn es denn solche gab – beseitigt.«

»Nein, nein«, stotterte Löhr weiter. Was Pfaffen für Sätze drechseln können! Wie Politiker. »Ich wollte mich eigentlich nur erkundigen, ob er noch bei Ihnen – bei Ihnen im Hause zu tun hat?«

»Herr Esser?« Ein sanftes, glucksendes Lachen am anderen Ende. »Aber nein. Herr Esser und ich haben uns bis gegen eins unterhalten und dann ist Herr Esser gegangen. – Gibt es denn irgendwelche Probleme?«

»Nein, nein. Ich wollte nur ... Es ist alles in Ordnung. Entschuldigen Sie. Wiederhören.«

Löhr legte im Zustand höchster Verwirrung auf. Da stimmte was nicht. Aber was? Hatte Schorn gelogen und war Esser noch bei ihm? Warum? Machte eigentlich keinen Sinn. Aber wo könnte Esser sonst sein? Der hätte sich doch in jedem Fall gemeldet. Wenigstens bei Engstfeld eine Nachricht hinterlassen, wenn er dich im Büro nicht erreicht hatte. Aber nichts. Zu Hause ist er auch nicht. Der muß aus irgendeinem Grund noch im Generalvikariat sein. Aber aus welchem? Und warum ruft der nicht an? Und wieso lügt dieser Pfaffe? Da stimmt was nicht. Wieso hat er ihn überhaupt zu sich bestellt? Kann doch nur ein Vorwand gewesen sein. Vorwand wofür? Ein Karussell blitzhaft aufleuchtender und wieder verglühender Gedankensplitter drehte sich in immer höherem Tempo in seinem Kopf und gebar schließlich einen einzigen Gedanken: Esser wird gewaltsam festgehalten! Zwar war er sich der Absurdität dieser Vorstellung bewußt. Doch je länger sie sich – gleichsam wie von selbst – in seinem Kopf wiederholte, desto mehr gewann sie an beängstigend intensiver Kontur: Esser in den Verließen des Generalvikariats, Esser in Ketten, Esser vor einem rotkapuzigen Großinquisitor. Gab es denn überhaupt eine andere Möglichkeit? Nein! Es blieb keine andere. Gut, sie mochten ihn nicht in Ketten gelegt haben, aber irgendetwas mußte Esser im Generalvikariat zugestoßen sein. Etwas nicht sonderlich Erfreuliches. Warum sonst hatte dieser Oberprälat ihn belogen? Ohne daß er recht wußte, was er tat, schloß er die unterste Schublade seines Schreibtischs auf, zog die Sig-Sauer samt dem Schulterhalfter und dem Ersatzmagazin heraus, riß sich gleichzeitig das Jackett herunter, schnallte das Schulterhalfter um, steckte die Waffe hinein, zog sich das Jackett wieder an, stopfte das Ersatzmagazin in die Jackettasche. Löhr haßte Waffen. Höchstens drei oder viel Mal in seiner ganzen Zeit beim KK11 hatte er eine Waffe getragen. Jetzt mußte es sein. Esser war in Gefahr. Sein Kollege. Sein Freund.

Er dachte diesmal nicht an die gerunzelte Stirn Engstfelds, als er einem Richtung Maritim brausenden Taxi winkte. Er dachte nur daran, daß es seine Schuld war, daß Esser jetzt in Gefahr schwebte. Hätte er sich nicht letzten Abend in einer Mülheimer Kneipe für seinen dämlichen angeheirateten Vetter die Visage polieren lassen, dann wäre er nicht heute morgen in solch mitleiderregendem Zustand ins Büro gekommen und dann wäre er mit Esser zusammen ins Generalvikariat gefahren und Esser wäre nichts geschehen. Alles seine Schuld. Andererseits ... Ob er wirklich mit Esser zusammen ins Generalvikariat gefahren wäre? Eher hätte er sich mal wieder gedrückt und wie so oft Esser die unangenehmen Erledigungen allein machen lassen. Und dann wäre das Ganze auch so passiert. So oder so. Seine Schuld. Weil er ein Egoist war. Sich einen feuchten Dreck um seinen Kollegen kümmerte. Seinen Freund. Ihn im Stich ließ, wenn's drauf ankam. Ihn behandelte wie einen Sklaven. Ihm beispielsweise seit Monaten die Anschaffung eines Handys verweigerte. Gott! Ein Handy! Ein Handy wäre die Lösung gewesen. Hätten sie ein Handy gehabt, wäre das alles nicht passiert. Dann läge Esser jetzt nicht in den Verliesen des Generalvikariats unter mittelalterlichen Folterinstrumenten und ...

Als das Taxi vorm Generalvikariat hielt, war Löhr dermaßen in Schuldgefühlen aufgelöst, daß er vergaß, sich eine Quittung geben zu lassen. Als es ihm einfiel, war's zu spät, das Taxi wieder abgefahren, und es war ihm jetzt auch egal. Er verhedderte sich im gläsernen Drehkreuz, durch das man mußte, um zur Rezeption zu gelangen, und als er schließlich vor dem Pförtner stand, lief ihm der Schweiß die Stirn hinunter, und der Pförtner bedachte ihn mit einem scheinheilig-mitleidigen Blick, nachdem er blitzschnell ein Pornomagazin unter einer Telefonliste hatte verschwinden lassen.

»Zu Generalvikar Schorn«, keuchte Löhr und nestelte nervös sein Portemonnaie heraus, um dem Mann notfalls seinen Dienstausweis zeigen zu können.

»Herr Dr. Schorn ist vor zehn Minuten gegangen«, sagte der Pförtner. »Leider«, fügte er bedauernd hinzu, als er Löhrs schreckgeweitete Augen wahrnahm.

»Alleine? War er allein?«

»Ja. Soviel ich weiß, ja.«

»Was heißt, soviel Sie wissen?«

»Ja. Er war allein. Doch.«

»Ich muß trotzdem in sein Büro!«

»Aber das geht nicht –«

Löhr hatte seinen Dienstausweis aus dem Portemonnaie geschält und hielt ihn dem Mann vors Gesicht. »Kriminalpolizei!«

Er war schon auf der Treppe, als der Pförtner sich gefaßt hatte und ihm nachrief: »Aber da ist doch abgeschlossen!«

Löhr blieb stehen, drehte sich um.

»Haben Sie einen Schlüssel?«

»Nein. Nicht zu den Räumen von Dr. Schorn.«

Löhr stolperte die Treppe wieder hinunter und baute sich vor dem Pförtner auf.

»Aber Sie haben doch einen Generalschlüssel?«

»Der paßt aber nicht auf die Räume von Dr. Schorn. Und auch sonst nicht auf alle Schlösser.«

»Geben Sie ihn mir trotzdem!«

Der Pförtner wich einen ganzen Schritt hinter seinem Tresen zurück. »Aber das darf ich nicht. Das ist nur für Notfälle.«

»Das *ist* ein Notfall!« sagte Löhr, ziemlich laut, ziemlich drohend, dabei seine sonst eher mickrigen Einsfündundsiebzig zu Air-Jordan-Format aufplusternd. »Ich suche meinen Kollegen. Der ist hier vermißt!«

»Vermißt?« stotterte der Mann.

»Wollen Sie sich noch mal meinen Dienstausweis ansehen?«

»Ich darf diesen Schlüssel niemandem geben!« Der Mann war eingeschüchtert. Löhr war sich sicher, das lag an seinem furchterregenden Gesichtsausdruck. Und auch an dem blauen Auge. Er streckte seine flache offene Hand aus. Der Pförtner öffnete zögernd eine Schublade unter seinem Tresen.

»Ich muß ihn aber unbedingt wieder haben.«

»Kriegen Sie. Sobald ich meinen Kollegen gefunden habe.«

Der Schlüssel lag in Löhrs Hand. Er schloß sie.

»Vermißt?« flüsterte der Pförtner.

Löhr war schon wieder auf der Treppe und nahm drei Stufen auf einmal. Er raste durch den Flur, auf dem das Büro Schorns lag. Kein Mensch mehr da. Totenstille. Und jede Tür, auch die des Generalvikars, verschlossen. War natürlich Quatsch gewesen, die Idee mit dem Schlüssel. Er würde Stunden brauchen, um jede Tür aufzuschließen und den dahinter liegenden Raum zu durchsuchen. Er begnügte sich mit lauten Klopfen und dem Ruf: »Rudi! Esser?« So kämmte er zuerst diesen, dann den gegenüberliegenden Flur des straßenwärts gelegenen Gebäudetrakts durch. Erster Stock. Dann hoch zum zweiten. Mit dem gleichen Ergebnis. Totenstille. Kein Mensch. Erst recht kein Esser. Keuchend mußte er schließlich auf dem Treppenabsatz des zweiten Stocks innehalten. Er hatte Seitenstiche, sein Puls war bei mindestens hundertsechzig, sein Kopf wahrscheinlich hochrot, zumindest hatte er das Gefühl, er würde gleich platzen. Er ging in die Hocke, um wieder zu Luft zu kommen. Das dauerte länger, als er erwartet hatte. Dafür kam er aber allmählich zur Besinnung. Er war jetzt froh, daß niemand außer dem Pförtner ihn bei dieser aberwitzigen Aktion, in diesem Zustand gesehen hatte. Er hätte sich bis auf die Knochen blamiert.

Natürlich war es Unsinn, daß Esser hier irgendwo festgehalten wurde. Das war nichts weiter als eine aus seinem elenden schlechten Gewissen entsprungene Phantasmagorie. Sein Atem wurde ruhiger, sein Puls allmählich langsamer. Vorsichtig erhob er sich aus der Hocke. Trotzdem! Was doch sein könnte, war, daß Esser hier, nachdem er von Schorn weggegangen war, herumgestöbert, Leute befragt hatte. Daß er dabei auf irgendwas, auf irgendwen gestoßen war. Beispielsweise auf den Mörder von Henning. Und dieser Mörder, in die Enge getrieben, dreht durch, kriegt Panik und bringt Esser in seine Gewalt. Irgend so etwas. Es mußte doch einen Grund geben, warum er sich nicht vom Generalvikariat zurückgemeldet hatte.

Er mußte systematisch vorgehen. Löhr blickte sich suchend um und entdeckte an der linken Seite des Treppenhauses einen mehrfarbigen Wegweiser durch das Generalvikariat. Er ging die verschiedenen Abteilungen durch, stieß auf die Rechnungskammer im dritten und auf die Bauabteilung im ersten Stock. Wo würde Esser hingegangen sein? Wahrscheinlich, dem aktuellen Stand ihrer Ermittlungen zufolge, in die Bauabteilung. Zu Krinke, zu einem der Mitarbeiter Krinkes, zu dessen Chef, dem Abteilungsleiter – wie hieß der gleich noch mal? – zu Söntgenrath. Löhr stieg die Treppe hinunter, folgte auf dem ersten Stock weiter dem Wegweiser und kam auf einen Flur, der vom Straßenflügel des Gebäudes wegführte. Der Flur hatte zur rechten Seite hin Fenster, Löhr blickte hinaus und entdeckte, daß das Gebäude des Generalvikariats ein um einen Innenhof herumgebautes Karree war. Zwei Flügel gingen im rechten Winkel vom alten, straßenwärts gelegenen Trakt ab, stießen dort auf einen vierten Anbau, parallel zum Straßenflügel. Er befand sich jetzt im linken Flügel – und damit in der Bauabteilung. Im Gegensatz zum Haupttrakt zierten hier edel gerahmte Schwarzweiß-Fotografien die Wände zwischen den Türen. Fotos von irgendwelchen Baudenkmälern in Italien. Seltsam. Was hat das Kölner Erzbistum mit italienischen Baudenkmälern zu tun? Löhr klopfte an Türen, drückte Klinken herunter. Alles verschlossen. Es war Freitagnachmittag, weit nach fünf Uhr, und er war der einzige Mensch hier in dem riesigen Gebäude. Beziehungsweise Esser und er. Er begann wieder, laut zu rufen: »Rudi! – Esser! – Rudi!« Die Enge des Flurs und die niedrigen Decken schluckten den Schall seiner Stimme. Aber Antwort kam keine.

Schließlich hatte er die Bauabteilung komplett und ohne irgendeinen Laut gehört zu haben durchgekämmt, war einmal um das Karree herum marschiert und wieder im Treppenhaus des Straßentrakts angekommen. Wenn Esser nicht in den Büros des Generalvikars und nicht in der Bauabteilung war, dann konnte er nur zur Rechnungskammer gegangen sein. Löhr wußte, er hatte nicht mehr allzu viel Zeit. Der Pförtner würde sich inzwischen von seinem Schreck erholt und irgendeinen der Bosse – wahrscheinlich Schorn selbst – alarmiert haben. Und wenn der auftauchte und sich mit samtweicher Stimme nach einem Durchsuchungsbeschluß erkundigen würde – eine unvorstellbare Blamage. Es sei denn, er hätte Esser inzwischen gefunden. Gefesselt und geknebelt.

Die Rechnungskammer erreichte man laut Wegweiser über einen Aufzug »D« im dritten Stock des Gebäudes. Um aber zu diesem

Aufzug »D« zu gelangen, hätte Löhr zurück zu dem hinteren Gebäudekomplex gehen und den Aufzug benutzen müssen. Wer weiß, ob der nicht abgeschaltet war. Also über die Treppen hinauf zum dritten Stock, wieder drei Stufen auf einmal.

Schweißnaß kam er auf dem dritten Stock im hinteren Hoftrakt des Gebäudes an. Hier war er schon einmal gewesen. Mit Esser, als sie Hennings Büro durchsucht hatten. Wieder gingen zwei Flure rechts und links vom Treppenabsatz ab. Er entschloß sich zuerst für den rechten Flur, den, auf dem Hennings Büro lag. Im Gegensatz zu den Fluren der Bauabteilung war dieser hier fensterlos, es fiel kein Tageslicht hinein, und an den Decken glimmten lediglich ein paar Notleuchten.

»Rudi! Esser!«

Hier hatte seine Stimme merkwürdigerweise einen schallenden Klang, fast wie ein Echo kam sie ihm aus der Tiefe des Flurs wieder entgegen. Er rüttelte an allen Türen. Sie waren verschlossen. Und immer wieder rief er: »Rudi! Esser!« Keine Antwort. Er war am Ende des Flurs angekommen, wollte schon umkehren, da bemerkte er, daß der Flur noch nicht zu Ende war. Hinter einem Erker führte eine schmale Treppe zu einem engen und fast ganz im Dunkeln liegenden Gang hinunter. Zögernd ging er die ersten Treppenstufen hinab.

»Rudi! Esser!«

Er lauschte in den Gang hinein. Hatte er nicht etwas gehört? Er rief noch einmal, und dann war ihm wirklich so, als antworte ihm aus den Tiefen des Ganges ein dumpfes: »Jakob?« Er betrat den Gang vollends. Er war nur ein paar Meter lang, von einer unverputzten Ziegelsteinmauer begrenzt. Zwei gegenüberliegende Türen mündeten auf den Gang. Er klopfte an der linken, schrie sein »Rudi! Esser!« Aber die Antwort kam von jenseits der gegenüberliegenden Tür. Er klopfte, schrie noch einmal. Und jetzt hörte er Essers Stimme etwas deutlicher, allerdings klang sie nicht so, als wäre Esser im Raum gleich hinter der Tür, sondern noch weiter entfernt.

»Bist du's? Jakob?«

Es war eindeutig Essers Stimme! Allerdings keine um Hilfe rufende, eher eine ungehaltene Stimme. Die Stimme von jemandem, der sich gestört fühlt.

»Rudi, ich komme!«

Mit zitternden Fingern schob Löhr den Schlüssel des Pförtners ins Schloß. Das Schloß klemmte. Er mußte mehrere Anläufe unternehmen, bis der Schlüssel sich endlich drehte und das Schloß aufsprang. Er betrat einen kleinen Raum, an allen Wänden bis zur Decke mit Aktenschränken vollgestellt. Ein ansonsten leerer Raum. Ein bis auf die Tür, unter der er gerade stand, ansonsten auch türloser Raum. »Rudi?«

»Ich bin hier.« Essers Stimme. Wieder ein wenig ungehalten. So, als habe er wirklich Wichtigeres zu tun. Was war hier bloß los?

»Wo? Wo bist du?«

»Auf der rechten Seite, zwischen zwei Regalen, mußt einen Ordner rausnehmen, dann siehst du unter einem Lichtschalter einen anderen. Darauf drücken.«

Löhr fand den Schalter, hielt ihn eine Weile gedrückt, bis sich eine Regalwand geräuschlos ein Stück zur Seite schob und den Blick in einen weiteren Raum frei gab. Eine Geheimtür. Die Geheimverliese des Generalvikariats! Esser saß in der Mitte eines ebenfalls mit Aktenschränken vollgestopften Raumes an einem mit Ordnern, Kladden und losen Schriftstücken beladenen Tisch und drückte gerade in aller Seelenruhe eine Zigarette in einer von Kippen überquellenden Kaffeetasse aus.

»Schade. War erst meine vorletzte Zigarette.«

***

»Die Mettbrötchen hier sind einmalig!« sagte Löhr.

»Hab eigentlich gar keinen Hunger.« Esser zog ein paar Aktenhefter aus seiner Tasche und blickte sich um, bevor er sie auf den Tisch vor Löhr legte.

»Noch besser sind die Schwarzbrotschnitten mit geräuchertem Speck drauf. Und hauchdünn geschnittener Zwiebel. Absolute Weltspitze! – Wenn die heute welche haben …«

»Mir reicht das Kölsch.« Esser öffnete den zuoberst liegenden Hefter. Sein Kölsch hatte er noch nicht angerührt.

»Du mußt was essen, Rudi! Das geht doch nicht, daß du nichts ißt. Dir muß der Magen doch bis auf die Knie hängen.« Am liebsten hätte Löhr Esser eigenhändig gefüttert. Aber der tippte entschlossen auf den aufgeschlagenen Hefter.

»Sieh dir das mal an!«

Löhr seufzte und warf einen Blick auf die dünnen, maschinengeschriebenen Seiten im Inneren des Hefters. Kaum hatte er die ersten Zeilen gelesen, blickte auch er sich im »Lederer-Stübchen« um, wie Esser vorhin beim Herausnehmen der Hefter, so, als wären sie von den Geheimagenten des Generalvikariats umzingelt. Aber es gab ringsum nur die üblichen Gäste. An den Tischen neben ihnen stopften Touristen und Bergheimer Himmel und Ääd und Haxenfleisch in sich hinein, als handle es sich um exotische Delikatessen. An der Theke standen die WDR-Pförtner und ein paar schräge Vögel, auf der Sitzbank gegenüber der Theke saßen ein paar ältere Frauen aus der Nachbarschaft. Daß es hier, quasi im Schmelzpunkt der von jedem Leben außer dem des Konsums gereinigten Welt der Einkaufsmeilen, tatsächlich noch so etwas wie Nachbarschaft zu geben schien, machte für Löhr seit Jahren den Reiz des »Lederer-Stübchens« aus. Abgesehen von den Mettbrötchen und den Speckschnitten.

»Mein Gott! Das ist ja ein richtiges Dossier über den Henning! Da steht ja alles über den drin ...«

»*Fast* alles«, sagte Esser.

Löhr blickte auf und verstand. »Ach ja? Also nichts über den Jungen auf dem Foto?«

Esser schüttelte den Kopf. »Hab's zwar nur überflogen, aber ich bin auf nichts derartiges gestoßen.«

»Hm. Dann ist das vielleicht doch 'ne Sackgasse«, murmelte Löhr und berichtete Esser kurz über seine vergeblichen Bemühungen, hinter das Geheimnis des Fotos zu kommen. Esser schien gar nicht so traurig über das negative Ergebnis. Er klopfte auf seine Aktentasche.

»Dafür kommen wir hier jetzt weiter. *Bestimmt* weiter. Die haben nämlich nicht nur ein Dossier über den Henning. Die haben Dossiers über jeden, aber wirklich auch jeden angelegt. Über ihre Priester, Diakone, Küster, über jeden ihrer Angestellten bis zur Putzfrau. Die wissen über jeden bis auf die Unterwäsche Bescheid!«

»Und wie? Ich meine woher?«

»Spitzel, Zuträger, Denunzianten. Und ihre eigenen Priester. – Von wegen Beichtgeheimnis!«

Löhr schüttelte beeindruckt den Kopf. Die Erinnerung an seinen Onkel Bruno, wie er im sanftesten Tonfall Tante Helga wegen ihrer Kochkünste niedergemacht hatte, kam ihm kurz in den Sinn. Hatte er nicht schon als Kind über ein untrügliches Urteilsvermögen verfügt? »Da bist du ja wirklich in den Giftschrank geraten!«

Auf dem Weg vom Generalvikariat zum »Lederer-Stübchen« hatte Esser Löhr berichtet, wie er dorthin gelangt war. Das Gespräch mit Schorn hatte ihn in schäumende Wut versetzt. Sanft lächelnd und mit gurrender Stimme hatte der Generalvikar ihm erklärt, daß nach der morgendlichen Razzia die Untersuchungen des KK11 im Generalvikariat definitiv als beendet zu betrachten seien. Keine Verhöre mehr, keine Recherchen mehr im Hause. Sozusagen also Hausverbot. »Ach nein? Und wer sagt das?« hatte Esser grinsend gefragt. Doch dann war ihm das Grinsen vergangen. »›Der Innenminister hat dem Polizeipräsidenten eine entsprechende Order gegeben. Er ist mit uns der Meinung, daß der Ruf unseres Hauses und damit der Kirche genug Schaden gelitten hat und daß es jetzt gilt, weiteren Schaden abzuwenden.‹ ›Und warum sagt mir das der Polizeipräsident nicht selbst?‹ ›Weil er mich gebeten hat, Ihnen persönlich den Sachverhalt zu erklären.‹« – »Feiger Sesselfurzer«, hatte Löhr verächtlich an dieser Stelle von Essers Bericht gezischt.

Voller Wut im Bauch also hatte Esser Schorns Tür zugeknallt, war die Treppe herunter zum Ausgang stolziert, doch schon in der Drehtür war seine Wut in zornigen Trotz umgeschlagen, und er kehrte um, zurück ins Generalvikariat, hoch in die Bauabteilung.

»Alle Achtung!« Löhr klopfte Esser auf die Schulter.

Und in der Bauabteilung hatte er sich Söntgenrath, den Leiter der Abteilung und Vorgesetzten Krinkes, zur Brust genommen.

»Auf den bin ich heute zufälligerweise auch schon gestoßen«, murmelte Löhr. »Wahrscheinlich eher nicht zufällig ... Hat der also doch Dreck am Stecken?«

»Und was für Dreck!« sagte Esser. »Jedenfalls muß einer, dem vor Angst die Knie schlottern und dem bei jeder Frage der Schweiß die Stirn runterläuft, Dreck am Stecken haben. Deine Theorie ist richtig gewesen, Jakob. Er und Krinke stecken unter einer Decke. Jedenfalls haben sie sich abgesprochen. Der hatte auf alle Fragen die gleichen Antworten parat wie Krinke in dem Verhör. Alles Ausflüchte.«

»Und weiter?«

»Ich habe Söntgenrath mit Krinke am Montagmorgen ins Kommissariat zur Vernehmung bestellt. Zum gleichen Termin. Wir holen uns Verstärkung und verhören die zwei parallel. Konfrontieren sie während der Vernehmung mit den Aussagen des anderen. Da kriegen wir sie geknackt. Das garantier ich dir.«

Löhr hatte genickt. Prima Idee. Wär er selbst nicht so schnell drauf gekommen. »Und dann?«

Nach dem Gespräch mit Söntgenrath war Esser zur Rechnungskammer des Generalvikariats gegangen, doch da waren schon alle Türen verschlossen gewesen. Und dann hatte er sich in eben jenem Erker versteckt, von dem aus die Treppe abwärts in das Geheimverlies des Generalvikariats führte. Hatte sich nach Feierabend dort quasi einschließen lassen.

»Warum?« hatte Löhr gefragt.

Um eben genau zu tun, was ihm von ganz oben ab heute untersagt worden war: sich vor Ort umzusehen, nachzuschauen, ob er in den Büros der Bauabteilung oder der Rechnungskammer Hinweise auf das Dachdeckerkartell finden könnte. Und da er geglaubt hatte, die Büros auf dem Flur am Ende der Treppe gehörten auch zur Rechnungskammer, hatte er dort angefangen. Die Türen mit einem Dietrich geknackt. Und durch einen Zufall war Esser dann auf die beiden Schalter hinter den Aktenordnern gestoßen und damit in den Giftschrank des Generalvikariats geraten.

»Und ich Trottel hab mir zwischendurch gewünscht, wir hätten ein Handy!« entfuhr es Löhr. Doch noch bevor er den Satz ausgesprochen hatte, wußte er, daß er damit in eine Falle geraten war. Über Essers Miene ging ein bissiges Grinsen.

»Na endlich! Endlich hast du's kapiert! Morgen besorg ich uns welche.«

»Nein, nein, nein!« protestierte Löhr. »Du hast doch gesehen, wie nützlich das gerade war, daß wir *kein* Handy hatten!«

»Waas?«

»Wenn wir 'n Handy gehabt hätten, heut nachmittag, dann wärst du doch nie in die Giftkammer vom Generalvikariat gekommen, Mensch!«

»Quatsch! Kapier ich nicht!«

»Denk doch mal nach, Rudi! Ich hätte dich angerufen, als ich gemerkt hab, daß du nicht ins Büro zurückgekommen bist. Und dann? Dann hättest du dich nicht im Generalvikariat einschließen lassen. Und dann hättest du nicht den Giftschrank gefunden!«

»Wer sagt das?«

»Ich.«

»Quatsch, Jakob. Ich hätte trotzdem alles so gemacht, wie ich's gemacht hab.«

»Hättest du nicht.«

»Hätte ich doch.«

»Ich hätte dich davon abgehalten.«
»So? – Und wieso?«
»Weil's illegal ist!«
»Illegal! – Scheißegal. Ich wär trotzdem da rein.«
»Siehste!«
»Wie? Siehste?«
»Dann hätte 'n Handy auch nichts genützt!«

Esser sagte einen Augenblick lang nichts. Dann murmelte er: »Du bist und bleibst ein ignoranter, fortschrittsfeindlicher Affe, Jakob«. Was Löhr überhörte.

»Apropos illegal«, versuchte er nach ein paar Schlucken Kölsch und ein paar Takten Schweigen dem Gespräch wieder eine sachlichere Wendung zu geben und pochte auf Essers Aktentasche, in der sich die Akten aus dem Generalvikariat befanden. »Falls wir in den Dossiers was Relevantes für unseren Fall finden, als Beweise können wir das nicht verwerten.«

»Ist mir klar«, murrte Esser, immer noch wegen Löhrs Anti-Handy-Rabulistik zutiefst gekränkt.

Schweigen. Löhr brütete vor sich hin, Esser trotzte in sich hinein.

»Aber wir finden da drin genug Anhaltspunkte, die uns auf die Sprünge helfen«, grummelte Esser schließlich. So schnell wollte er sich von seinem fortschrittsfeindlichen Kollegen doch nicht seinen Erfolg kaputtreden lassen.

»Möglich«, nickte Löhr nachdenklich.

»Hundertprozentig«, sagte Esser aufmüpfig.

»Gut. Hundertprozentig.« Löhr lenkte ein. Das Gespräch und das Klima zwischen ihnen war wieder einmal durch das Handy-Thema vergiftet. Irgendwann würde er es sich vielleicht doch noch überlegen und seinen Widerstand gegen ein Handy aufgeben. Obwohl er nichts mehr verabscheute, als ständig erreichbar zu sein und zu einem Dauergequatsche über Belanglosigkeiten verurteilt zu sein. Irgendwann einmal. Vielleicht, wenn ihre Dienststelle Handys einführen oder sogar vorschreiben würde. Bisher waren Handys unter dem Vorwand der Arbeitserleichterung lediglich das Privatvergnügen einzelner Kommissare. Vielleicht aber würde er Essers Wunsch auch freiwillig nachkommen, wenn es noch einmal zu so einer Situation wie heute nachmittag kommen würde. Die hatte in der Tat an seinen Nerven gesägt. Er war ja schließlich kein Unmensch. Aber nicht jetzt. Jetzt gab es noch ein paar wirklich wichtige Dinge zu klären.

»Also gut«, brummte er in versöhnlicher Tonlage. »Gehen wir mal davon aus, wir finden in den Dossiers wirklich Material, das uns hilft, den Fall zu klären …«

»Davon *ist* auszugehen«, zischte Esser.

Du mußt Geduld mit ihm haben, dachte Löhr. Er ist eine andere Generation. Das sagte er sich nach jedem Handy-Disput. Obwohl Esser gerade mal vier Jahre jünger war als er.

»Gut. Geh ich auch von aus. – Aber! Die vermissen das Zeug, diese Dossiers, doch irgendwann mal im Generalvikariat, oder?«

»Na und? Ich bring sie Schorn zurück.«

Löhr blieb der Mund über seinem Kölschglas offen stehen und er vergaß zu trinken. »Du bringst sie was?«

»Das laß ich mir doch nicht entgehen. Dem sein Gesicht!«

»Aber der wird gegen dich –«

»Nichts wird der gegen mich!« Esser klopfte mit grimmiger Genugtuung gegen seine Aktentasche.

»Ich hab noch ein bißchen was anderes aus dem Giftschrank mit rausgeschleppt. Sozusagen als kleine Versicherung für mich. Sachen, die denen überhaupt nicht gefallen würden, wenn sie die im Express abgedruckt lesen müßten. Spekulationen mit Immobilien, Schwarzgeld, das über Strohfirmen nach Liechtenstein geschleust wird …«

»Um Himmels Willen!« Löhr trank sein Kölsch mit einem Zug leer und winkte gleich danach mit dem leeren Glas zu Bärbel, der Bedienung. Dann sah er Esser an. Esser sah ihn an. Mit undurchdringlicher Miene.

»Da müssen wir doch was unternehmen, Rudi! Damit müssen wir doch zum Staatsanwalt!«

»Jakob!« Esser faltete die Hände vorm Gesicht und senkte dann seine Stimme zu einem eindringlichen Flüstern: »Glaubst du im Ernst, das daraus jemals was würde? Hast du nicht mitgekriegt, wie die schon so eine kleine Ermittlung wie unsere blockieren können?«

»Hm«, machte Löhr.

»Und selbst wenn wir einen Staatsanwalt fänden, der das Ding durchziehen wollte, wie lange glaubst du, dauert es, bis der in die Verkehrsabteilung versetzt wird?«

»Für 'nen Bullen hast du ziemlich wenig Vertrauen ins Recht, Rudi.«

»Ins Recht schon, Jakob. Aber nicht in die Gerechtigkeit und nicht in die, die dafür zuständig sind.«

»*Wir* sind dafür zuständig, Rudi!«

»Ja? Wirklich? Und deswegen müssen wir auch wie die Eierdiebe heimlich einbrechen?«

»Hm.«

»Nein, nein.« Esser schüttelte energisch den Kopf. »Damit kommen wir nicht durch. Nicht gegen diese Kirchenmafia. Damit können wir uns höchstens bis auf die Knochen blamieren und werden am Ende noch nach Hückeswagen oder Wermelskirchen versetzt.«

»Um Gottes Willen!«

»Genau. – Und deshalb ist es viel besser, wir benutzen die Informationen bloß für unsere kleine persönliche Rückendeckung.«

Löhr überlegte. Dann nickte er. »Du hast recht, Rudi«, sagte er schließlich todernst. »Wenn die uns verarschen …«

»Genau so seh ich das auch«, sagte Esser. Und zu Bärbel, die Löhr gerade ein frisches Kölsch hinstellte: »Für mich auch noch eins, bitte.«

»Was hast du übrigens eben dem Pförtner im Generalvikariat gesagt, als wir dort raus sind?« fragte Esser Löhr beim Hinausgehen.

»Ich hab ihm seinen Schlüssel wiedergegeben und mich bedankt.«

»Weiter nichts?«

»Weiter nichts.«

Warum sollte er Esser damit belasten, daß er dem armen Kerl gedroht hatte, ihn mit seinem Pornomagazin höchstpersönlich vor Generalvikar Schorn zu schleppen, falls er ein Sterbenswort über die Vorgänge der letzten halben Stunde über die Lippen brächte?

***

Weder im Express noch im Lokalteil des Stadt-Anzeigers fand sich auch nur eine einzige Zeile über die Razzia im Generalvikariat, nicht der kleinste Hinweis mehr auf den toten Domprobst Henning und den Stand der kriminalpolizeilichen Ermittlungen in diesem Fall. Wie weit die Macht Schorns doch ging! Einer wie der schaffte es tatsächlich, nicht nur dem Polizeiapparat, sondern auch der Presse – sofern bei den beiden Käseblättern überhaupt von »Presse« die Rede sein konnte – Maulkörbe zu verpassen. Löhr ließ die Zeitungen vom Bett heruntergleiten, griff zu seiner Frühstückstasse und nahm einen Schluck des inzwischen lauwarmen Tees. Gut gemacht, Esser! Nicht mit uns! Auch wenn wir nicht den ganzen Stall auskehren können, aber unseren Mord, den werden wir aufklären. Mord ist Mord. Und wenn der Erzbischof persönlich dahintersteckt, wir werden ihn kriegen! So etwas kam bei ihm selten vor. So ein Hochgefühl. Das Gefühl moralischer Überlegenheit und Souveränität. Dazu gab's in der Regel auch ergreifend wenig Anlaß. Wer bringt schon Leute um? Die meisten Mörder und Totschläger sind doch arme Schweine. Verzweifelt, gedemütigt. Es gibt keinen Grund, sich ihnen überlegen zu fühlen. Hier war es was anderes. Sicher, der Mörder selbst mochte aus Verzweiflung oder einem anderen, vielleicht nachvollziehbaren Beweggrund gehandelt haben. Aber wenn er von einer so scheinheiligen Pfaffenkamarilla, die sich klammheimlich und mit ausgebufftesten Tricks die Taschen vollmacht, gedeckt wird, dann ist Schluß. Schluß mit Mitleid. Löhrs ohnehin schon lange gebrochenes Verhältnis zur geistlichen Funktionsträgerschaft war nach Essers Berichten auf dem absoluten Tiefpunkt angelangt. Entschlossen griff er nach den Dossiers. Er und Esser waren am Vorabend, nach dem Entspannungstrunk im »Lederer-Stübchen«, noch einmal ins Kommissariat gegangen und hatten für jeden eine Kopie von sämtlichen Dossiers gemacht. Die Originale hatten sie in einen Umschlag und dann in den Panzerschrank des Geschäftszimmers gesteckt.

Doch bevor er die erste Seite aufschlug, lehnte er sich noch einmal zurück, streckte sich und genoß für einen Augenblick das behagliche und luxuriöse Gefühl, im Bett arbeiten zu können. So hatte er sich, nachdem er sich nach der Polizeischule für die kriminalpolizeiliche Laufbahn entschieden hatte, das Leben als Kriminaler vorgestellt: durch pure Geisteskraft, messerscharfes Kombinationsvermögen und Intuition die kompliziertesten Fälle lösen zu können. Sozusagen vom Bett aus. Und was war daraus geworden? Nun gut. Esser bewahrte ihn vor dem Schlimmsten. Seufzend nahm er noch einen Schluck aus der Teetasse, dabei fiel sein Blick auf die mit der Zeitung vom Bett gefallene Postkarte Irmgards, die er heute bekommen hatte. Er beugte sich aus dem Bett, hob die Karte auf, las sie noch einmal. Eine Ansichtskarte. Sie zeigte – wie Löhr auf der Rückseite lesen konnte – die Piazza del Campo in Siena. Irmgard schrieb, daß dies der Schauplatz eines »Klasse-Krimis« sei, den sie gerade lese, »Der Palio der toten Reiter«. Müsse er sich unbedingt besorgen, unbedingt lesen. Wie schon beim ersten Lesen der Karte mußte Löhr jetzt auch wieder lachen. Sie gab einfach nicht auf! Mit unversiegbarem missionarischen Eifer wollte sie ihn wieder zum Krimi-Lesen bekehren. Aber es war verlorene Liebesmüh. Manchmal, um ihr einen Gefallen zu tun, versuchte er sich noch einmal an einem Krimi. Aber er kam nie über drei, vier Seiten vor dem Einschlafen hinaus und konnte am nächsten Morgen natürlich keine von Irmgards Fragen nach Inhalt oder gar Qualität des von ihr empfohlenen Buchs beantworten. Sein Interesse an Krimis war einfach erloschen. Sicherlich berufsbedingt. Diese Privatdetektive, Cops und Lieutenants, die obskuren Milieus und die verwickelten Fälle – das ließ ihn inzwischen kalt. Dabei hatte er bis vor ein paar Jahren noch gern Kriminalromane gelesen. Aber je mehr Fälle er selbst auf seinen Buckel geladen, durch je mehr Tränentäler an billigen Motiven und niedrigen Instinkten er dabei geschritten war, desto unnötig verkompliziert, aufgebauscht, übertrieben psychologisiert, ja, schlichtweg überflüssig kamen ihm die in den Krimis beschriebenen Fälle – und damit die Kriminalromane selbst – vor. Trotzdem rührend von Irmgard, nicht nachzulassen in ihren Bekehrungsversuchen, selbst aus dem weit entfernten Siena. Vielleicht meinte sie, die Krimis könnten ihn über seinen Alltag als Polizist hinweg trösten. Eine Welle warmer Sympathie und Sehnsucht nach Irmgard stieg in ihm hoch, er wünschte, sie wäre wieder da.

Seufzend legte er die Ansichtskarte beiseite und machte sich an die Arbeit. Im wesentlichen bestanden alle Dossiers aus Beurteilungen von Vorgesetzten, wenn es um die Versetzung auf eine andere, höher dotierte, hochrangigere Stellung ging. Darüber hinaus hatten sich die Inquisitoren – oder wer auch immer im Generalvikariat hinter der Beschnüffelung stecken mochte – einen Überblick über die privaten und finanziellen Verhältnisse und Besitzstände ihrer Zielpersonen zu verschaffen vermocht. Was das Finanzielle anbetraf, durfte das kein allzu großes Thema gewesen sein. Wohl alle Angestellten des Generalvikariats führten ihr Konto bei der PAX-Bank. Auf die hatten die Inquisitoren offensichtlich problemlosen Zugriff. Und wenn Bewegungen von einem PAX-Bank-Konto zu einem anderen Konto stattfanden, waren diese Bewegungen nachvollzogen und aufgelistet worden. Wie aber waren sie an die privaten Informationen gelangt? Zum Beispiel die über Söntgenraths Eheprobleme? Daß er von seiner Frau verlangt hatte, schwarze Reizwäsche zu tragen und sich im Bett fesseln zu lassen. Daß seine Frau deswegen zuerst beleidigt, schließlich tief gekränkt war, sich immer mehr von ihm zurückzog und sich letztendlich weigerte, den aufwendigen Hausbau, den Söntgenrath in Hoffnungsthal betrieb, aus ihrer Erbschaft zu finanzieren? Wer außer den Beteiligten konnte über solche intimen Kenntnisse verfügen? Unter dem maschinengeschriebenen Bericht über Söntgenraths Eheleben befand sich ein handschriftliches Kürzel. Zwei Großbuchstaben. »P.V.« Ein Freund Söntgenraths? Eine Freundin der Frau? Die Frau selbst? Nein. Oder sogar sein Beichtvater, wie Esser vermutet hatte? Jedenfalls wurde aus dem Dossier über Söntgenrath klar, daß er ebenso in einer gewaltigen finanziellen Klemme steckte wie Krinke. Bei Söntgenrath war es die Finanzierung des Hauses, bei Krinke seine Spielsucht. Krinke verzockte dem Dossier zufolge Unsummen in Wettbüros und an Spielautomaten, so viel, daß sein Gehaltskonto ständig über dem Kreditlimit in den Miesen stand und er es durch Bareinzahlungen immer wieder auffrischen mußte. Auch bei Söntgenrath konnte, ja mußte Bargeld im Spiel sein. Denn in einem der Berichte über ihn wurde mehrfach erwähnt, daß er an seiner Baustelle in Hoffnungsthal polnische Schwarzarbeiter beschäftigte. Und die würden mit Sicherheit keine Schecks in Empfang nehmen.

Die geheimen Informanten – und damit auch die Oberen im Generalvikariat – wußten also alles über Krinke und Söntgengerath. Alles bis auf ihre Verstrickung in das mutmaßliche Dachdecker-Kartell. Hatte man davon jedoch eine bloße Ahnung – und Löhr hatte mehr als eine bloße Ahnung –, dann fügte sich alles zusammen. Die notorische Geldnot der beiden mußte sie zusammengeführt und auf die Idee mit den Preisabsprachen und dem Schmiergeld gebracht haben. Aber wieso hätten sie Henning deswegen umbringen sollen? Gut, die bisherige Hypothese lautete: Henning war in seiner Eigenschaft als Rechnungsprüfer dahintergekommen, daß Söntgenrath und Krinke vom Dachdeckerkartell Schmiergelder bekommen hatten. Davon stand zwar ebensowenig in den Prüfungsberichten Hennings wie in den Dossiers, aber es war davon auszugehen. Eine Hypothese eben. Also: Henning ist ihnen auf die Schliche gekommen, will das aber nicht publik machen und mahnt die beiden an. Die sind aber unter so großem Druck, daß sie nicht auf die Schmiergelder verzichten können und bringen ihn um.

Löhr schüttelte den Kopf, legte die halb gelesenen Dossiers über Söntgenrath und Krinke zur Seite und griff nach der Klarsichthülle, in der sich Hennings Dossier befand. Die Hypothese war zu einfach. Zu einfach, um der Wahrheit zu entsprechen. Nur weil jemand in einer finanziellen Klemme steckt, bringt er denjenigen, der ihm den Hahn zuzudrehen droht, nicht gleich um. Ein mögliches zwar, aber kein ausreichendes Motiv. So kaltblütig sind nur Figuren aus zweitklassigen Krimis. Um die Schwellen, die vor einer solchen Tat aufgebaut sind, überschreiten zu können, braucht es stärkere Emotionen. Wut, Haß, das Gefühl, erniedrigt, gedemütigt worden zu sein, dauerhaft gereizt. Nun gut. Wenn sie es zu zweit – oder gar zu dritt – gemacht hatten, war vielleicht ein kaltblütigerer Plan im Spiel. Aber Löhr wußte, daß solche planvollen Taten äußerst selten vorkommen. Eben nur in Krimis. Sehr, sehr selten in der Wirklichkeit. Zu einem Mord gehört, wie gesagt, eine starke Emotion, eine Kränkung. Und die konnte in aller Regel nur vom Opfer ausgehen.

Er blätterte die ersten Seiten des Henning-Dossiers durch. Die üblichen Zeugnisse, Beurteilungen von Vorgesetzten. Tüchtiger, intelligenter, umsichtiger Mann. Ein Mann mit Karriere-Gespür. Hatte keine Stufe der Leiter ausgelassen. Und der Posten des Chefs der Rechnungskammer im Generalvikariat schien nicht als die letzte Sprosse auf Hennings Karriere-Leiter gedacht gewesen zu sein. Als Domprobst war er ein hoher Funktionsträger in der Hierarchie gewesen, gleich unter dem Generalvikar selbst. Zwischen den Zeilen der abwägenden Sprache kirchlicher Amts- und Würdenträger meinte Löhr ab und an einen negativen Beiklang, was den Ehrgeiz und das Karrierebewußtsein Hennings anging, herauslesen zu können. Aber er konnte sich die Mühe sparen, diese krausen Texte zu interpretieren. Denn ihnen folgte ein ganzer Stoß persönlicher Berichte über den Domprobst.

Erstaunliche Berichte. Jeder mit einem Datum versehen. Maschinengeschrieben. Einzeilig. Penibel. Detailversessen. Berichte über private Begegnungen mit Henning. Obwohl sich im Gegensatz zu den privaten Dossiers über Krinke und Söntgenrath keinerlei Hinweis auf ihre Autorenschaft fand, brauchte Löhr nur zwei, drei Blätter zu lesen, um zu ahnen, wer diese Berichte verfaßt haben könnte. Der Schreiber kannte sich genau in der Biographie des Domprobstes aus, bezog sich in seinen aktuellen Berichten immer wieder auf Episoden aus der Studentenzeit Hennings. Es könnte sich um den bereits von Schorn erwähnten Studienfreund des Domprobstes handeln, den, mit dem er sich ab und zu zum Wein traf. Wie hieß der noch bloß? Der Mann, mit dem er kurz vor seinem Tod einen Termin in seinem Notizbuch eingetragen hatte. Mit dem sie sogar noch telefoniert hatten? – Siegloch! Ja! – Wahrscheinlich sein einziger, sein bester Freund.

Meine Güte! Wer oder was konnte einen Mann dazu bewegen, solche Berichte – geheime Dossiers! – über seinen besten Freund zu verfassen? Vernichtende Berichte. Nicht, daß sie irgendwelche geheimen Laster, versteckten Obsessionen enthüllten. Offenbar gab es die tatsächlich nicht im Leben des Domprobstes. Das Bild, daß Löhr anhand der ersten Besichtigung seiner Wohnung von dem Mann gewonnen hatte, schien also zu stimmen. Aber wie paßte das Foto des Jungen dazu? Nicht die geringste Andeutung auf eine mögliche Pädophilie Hennings fand sich in dem, was Löhr bisher gelesen hatte, und nichts deutete darauf hin, daß so etwas im weiteren noch eine Rolle spielen würde. Wenn irgendetwas bei Henning für eine solche Veranlagung gesprochen hätte – Siegloch hätte es sich nie und nimmer entgehen lassen, es zu erwähnen. Damit blieb das Foto ein Rätsel. Es paßte nicht in das Bild, das der anonyme Berichteschreiber von Henning entwarf. Die Recherche der Kollegen von der Sitte würde nichts bringen. Die einzige Möglichkeit einer Erklärung für das Foto blieb, daß der Junge Hennings Kind war.

Die Berichte gaben im wesentlichen nur die Gespräche der beiden wieder, die Umstände ihres Zusammentreffens: wie Henning sich in dieser oder in jener Situation verhalten, wovon er gesprochen und worüber er vermutlich geschwiegen hatte. Insgesamt fügten sie sich zu nichts Geringerem als zu einem Psychogramm, einer Charakterstudie des toten Domprobstes. Und die lief auf ein absolut vernichtendes Urteil hinaus. Nachdem er sechs oder sieben dieser Berichte gelesen hatte, lehnte sich Löhr im Bett zurück und schloß die Augen. Der dort beschriebene Mann kam ihm bekannt vor. Nein, nicht Henning selbst. Aber er erinnerte ihn an jemanden, den er einmal gut gekannt, mit dem er einige Jahre zusammen gearbeitet hatte. Seinen Kollegen Olbertz. Olbertz war eine Zeit lang sein Lehrmeister gewesen, als er im KK11 anfing. Ein erfahrener Kriminalbeamter, ein paar Jahre älter als er selbst.

Kein Mensch im Kommissariat hatte eine Ahnung gehabt, wer Olbertz wirklich war. Oder was. Daß er ein Monstrum gewesen war. Aber er, Löhr, hatte im Lauf der Jahre der Zusammenarbeit mit Olbertz eine Ahnung davon bekommen, daß sich hinter dem, was der vorgab zu sein, eine andere Person versteckte. Eine völlig andere Person als die, die Olbertz vorgegeben hatte zu sein. Und das, was in diesen Berichten über Henning stand, das erinnerte ihn sehr an Olbertz.

Olbertz legte größten Wert auf eine Reihe äußerst distinguierter Eigenschaften, ohne diese Eigenschaften eigentlich zu besitzen; allenfalls konnte er überzeugende Kopien der ihnen entsprechenden Verhaltensweisen liefern. Ein Charakter-Imitator. Als einen Charakter-Imitator hatte Löhr ihn am Ende eingestuft. Und absolut nicht falsch damit gelegen. Wenn man ihm zum ersten Mal begegnete, glaubte man, es mit einem sehr souveränen, jeder Situation gewachsenen Mann zu tun zu haben. Dabei war er keineswegs souverän. Denn seine stärkste Triebfeder war Angst, Angst vor der Zukunft, Angst zu versagen, überhaupt Angst. Löhr hatte ein Jahr gebraucht, um dahinter zu kommen. Natürlich versteckte Olbertz seine Angst, er wollte ja souverän erscheinen, und ein souveräner Mensch kann nicht ein von Angst Getriebener sein. Aber sobald es brenzlig wurde, er eine Situation nicht mehr überschauen konnte, sie glaubte, nicht mehr im Griff zu haben, zog ihm die Angst die souveräne Hose herunter und er geriet in Panik. Neben der Angst gab es einen zweiten Charakterzug an Olbertz: er wollte immer auf seinen Vorteil kommen. Er ließ keine Möglichkeit aus, sich zu bereichern. Und er war geizig. Mit der großartigsten Geste konnte er einem Kellner zehn Pfennig Trinkgeld geben, fand nichts dabei, eine Autofahrt mit seinem Wagen mit dem Argument abzulehnen, er habe nicht getankt. Sein Geiz richtete sich aber nicht nur gegen andere, sondern auch gegen sich selbst. Beispielsweise hielt er sich – wahrscheinlich aus Gründen der Reputation – für einen Weinkenner. Und das, obwohl er ungern Alkohol trank. Jedenfalls sammelte er Weine, das heißt, er kaufte sie so billig wie möglich, legte sich die Flaschen in den Keller, rührte sie jahrelang nicht an im Glauben, der Wein gewinne dadurch an Charakter und Wert, obwohl es sich meist um minderwertige, nicht lagerungsfähige Weine handelte.

Immer wollte er anders und immer mehr scheinen als er war. Doch er beherrschte seine Rolle nicht gut. Und das war das Unangenehme an Olbertz gewesen. Ein professioneller Hochstapler kann, wenn es die Situation erfordert, auch mal fünf gerade sein lassen, kann seine angeborene Engherzigkeit und seinen Geiz durch weit ausholende Gesten verbergen, Großzügigkeit heucheln, wenn sie seinen verborgenen Absichten dient. Dazu aber war Olbertz nicht in der Lage gewesen. Und das machte ihn ganz und gar unerträglich.

Löhr konnte, nachdem er etwas über zwanzig Berichte gelesen hatte, ein wenig den Freund Hennings verstehen, der sie geschrieben hatte. Diese Berichte waren nicht bloße Denunziation. In ihnen hatte sich der Verfasser auch an der Person des anderen abgearbeitet, hatte versucht, hinter die Fassade Hennings zu steigen, ihn zu durchschauen, das Grauen, das er offensichtlich im Laufe der Zeit vor Henning empfunden hatte, benennen zu können, eine Erklärung für seine wachsende Abneigung gegen den Domprobst zu finden. Aber was war es nun gewesen, dieses Monströse an Henning? Was hatte er versucht, zu verbergen? Zweifellos nicht etwas in dem Umfang und von der Qualität, was Olbertz über Monate und Jahre verborgen gehalten hatte. Daß er ein Frauenmörder war. Olbertz hatte über lange Zeit eine Doppelexistenz geführt: Polizist und Mörder in Personaleinheit. Triebtäter, wie es heißt. Aber raffiniert. Olbertz hatte es verstanden, drei oder vier seiner Morde anderen Tätern in die Schuhe zu schieben. Tätern, gegen die er gerade ermittelte. Bis er schließlich Ermittlungsfehler machte, Fehler, die zuerst seinen Kollegen, dann dem Staatsanwalt ins Auge sprangen. Löhr war nicht in der Kommission gewesen, die damals geheim gegen Olbertz ermittelte. Er hatte erst später davon gehört.

Nun gut, ein Frauenmörder war Henning mit Sicherheit nicht gewesen. Ein Mensch ohne Obsession, ohne offenkundige Laster. Aber eben dies war es, was den anonymen Berichterstatter im Laufe der Zeit immer mehr an Henning gestört, am Ende sogar abgestoßen – aber gleichzeitig auch fasziniert hatte: seine absolute Leidenschaftslosigkeit. Das Fehlen jeglicher Emotion, jeder warmen, herzlichen, ja überhaupt *jeder* Gefühlsregung. Bloß Kälte, Berechnung konnte der Berichtschreiber hinter der jovialen Fassade des Domprobstes erkennen. In einem seiner Dossiers beschrieb er Henning als *Inkarniertes Kalkül.* Na schön. Solche Menschen gibt's. Aber in welchem Zusammenhang konnte das mit –

Das Klingeln des Telefons riß Löhr aus seinen Gedanken. Er hatte den Apparat neben sein Bett gestellt, weil er damit rechnete, daß Esser sich mit ihm in Verbindung setzen würde. Aber es war nicht Esser.

»Wieso hört mer nix mieh von dir?« Oh Gott! Onkel Toni. Den hatte er völlig vergessen. »Mir sitzen hier mit unserem Waltraud wie auf heißen Kohlen und von dir hört und sieht mer nix!«

»Ich hab jede Menge um die Ohren«, entgegnete Löhr. »Jede *Menge*!«

»Ja, und wat glaubst du von uns? Wat mir hier um die Ohren haben? – Du versprichst uns dat Blaue vom Himmel herunter – und wat tust du? Gar nichts!«

»Hoho!« machte Löhr, dem plötzlich einfiel, daß er den ganzen Morgen über noch nicht an seine blauen Flecken und seine Beulen gedacht hatte. Jetzt faßte er sich kurz ans malträtierte Auge. »Ich und nichts getan? Jetzt mach mal 'nen Punkt, Onkel Toni! Ich hab mein *Leben* riskiert!«

»Dein wat?«

Löhr räusperte sich. Vielleicht ein doch etwas zu melodramatischer Einstieg in die Geschichte seiner Begegnung mit dem mißratenen Schwiegersohn. »Also ich *habe* mit dem Hermann-Josef gesprochen ...«

»Ja und?«

»Es ist kompliziert.«

»Jetzt hör doch auf mit ›kompliziert‹! Wat glaubst du, wat hier bei uns auf der Couch sitzt? *Dat* ist kompliziert. *Schwanger!«*

Löhr verdrehte die Augen und stellte sich für einen kurzen Moment lang seine versteinerte Kusine Waltraud in der düsteren Pseudo-Pfarrers-Wohnung Onkel Tonis gegenüber von St. Kunibert vor. Dabei schoß ihm plötzlich eine Idee durch den Kopf.

»Also gut, Onkel Toni«, sagte er, ein wenig gedehnt, um bei Toni kein Mißtrauen aufkommen zu lassen. »Ich komme gleich mal vorbei und red mit der Waltraud.«

»Dat hatt ich auch nicht anders erwartet, Köbes.«

»Aber unter einer Bedingung ...«

»*Bedingung*? Wat dann für 'ne Bedingung?«

***

»Wat *du* mir antust!« stöhnte Onkel Toni bereits nach der zweiten Windung der steinernen Wendeltreppe, die hinauf zum Dachgestühl des Längsschiffes von St. Kunibert führte. »Ich war schon seit ewigen Zeiten nit mehr hier oben!« Es gab kein Geländer, an dem man sich festhalten konnte, und bei jedem Schritt die überproportional hohen Stufen hinauf knackte es bedenklich in den Knien des Onkels. Löhr beschloß, gnadenlos zu sein. Wer hatte sich denn schließlich für wen die Fresse polieren lassen?

»Wieso?« fragte er. »Bist du denn nie mit hochgegangen, wenn die Dachdecker oder die vom Generalvikariat hier oben waren?«

Onkel Toni blieb stehen und wandte Löhr sein Gesicht zu. Ein rotes Gesicht mit empört hochgezogenen Augenbrauen. »Sag mal, wofür hältst du mich eigentlich? Ich bin der *Küster* hier! Ich bin doch nicht von der Bauaufsicht! Mit der ganzen Bauerei hab ich nix am Hut. Ich bin hier nur für die *sakralen* Dinge zuständig – und dat die Kirchentüren abends abgeschlossen werden.«

»Ja, richtig«, sagte Löhr. »Und das tust du jeden Abend? Die Türen abschließen?«

»Selbstverständlich«, sagte Onkel Toni und machte sich wieder an den Aufstieg. Löhr folgte ihm.

»Und wenn du nicht da bist? Haben denn die vom Generalvikariat 'nen Schlüssel, wenn sie hoch wollen?«

»Du meinst die vom Kirchenbauamt? Ja, sicher haben die 'nen Schlüssel. Ich kann mich ja nicht um alles kümmern.«

»Klar«, sagte Löhr und folgte dem ächzenden Onkel. Es dauerte mindestens zehn Minuten, bis sie endlich durch eine Luke auf den Dachboden gelangten. Eine düstere, niedrige und langgestreckte Halle, von schweren Balken überspannt. Onkel Toni tappte ein paar Schritte vor in die staubige Düsternis.

»Bleib da an der Treppe stehen«, rief er. »Dat ist 'n ziemlich morscher Boden hier. Ich such den Lichtschalter.«

Löhr wartete, bis an vereinzelten Dachbalken ein paar schwachbrüstige Baulampen aufleuchteten. Viel änderte das nicht an den Lichtverhältnissen. Aber zumindest konnte man jetzt den Boden des Dachbodens erkennen. In der Tat machten die morschen Holzdielen keinen allzu vertrauenerweckenden Eindruck. Doch bis auf den Boden kam Löhr das Dachgestühl völlig in Ordnung vor. Die Dachbalken und die Lattengerüste unter den Dachziegeln sahen aus, als wenn sie erst vor wenigen Jahren erneuert worden wären.

»Der Dachstuhl ist doch in Ordnung, wenn ich das richtig sehe, Onkel Toni«, sagte Löhr. »Was soll denn hier noch gemacht werden – außer dem Boden?«

»Alles«, antwortete der Onkel. »Alles neu!«

»Aber wieso denn? Das sieht doch so aus, als wär es erst vor ein paar Jahren gemacht worden!«

»Ist et auch«, sagte Onkel Toni und blickte sich mißmutig auf dem Dachboden um. »Vor fünfzehn Jahren, als der Querbau und der Westturm neu aufgebaut worden sind.«

»Ja, und wieso jetzt alles noch mal neu?«

»Weil die Neigung nicht stimmt!«

»Die was?«

»Also du fragst mich Sachen, da hab ich eigentlich überhaupt keine Ahnung von«, stöhnte der Onkel. »Aber irgendwat stimmt nicht mit der Neigung von dem Gestühl. Die haben die Neigung damals beim Umbau verändert. Statische Gründe, glaub ich. Und jetzt hat irgend 'n Konservator festgestellt, dat die Neigung nicht mit dem romanischen Maß übereinstimmt. Versaut sozusagen die Optik. – Dat selbe Problem war doch auch damals mit den Torhelmen von den Flankentürmen ...«

»Was denn für'n Problem?«

»Die waren nach dem Brand von 1376 neu aufgerüstet worden. Mit spitzen Dächern. Die haben sie jetzt auch mehr auf romanisch gemacht, also nicht mehr eso spitz. Und jetzt frag mich nicht weiter. Mehr weiß ich auch nicht.«

»Das reicht schon«, beruhigte ihn Löhr und schüttelte den Kopf. Es wäre schon interessant zu wissen, wer diesen Konservator auf die Idee gebracht hatte. Und auch, weshalb er nicht schon bei der ersten Baumaßnahme hinzugezogen worden war. Er ging, jede möglicherweise morsche Stelle in den Dielen abtastend, ein paar Schritte weiter in die Tiefe des Dachbodens und sah auf der rechten Seite eine mit einer Folie notdürftig abgedichtete offene Stelle im Dach. Vom Boden aufwärts bis in Kopfhöhe waren zwischen zwei vertikalen Dachbalken die Ziegel abgedeckt.

»Was ist denn das?« fragte Löhr und wies auf das Loch im Dach.

»Da haben die die Ziegel abgedeckt, um mit ihren Geräten besser auf et Dach kommen zu können.«

Löhr ging noch ein paar Schritte auf die offene Stelle im Dach zu, Toni schlurfte hinter ihm her, als koste es ihn die letzte Kraft.

»Wieso wurden hier eigentlich keine neuen Dielen gelegt, als sie vor fünfzehn Jahren den Dachstuhl neu gebaut haben?« fragte Löhr.

»Kostengründe!« raunzte Onkel Toni. »*Ich* würd sagen: Wieder mal am falschen Ende gespart. Aber auf mich hört ja keiner.«

»Du hast ja eigentlich auch mit der Bauerei hier nichts zu tun, sondern – *sakrale* – Funktionen«, sagte Löhr, so ernst er konnte.

»Wat du nit alles weißt!« Onkel Toni warf einen raschen bösen Blick auf Löhr. Der lächelte unschuldig und senkte dann den Blick auf die nächste Diele.

Sie standen jetzt unmittelbar vor der kaum meterbreiten Lücke in der Schräge des Dachstuhls. Durch die grob angenagelte Folie hindurch konnte Löhr die verschwommenen Konturen der Rheinuferstraße und des Rheins wahrnehmen. Er nahm die doppelt gefalteten Ränder der Plastikfolie zwischen die Finger, betrachtete und befühlte sie da, wo sie mit flachköpfigen Zimmermannsnägeln an die Dachbalken geschlagen war. Offensichtlich war dies mehrfach geschehen, denn die Folie war an vielen Stellen am Rand ein- und ausgerissen, so, als ob sich jemand bei ihrem Entfernen nicht die Mühe gemacht hätte, zuerst die Nägel zu ziehen, sondern die Folie einfach herausgerissen und dann an anderen, intakten Stellen wieder angenagelt hätte.

»Wie oft sind diese Bauleute eigentlich hier schon aufs Dach gestiegen?« wandte er sich an Onkel Toni.

»Soweit ich weiß, erst ein Mal. Höchstens zwei Mal«, antwortete Toni, der in demonstrativ gelangweilter Haltung ein wenig zurück in der Tiefe des Dachstuhls wartete und mit seinem rechten Fuß über die morschen Dielen scharrte.

Es waren eigentlich zu viele Risse an den Rändern der Folie, dafür, daß man sie bloß ein- oder zweimal heruntergezogen und wieder neu angenagelt hatte. Zu viele und vor allem zu heftige Risse.

»Jetzt luur dir dat doch widder ens aan!« hörte Löhr Onkel Toni hinter sich knurren. »Hat hier doch tatsächlich einer geraucht!« Löhr drehte sich um. Er sah, wie Onkel Toni sich bückte und eine auf dem Boden ausgetretene Zigarettenkippe aufhob. »Dat wissen die doch, dat dat verboten ist. Und außerdem saugefährlich – auf 'nem *Dachstuhl*!«

»Zeig mal!« sagte Löhr.

»Wat?«

»Na, die Zigarettenkippe.«

»Wofür dat dann? Wat willste damit?«

»Nur so. Interessiert mich.«

Kopfschüttelnd reichte ihm Toni die Kippe. Löhr betrachtete sie. Keine gängige Marke, noch nicht einmal eine, die er kannte. Da er nicht im Dienst war, hatte er natürlich auch keine Asservatenfolien dabei, statt dessen deponierte er die Kippe in einem leeren Fach seines Portemonnaies und sah sich dann weiter auf dem Boden um.

»Wat suchste?« fragte Onkel Toni unwillig.

»Ob hier noch mehr davon rumliegen.«

Tatsächlich fand er zwei weitere ausgetretene Kippen, ganz in der Nähe der Öffnung im Dach. Er steckte sie zu der ersten ins Portemonnaie. Onkel Toni schüttelte den Kopf.

»Sag mal, Onkel Toni«, fragte Löhr beim Abstieg vom Dachstuhl. »Letzten Montag, Montagabend, war da hier irgendwas, irgend 'ne Veranstaltung oder so in St. Kunibert?«

»Letzten Montag?«

»Ja. Montagabend. So gegen neun Uhr oder auch später.«

»Nee!« kam es bestimmt vom Onkel. »Montags ist hier nie wat. Noch nicht mal 'ne Abendandacht. Da hat der Pastor seinen Bridgeabend, da hält der sich alles frei.«

»Also waren die Türen alle zu?«

»Normalerweise mach ich die erst um zehn zu. Aber weil letzten Montag der FC live auf DSF kam, hab ich die schon kurz vor acht zugemacht.«

»Ich wußte gar nicht, daß du dich für Fußball interessierst!«

»Tu ich eigentlich auch nicht. Aber jetzt, wo der FC wieder aufsteigt ...«

»Aber der FC hat doch auch am Freitag gespielt!« Löhr erinnerte sich an die selbstbewußte Wette Greggis im Büdchen auf der Palanterstraße.

»Ist doch englische Woche, Jung!« entgegnete Onkel Toni im Ton eines abgebrühten Kenners. »Die haben am Montag *und* am Freitag gespielt!«

»Beide Mal gewonnen?«

»Du kannst Fragen stellen!« sagte Onkel Toni kopfschüttelnd. »Ist doch Ehrensache.« Wie schnell aus Fußballmuffeln – als etwas anderes hatte er Onkel Toni sein Lebtag nicht kennengelernt – fanatische Patrioten werden können, dachte Löhr. Gut, daß es nur um Fußball geht.

Als sie aus der Kirche hinaus ins Freie traten, war Löhr vom Sonnenlicht geblendet. Mit zusammengekniffenen Augen blickte er hinauf zum Dach des Längsschiffes. Er konnte die folienverkleidete Lücke nicht entdecken.

»Wo bleibste, Köbes?« rief Onkel Toni, bereits auf dem Weg zurück zu seiner Wohnung.

»Moment noch!« rief Löhr ihm zu. »Komm doch bitte noch mal zurück.«

»Jesses Maria!« fauchte Onkel Toni. »Ich hab gemacht, wat du wolltest, hab dir dat Dach gezeigt. Jetzt bist du dran! Kommste jetzt und sprichst endlich mit dem Waltraud, oder kommste nicht?«

»Nur noch eins«, sagte Löhr. »Zeig mir doch bloß noch kurz die Stelle unter dem Loch da oben auf dem Dach. Ich kann's von hier aus überhaupt nicht sehen.«

»Köbes!« Wütende Ungeduld ließ die buschigen Brauen Tonis in bedenkliche Höhen steigen. Trotzdem kehrte er mit kurzen Schritten zu Löhr zurück. »Meinste nit, du könntest mir langsam mal sagen, wat dat alles zu bedeuten hat? Wat du da oben auf dem Dachstuhl gesucht hast? Die Zigarettenkippen! Ob am Montagabend die Kirchentüren zu waren – und all dat!«

»Ich hab dir doch gesagt, Onkel Toni, ich kann im Moment nicht drüber sprechen. – Aber du bist der erste, dem ich's sage, wenn ich genau weiß, ob da was dran ist.«

»Wo was dran ist?«

»Ich sag doch. Im Moment kann ich dazu noch nichts sagen.«

Ein langer, mißtrauischer Blick des Onkels. Wenn Löhr nicht das versprochene Gespräch mit Waltraud in petto gehabt hätte, er war überzeugt, Onkel Toni hätte ihn spätestens jetzt einfach stehen gelassen. Doch angesichts der Last, die er bald von seinen Schultern genommen zu bekommen erwartete, atmete Toni tief durch und sagte: »Also gut. – Da drüben lang!«

Sie gingen auf dem gepflasterten Platz, der St. Kunibert umgab, am Längsschiff der Kirche entlang, bis Onkel Toni auf einen hölzernen Bauzaun wies, der im Abstand von zwei, drei Metern eine eingerüstete Seitenkapelle umgab.

»Da oben.« Er wies zum Dach des Längsschiffes hoch.

Löhr blickte empor und konnte tatsächlich – in einer Höhe von vielleicht fünfundzwanzig oder dreißig Metern – die Öffnung im Dach erkennen. Die Folie reflektierte die Strahlen der Sonne, die für ein paar Augenblicke aus einer lichten Wolkendecke hervorbrach. Das Loch im Dach befand sich genau über der vom Bauzaun eingegrenzten Fläche. Sie gingen um den Zaun herum, bis Löhr ein aus groben Brettern zusammengenageltes, zweiflügliges Tor entdeckte. Er rüttelte an dem Schloß.

»Hast du dazu vielleicht auch 'nen Schlüssel?« wandte er sich an

Onkel Toni, der hinter ihm ungeduldig von einem Bein aufs andere trat.

»Nee! Dazu nicht! Kann mich nicht um alles kümmern. Hab ich dir doch schon gesagt. Mit der Bauerei hab ich nichts –«

»Schon okay!« sagte Löhr. Er hatte entdeckt, daß das Schloß in einer bloß angenagelten Verankerung hing, die mit den Fingern leicht aufzuhebeln war.

»Wat machst du denn da, Köbes?«

»Ich mach's nachher auch wieder zu«, antwortete Löhr und schob einen der beiden Torflügel ein wenig auf, um einen Blick hinter den Bauzaun werfen zu können.

»Wieso wird denn da heute nicht gearbeitet?« fragte er.

»Erstens, weil heute Samstag ist«, hörte er Tonis unwillige Stimme hinter sich. »Und zweitens arbeiten die schon die ganze Woche lang nicht.«

»Die ganze Woche lang? Bist du sicher?«

»Nee. Ich meine, ja.«

»Und wieso?«

»Weiß ich nit. Ich hab dir doch schon tausend Mal gesagt, daß ich …«

»… mit der Bauerei nichts am Hut hast. Ich weiß«, sagte Löhr und ging ein, zwei Schritte in die Baustelle rund um die Seitenkapelle hinein, blickte dann wieder hoch zum Dach. Er konnte aus dieser Perspektive die Öffnung nicht mehr sehen. Aber ungefähr hier mochte die Stelle unterhalb der Öffnung sein. Er senkte den Blick auf den Boden. Ein paar Grasnarben, ansonsten nackte Erde, verkrusteter, rissig gewordener Schlamm. Und darin, sehr deutlich: Reifenspuren. Sehr wahrscheinlich von einem Lkw. Er wandte sich zu Onkel Toni um, der immer noch draußen vor dem Bauzaun stand.

»Und du bist ganz sicher, daß hier die ganze Woche über kein Mensch auf der Baustelle war?«

Onkel Toni verdrehte seine kleinen Äuglein. »Also wenn dat einer weiß, dann doch wohl ich.«

»Eben hast du noch gesagt, du hättest mit der Bauerei hier nix zu tun.«

»Aber ich *sehe* dat doch. Jeden Tag, den der Herrgott erschaffen hat!«

»Also gut«, sagte Löhr und zog das Tor hinter sich zu.

»Kann ich bei dir vielleicht mal telefonieren?« fragte er Onkel Toni, als der den Schlüssel in die Haustür steckte. »'n kurzes Dienstgespräch.«

»Aber erst, wenn du mit dem Waltraud gesprochen hast!«

»Nein. Lieber vorher«, sagte Löhr, zögerte kurz und sagte dann: »*Ganz sicher* vorher.«

***

Beim »Kleinmann« auf der Zülpicher Straße hatte er sich Rouladen, Rotkohl und – leider ein wenig pappig geratene – Salzkartoffeln einverleibt, nachdem er mit seiner Kusine Waltraud das quälende, letztendlich aber doch klärende Gespräch geführt und sich dann ganz schnell von der Familie seines Onkels verabschiedet hatte. Tante Hilli hatte ihm angeboten, zum Essen zu bleiben. Aber weder ihr dünner Grüne-Bohnen-Eintopf noch die Aussicht, beim Essen das leidige Thema weiter vertiefen zu müssen, hatten ihn sonderlich gereizt. Die deftigen Speisen der dicken Paula bei »Kleinmann« stellten im Vergleich zu der Küche seiner Tante eine kulinarische Offenbarung dar und gehörten für Löhr seit langem zu den ganz wenigen Alternativen zu den Gerichten seiner Mutter. Das Essen – und vor allem das Gefühl, an diesem Vormittag wirklich Bedeutendes geleistet zu haben, hatte Löhr zu Hause mit dem Bewußtsein, etwas wirklich *verdient* zu haben, in einen anderthalbstündigen Mittagsschlaf sinken lassen, aus dem er gerade erwacht war. Er stand in der Küche und horchte auf das Simmern des Wasserkessels, um sich seinen geliebten schwarzen Tee zuzubereiten.

Meine Güte! Die Waltraud! Das Halbgehang von Hermann-Josef hatte sie nun wirklich nicht verdient. Ein Typ, der seine Frau schlägt – auch wenn sie ihn belogen und betrogen hat – Gott! – das ist das Allerletzte! Die einzige Hoffnung würde darin bestehen, daß das Kind ihn ein bißchen zum Besseren verändern, ein bißchen häuslicher, umgänglicher machen würde. Eine schwache Hoffnung, zugegeben, aber immer noch besser, als wenn Waltraud das Kind die ersten Jahre allein aufziehen müßte und – um Gottes willen! – auf die Hilfe von Onkel Toni und Tante Hilli angewiesen wäre. Dann doch lieber das Experiment mit Hermann-Josef. Er würde ein Auge darauf haben müssen. Der cholerische Onkel Toni wäre kaum imstande, sich gegenüber Hermann-Josef durchzusetzen. Nun gut. Hauptsache, die Versöhnung zwischen den beiden war erst mal in die Wege geleitet.

Löhr mußte laut auflachen, während er das heiße Wasser in die Teekanne goß. *Die* Raffinesse hätte er seiner Kusine nicht zugetraut. Sich heimlich einen Liebhaber zuzulegen, sich von dem – ohne sein Wissen – ein Kind machen zu lassen und dann vor der Familie und Hermann-Josef die Show mit der Lourdes-Wallfahrt abzuziehen, um dem Kind eine Legitimation zu verschaffen! Und so, wie es aussah, hatte der Liebhaber auch nur einen vorübergehenden Platz in diesem Spiel eingenommen, die baldige Trennung war von Waltraud einkalkuliert worden. Sie hatte wahrscheinlich von Anfang an damit gerechnet, daß Hermann-Josef über kurz oder lang einlenken würde. Und das hieß: Sie hatte mit seiner – nämlich Löhrs – Intervention gerechnet! Also doch nicht ganz so zum Lachen.

Er hatte sich mit der dampfenden Teetasse in seinem Ohrensessel niedergelassen und wollte sich gerade noch einmal das Henning-Dossier vornehmen, als das Telefon klingelte. Es war Esser.

»Und? Bist du weitergekommen?«

»Und wie!« sagte Löhr.

»Die stecken beide bis zur Halskrause in der Scheiße«, sagte Esser. »Finanziell, meine ich. Krinke *und* Söntgenrath.«

»Du hast auch die beiden Dossiers gelesen?«

»Na klar. – Was meinst du? Waren es die beiden zusammen?«

»Weiß ich noch nicht«, sagte Löhr. »Glaub ich eigentlich nicht.«

»Aha. Und wieso?«

»Ich glaub, da ist noch ein Dritter mit im Spiel.«

»Nee!« kam es protestierend vom anderen Ende der Leitung. Dann Schweigen. Dann: »Und wieso meinst du – glaubst du das?«

»Ich hab da so 'ne Idee. Mal sehen. Hab eben den Erkennungsdienst zu St. Kunibert geschickt, Reifenspuren aufnehmen.«

»Reifenspuren? Was denn für Reifenspuren?«

»Ich bin mir noch nicht ganz sicher, Rudi. Laß uns zuerst die Ergebnisse abwarten. Montagmorgen liegt alles auf dem Tisch.«

»Scheiße, Jakob!« Esser klang wirklich böse. »Ich bin mit von der Partie! Wieso vergißt du das?«

»Hab ich nicht vergessen, Rudi. Aber meine Idee ist mir noch nicht gar genug. Laß mich noch ein bißchen weiter drüber nachdenken. Zum Beispiel auch über das Motiv. – Bist du eigentlich schon auf irgend so was wie ein Motiv gestoßen?«

»Ja, natürlich!« polterte Esser. »Sowohl der Krinke wie der Söntgenrath hatten ein Motiv! Bei denen brennt es an allen Ecken und Enden. Der Henning kommt hinter deren Mauscheleien – und das heißt ja auch: hinter deren Geldquellen, will das unterbinden, – und klar, damit steht der denen im Weg. Der mußte weg!«

Löhr schwieg ein paar Augenblicke, überlegte. Dann sagte er nachdenklich: »Gut. Das wäre ein prima Motiv. Aber weißt du, die Leute zocken sich heutzutage ständig das Geld ab, einer bescheißt den anderen. Aber bloß wegen Geld, auch wenn man unter Druck gesetzt wird, einen umbringen? Ich weiß nicht.«

»Wegen was denn sonst?«

»Wenn's einem komplett an den Kragen geht, wenn man keine andere Möglichkeit mehr sieht. Vielleicht. Aber eigentlich reicht auch das nicht aus, nicht ganz ...«

»Sondern? Was noch mehr? Könnte doch so gewesen sein, daß Söntgenrath und Krinke die Scheiße bis zum Hals gestanden hat ...«

»Haß zum Beispiel«, sagte Löhr grübelnd. »Daß der andere ein Schwein ist, ein widerliches Ekel ...«

»Du meinst ...? Du meinst, der Henning spielte noch eine andere Rolle?«

»Ja«, sagte Löhr.

»Aber in dem Dossier über den steht ja überhaupt nichts drin!« protestierte Esser. »Alles nur Firlefanz, Spekulationen, nichts Handfestes.«

»Das seh ich nicht ganz so«, entgegnete Löhr.

»Hm«, machte Esser.

Löhr sagte nichts.

»Also gut«, sagte Esser. »Das siehst du also anders. Na schön. Und wie ich dich kenne, willst du übers Wochenende noch weiter darüber brüten?«

»So ist es, lieber Rudi«, sagte Löhr.

»Na gut. Dann will ich nicht weiter stören.«

»Und du?« schlug Löhr einen verbindlichen Ton ein. »Unternimmst du was Schönes mit deiner Frau am Wochenende?«

Esser hängte ein.

Achselzuckend zog sich Löhr das Henning-Dossier vom Beistelltisch auf den Schoß. Tat ihm leid. Aber wenn er Esser zu früh in seine Spekulationen einweihte, dann war Esser bisher nahezu immer imstande gewesen, sie ihm zu vermiesen. Esser fand immer ein Haar in der Suppe. Wiederholt hatte er ihm die schönste Intuition kaputt geredet. Esser mit seiner Rationalität. Fakten sind nicht die Wahrheit. Auch die Summe aller Fakten nicht. Und Esser verfügte noch nicht einmal über die Summe der Fakten. Nein! Lieber saß er noch ein bißchen auf seinem Ei, brütete, bohrte weiter. Und wenn was draus wurde, dann würde er am Montagmorgen den Fall mit einem Schlag zur Lösung bringen können. Und wenn nicht – dann hatte er sich zumindest nicht in die Nesseln gesetzt.

Der anonyme Berichteschreiber und Freund Hennings fuhr fort mit seinem Versuch eines Psychogramms des toten Domprobsts, fügte Stein auf Stein, Beobachtung zu Beobachtung, so daß Henning Löhr immer widerlicher wurde. Ein wahrer Kotzbrocken. Herz- und seelenlos, ein Karrierist, schlimmer als der abgeseifteste Lokalpolitiker, glatt wie ein Fisch, giftig wie eine Natter. Gut. Oder nicht gut. Jedenfalls gibt's solche Menschen, und man kann nichts daran ändern. – Aber wo war der Ansatzpunkt für seinen, für Löhrs Fall? Löhr war bei den letzten Seiten der Berichte über den Domprobst angelangt, da fiel ihm die immer häufiger werdende Verwendung der Worte »Habgier« und »habgierig« auf. Habgierig? Er hatte die Wohnung Hennings untersucht. Es war die Klause eines Asketen gewesen. Nicht die Wohnung eines Reichtümer hortenden Habgierigen. Worauf sonst aber konnte sich diese vom Berichterstatter vermutete Charaktereigenschaft beziehen als auf materiellen, hortbaren Besitz? Eben genau die gleiche Vermutung stellte der auch im letzten seiner Berichte an und kam zu dem vagen Schluß, daß die Wallfahrten des Domprobstes nach Italien vielleicht damit etwas zu tun haben könnten. Wallfahrten? Löhr stellte sich darunter beengte Busfahrten in glühender Hitze vor, bei denen man eingezwängt zwischen unerträgliche 4711-Duftwolken verbreitenden frommen Damen einem Massenempfang beim Papst vor dem Petersdom entgegendöst.

Er blätterte im Dossier bis zum Anfang zurück. Las noch einmal die Beurteilungen und Zeugnisse der Vorgesetzten. Nichts. Dann die Kontoauszüge der PAX-Bank, über die auch der Domprobst sein – nicht unstattliches – Gehalt bezog. Und da, zwischen den Kontoauszügen, eine – auf englisch verfaßte – Anfrage an die italienische Dependence der PAX-Bank. Was hieß Dependence? Eine Anfrage an die Ambrosia-Bank in Rom! Ob Msgr. Henning dort etwa ein Konto führe? Abschlägiger Bescheid. Trotzdem! Die Inquisitoren des Generalvikariats hatten die Berichte des Freundes von Henning genauso interpretiert wie er und hatten die gleichen Spekulationen angestellt. Waren aber offenbar nicht klüger geworden.

Mal sehen. Wäre doch gelacht. Löhr nahm noch einen Schluck aus der Tasse. Der Tee war inzwischen völlig kalt geworden. Er überlegte nach einem Blick auf die Uhr – es war inzwischen sechs Uhr abends durch –, ob er nicht gleich zu Zigarre und Whisky übergehen sollte, griff sich aber zuerst noch einmal die Ermittlungsakte über den Henning-Mord, die er am Vorabend aus dem Büro mitgenommen hatte.

Esser hatte ein Kurzprotokoll über sein Telefonat mit dem Bruder Hennings angefertigt. Eine halbe Seite bloß. Löhr blieb an der Formulierung des Bruders hängen, daß es zwischen ihm und dem Domprobst zu einer *gewissen weltanschaulichen Entfremdung* gekommen sei. Ob dem Bruder ebenso wie dem weintrinkenden Studienfreund der gleiche Charakterzug Hennings zunehmend zum Greuel geworden sein mochte? Löhr griff zum Telefon und wählte die Münchner Nummer des Bruders. Nach drei Freizeichen meldete er sich. Löhr ließ es vorsichtig angehen, berichtete dem nur unwillig zuhörenden Mann von den verzwickten Recherchen in dem immer noch ungelösten Fall, beklagte sich darüber, wie wenig man über seinen Bruder hätte in Erfahrung bringen können und wie wichtig für die Aufklärung des Verbrechens es beispielsweise wäre, verfüge man über komplette Kenntnisse seiner Reisen und Aufenthalte in Italien. Wohlweislich vermied Löhr jegliche Bemerkung über den Charakter des Verstorbenen.

»Was haben denn die Italienreisen meines Bruders mit dem Mord an ihm zu tun?« Deutliches Mißtrauen im Ton des anderen. Löhr spürte, daß er auf der richtigen Spur war.

»Oh!« machte er bedeutungsschwanger. »Ich denke, eine ganze Menge ...«

»Ach ja? Und inwiefern?«

»Nun ...«, begann Löhr, zunächst mit der Absicht, das Thema weiter vorsichtig einzukreisen, entschloß sich dann aber zu einem kalkulierten Schuß ins Blaue. »Wir haben Grund zu der Annahme, daß er dort über einen nicht unbedeutenden Besitz verfügte, dessen Herkunft, na sagen wir mal ganz vorsichtig, nicht ganz geklärt ist ...«

Schweigen am anderen Ende. Löhr wartete. Schließlich kam es sehr belegt und leise: »Woher wissen Sie das?«

Volltreffer! »Na«, sagte Löhr. »Wir sind schließlich von der Kriminalpolizei.«

***

Frühsommer in der Stadt. Und dazu noch ein Sonntagmorgen mit einem klaren, nahezu wolkenlosen Himmel. Man könnte fast daran glauben, daß die Welt erneuerungsfähig ist. Die zersplitterten Bierflaschen, die die Gehsteige entlang der Kneipenzeile der Zülpicher Straße säumten, glitzerten vergnügt. Selbst die gewaltigen Türme von Taubenscheiße mit ihrer merkwürdigen Amalgamierung von Grau und Weiß unter der Südbahnhof-Unterführung wirkten heiter, weil die Sonne schien, kaum Verkehr war und in der Luft ein wenig Chlor hing, so als könne man es riechen, daß die Freibäder gerade aufgemacht haben.

Als Löhr spät am Morgen aufgewacht war, aus dem Fenster hinaus geschaut und gesehen hatte, daß es ein herrlicher Tag werden würde, dazu noch ein dienstfreier, hatte er beschlossen, ihn mit einem kleinen Spaziergang zu beginnen. Beim Bereiten des Tees war ihm zwar eingefallen, daß am Abend Irmgard aus Italien zurückkommen würde, er versprochen hatte, sie vom Bahnhof abzuholen und er vorher sowohl die Wohnung in einen ehegemäßen Zustand zurückversetzen als auch ein ordentliches Abendessen vorbereiten mußte, doch er war trotz dieses Berges von Pflichten bei seinem Vorsatz geblieben. Der Tag war noch jung, zu jung, um ihn mit der Erfüllung lästiger Aufgaben zu beginnen, und im übrigen kam der Zug aus Florenz erst um sieben an. Zeit genug. Zumal sein Fall kurz vor der Aufklärung stand. Jedenfalls hatte er übers Wochenende das Seine getan. Morgen würde sich zeigen, ob er richtig lag. Und er war jetzt ganz sicher, daß er richtig lag. Vielleicht waren ein oder zwei Punkte korrekturbedürftig. Aber das war mehr oder weniger belanglos. Er glaubte, den Fall kapiert zu haben. Das war die Hauptsache.

Er war die Engelbertstraße hinunter bis zum Zülpicher Platz gegangen, dann die Zülpicher Straße stadtauswärts, und als er hinter der neuen Unimensa schon rechts auf die Uniwiesen in Richtung des inneren Grüngürtels einbiegen wollte, fiel ihm ein, daß es von hier doch eigentlich gar nicht so weit bis zur Palanter Straße war. Ein Katzensprung. Wieso nicht mal kurz bei Gregor Hamacher, genannt Greggi, der großen Liebe seiner alten Tante Lisa, vorbeischauen?

Das Licht, das die Bäume auf dem de-Noel-Platz durch ihre schütteren Kronen ließen, bildete beinahe südländische Kringel um die Hundehaufen, die, einer dicht neben dem anderen, den Platz umringten und in der Vormittagshitze friedlich vor sich hin trockneten. Die Luft in der baumlosen Palanter Straße war über dem Asphalt schon ein wenig erhitzt, fast schien es Löhr, als vibriere sie. Kein Mensch auf der Straße. Löhr dachte daran, daß hier in den zwanziger und Anfang der dreißiger Jahre eine Kommunisten-Hochburg gewesen sein sollte. Hatte jedenfalls Opa Jakob, sein Namensgeber und Vater seiner Mutter, immer erzählt. Daß sich in die »Proletenstraße«, wie er sie nannte, keine SA-Trupps hinein getraut hätten. Die wären aus den oberen Stockwerken aus Pisspötten beschüttet worden. Es war wenig Proletarisches übriggeblieben in der Palanter Straße. Die Häuser auf jeden Fall waren frisch renoviert, zumindest neu angestrichen, und die Wohnungen darin zu Studenten-Appartements zurechtgestutzt worden. Wahrscheinlich stellte Bübs Büdchen das letzte Refugium der noch nicht nach Chorweiler und Neubrück ausgesiedelten Arbeiterklasse dar. Und das Haus, in dem Greggi wohnte. Das einzige in der Zeile, das noch nicht saniert war.

Die Haustür war wie beim letzten Mal nicht im Schloß, und er konnte sie einfach aufstoßen. Vor Greggis Tür blieb er ein paar Augenblicke lang stehen, bevor er auf den Klingelknopf drückte. Von innen war in einigen Abständen ein leises »Plop« zu hören. Ein Geräusch, das Löhr nicht zu deuten wußte. Er klingelte. Nach geraumer Zeit ein Schlurfen hinter der Wohnungstür.

»Ja? Wer is da?« Greggis Stimme.

Löhr wußte nicht, was er antworten sollte. Greggi konnte mit seinem Namen nichts anfangen. Und er hatte keine Lust, im Modergeruch hier draußen auf dem Flur längere Erklärungen über das Leben seiner Tante Lisa und seine verwandtschaftlichen Beziehungen zu ihr abzugeben. Also sagte er: »Löhr. Kriminalpolizei.«

Mit einem Ruck wurde die morsche Tür aufgerissen. Greggis silbernes Haar, vor zwei Tagen noch zu einem kunstvollen Turm hoch drapiert, hing in dünnen Strähnen um den greisenhaft knochigen Kopf und gab alarmierend viele rosafarbene und mit Altersflecken übersäte kahle Stellen frei. Sein ebenso greisenhaft klappriger Körper steckte in einem gräulichen Feinripp-Unterhemd mit dünnen Trägern und einer Adidas-Trainingshose. An den nackten Füßen, deren gelbe Zehennägel komplett vom Pilz zerfressen waren, trug Greggi blau-weiß-gestreifte Badeschlappen, die Löhr unter dem feinsinnigen Namen »Adiletten« bekannt waren.

»Iss jett passiert?«

Die Frage der Unschuldigen. Immerhin. Pluspunkt für Greggi. Der schien – zur Zeit jedenfalls – nicht mehr im Betrugsgeschäft zu sein.

»Nein«, antwortete Löhr. »Ich komme in einer privaten Angelegenheit.«

»Privat? Wat hann ich dann mit der ...?« Greggi schluckte das Wort »Schmier« gerade noch herunter.

»Meinen Sie, ich könnte für 'nen Augenblick reinkommen?«

Greggi starrte ihn verdutzt an, dann wies sein ausgemergelter nackter Arm ins Innere der Wohnung. Löhr trat ein. Greggi führte ihn in sein Wohnzimmer und zu einem abgewetzten Sessel, von dem er schnell eine Pappschachtel mit Resten von Fritten und zwei Dutzend leere Stern-Kölsch-Bierdosen räumte. Löhr setzte sich und konnte jetzt das »Plop«, das er von draußen gehört hatte, identifizieren. Er sah im 65er Bildschirm ihm gegenüber die Wiederholung der Golf-Highlights der vergangenen Woche. Auf »Premiere-World« gab es Sonntagmorgens offensichtlich noch keinen Fußball.

»Die Sache ist die«, wandte sich Löhr an Greggi, der sich in einigem Abstand von ihm ans Fenster gestellt hatte, seine silberne Haartolle hochzutrimmen versuchte und ihn dabei mißtrauisch beobachtete. »Ich habe eine Tante. – Lisa Höveler.«

Keinerlei Anzeichen eines Verstehens in der Miene des Ex-Liebhabers. Löhr fiel jetzt auch ein, daß der Mann ihn nicht wiedererkannt hatte, obwohl er ihn doch vor zwei Tagen in Bübs Büdchen gesehen haben mußte. Vielleicht glich sein Gedächtnis der Ruine seines Körpers?

»Ich glaube, Sie waren einmal mit ihr zusammen, ich meine, irgendwie liiert, mit Lisa ...«, sagte er laut.

»Lisa wie?«

»Lisa Höveler. Höveler. Ihr Vater war Kohlenhändler, ein paar Straßen weiter. In der Gustavstraße.«

»Höveler, Höveler? Nee. Sagt mir nix. Und Kohlenhändler ...?«

»Das war gleich nach dem Krieg. Vielleicht auch Ende der Vierziger …«

»Dat ist lang her.« Greggi massierte seine faltige Stirn, als könne er seinem Gedächtnis dadurch auf die Sprünge helfen. »Lisa, Lisa …«

»Klein. Hübsch. Vielleicht die Nase ein bißchen zu rund. Aber ansonsten wirklich hübsch.«

Greggi hob beim Einatmen seine Hühnerbrust. Ein weiteres Zeichen verzweifelter Anstrengung, sich in die Gefilde seiner Jugend zurückzuversetzen. »Lisa? Nee! – Und wieso überhaupt …?«

Löhr überging schnell die letzte Frage des Alten. »Sie hatte eine Schwester. Die hieß Helga.«

Ein Aufblitzen in den wäßrigen Augen des alten Mannes. »Wat haben Sie gesagt? Ende vierziger? Warten Se mal. Helga, Helga, – ja natürlich. Da hab ich mit 'nem Helga poussiert. Klar. Und nit nur poussiert. Ha, ha. – Dat Helga. 'n bißchen stämmig. Aber 'ne Zucker-Schuß!«

»Und die, die hatte 'ne Schwester. Und die hieß Lisa.«

»Warten Se mal. – Ja. Dat ist richtig. Da gab es irgend so was. 'ne Schwester. Ja. Genau …«

Es folgte ein minutenlanges Schweigen, in dem Greggi den Kopf gesenkt hielt und sich dabei mit beiden Händen an die Stirn faßte – die beinah dramatische Inszenierung eines verzweifelt Grübelnden. Löhr sah ihm dabei zu und stellte fest, daß Greggis Kopf so gut wie kahl war. Was die Frage aufwarf, wo die Silbertolle wachsen konnte – oder woran und womit sie am Kopf befestigt wurde.

Endlich kam ein Röcheln aus der schmalen Brust des alten Mannes, gefolgt von einem Räuspern, und dann sagte Greggi mit Grabesstimme: »Ich glaub, ich weiß wieder, wer dat war und wie dat damals gewesen war mit den zwei Schwestern …«

»Wirklich?« Löhr hatte keinen Funken Vertrauen in das Gedächtnis Greggis. Doch Greggi nickte heftig, und in seine faltige Miene trat ein Ernst, den Löhr dort nicht erwartet hatte.

***

So früh hatte er das Bürogebäude in der Löwengasse schon lange nicht mehr betreten. Halb acht. Eine halbe Stunde vor der allmorgendlichen Frühbesprechung im KK11. Aber da wollte er jetzt auch noch gar nicht hin. Zuerst mußte er unbedingt Fischenich im KK41 sprechen. Die saßen ein Stockwerk über dem KK11.

Im Aufzug mußte er vor sich hin lachen. Kaum hatte sie gestern abend die Wohnung betreten, hatte Irmgard damit begonnen, ihre in Siena gemalten Aquarelle auszupacken und sie überall in der Wohnung aufzustellen, auf den Schränken, den Regalen, schließlich auf dem Boden. Und zu jedem einzelnen ihrer Werke hatte sie von Löhr eine Stellungnahme verlangt. Von ihm, dem absoluten Kunstbanausen, der noch nicht einmal den Unterschied zwischen Impressionismus und Expressionismus kannte! Und wehe, er versuchte zu pfuschen und eines der Bilder zu überspringen! Streng hatte Irmgard ihn dann zurück zitiert und mit um so größerem Nachdruck seine Meinung zu dem Bild verlangt. Sie begnügte sich keineswegs mit einem gemurmelten »schön« oder »sehr schön«, sondern erwartete ausführliche Nachfragen: Was das denn nun für eine Landschaft, welches Gebäude dies, welcher Brunnen oder welcher Torbogen das sei. Und währenddessen lebte er in ständiger Angst, der Hasenrücken in der Röhre könnte austrocknen. Aber natürlich hatte er mitgespielt. Nicht, weil ihm nichts anderes übrigblieb, sondern weil er diesen kindlich-gespannten Gesichtsausdruck an ihr so liebte, ihren Stolz auf ihr Werk, ihre Freude an der Anerkennung dafür. Und überhaupt. Irmgard konnte sich an fast allem freuen. Das war ihre beste Eigenschaft, zumindest die, die Löhr am meisten an ihr schätzte. Wie lebendig die Welt wurde, wenn Irmgard sie betrachtete und über die kleinsten Dinge in Begeisterungsschreie ausbrechen konnte. Er konnte dankbar sein, daß er durch sie ein bißchen davon mitbekam, von dieser Freude am Leben. Er, der es Tag für Tag nur mit den Schattenseiten zu tun hatte …

Fischenich war schon bei der Arbeit, saß hinter seinem vor Aktenordnern überquellenden Schreibtisch, las und machte Notizen, als Löhr eintrat.

»Morgen!« sagte er, wegen der Erinnerung an den angenehmen Abend mit Irmgard immer noch in bester Laune. Fischenich schaute auf. Sein »Morgen!« klang ein wenig erstaunt. Kollegen, die Montagmorgens in aller Frühe und dann noch in Hochstimmung ins Büro kommen, sind auch bei der Polizei eine Ausnahme.

»Arbeiten Sie etwa immer noch am Dachdecker-Kartell-Fall im Generalvikariat?« fragte Löhr, vielleicht einen Ton zu flapsig. Doch erstaunlicherweise nahm Fischenich Löhrs gute Laune auf.

»Immer noch?« grinste er. »Wir haben gerade erst angefangen!«

»Oh!« grinste Löhr nun seinerseits. »Und *wir* kommen gleich zum Abschluß!«

»Nein!« protestierte Fischenich, nun nicht mehr so breit grinsend.

»Na ja«, machte Löhr, breitete die Arme aus und zog sich dann einen Stuhl heran. »So gut wie. Wir haben gleich die beiden Haupttatverdächtigen zum Verhör. Danach wissen wir alles – zumindest wissen wir mehr. Zum Beispiel, ob es noch einen dritten Mann gibt ...«

»Aber?« fragte Fischenich.

»Na ja«, sagte Löhr. »Es wäre vielleicht ganz hilfreich, wenn ich vorher noch ein paar Kleinigkeiten in Erfahrung bringen könnte.«

»Und die wären?« Fischenich lehnte sich zurück.

»Also erstens, was für einen Umfang das ganze Geschäft hatte. Wieviel Geld im Spiel war. Ob sich das für die einzelnen überhaupt gelohnt hat.«

Fischenich lachte auf, schlug mit der flachen Rechten auf die Akte vor sich. »Gelohnt? – Wir haben mal überschlagen. Wir sind davon ausgegangen, daß das Kartell so seit sechs, sieben Jahren funktioniert.«

»So lange schon?«

»Ja. Und wissen Sie, um was die das Generalvikariat beschissen haben? Raten Sie mal! Sagen Sie mal 'ne Hausnummer!«

»Eine Million?« sagte Löhr vorsichtig.

»*Eine*? – Nee, lieber Kollege! – Zwanzig Millionen! *Zwanzig*!«

Löhr war sprachlos. »Oh Gott!« sagte er schließlich. »Dann hat es sich also ganz schön gelohnt.«

»Das kann ich Ihnen flüstern.«

»Dann war für die Beteiligten viel mehr drin, als ich bisher gedacht habe«, sagte Löhr nachdenklich.

Fischenich nickte. »Die haben alle abgezockt. Die Dachdeckerfirmen haben beispielsweise bei den Rechnungen für den in Köln üblichen Moselschiefer fast immer hundert Prozent draufgeschlagen. Kein Mensch im Generalvikariat hat das moniert. Die stecken also auch mit drin. Genauso die Architekten. Das ist ein Sumpf ohne Ende.«

»Das heißt, ihr kommt voran?«

»Wir haben jetzt schon sechzig Kirchen durch, wo bei den Bauarbeiten manipuliert worden ist. Ja. Wir kommen voran. Langsam, aber stetig.«

»Schön«, sagte Löhr. »Ich hab aber noch ein zweites Problem.

St. Kunibert. Das Dach von St. Kunibert soll demnächst komplett neu eingedeckt werden. Ist Ihnen da was untergekommen bei der Ausschreibung und der Auftragsvergabe?«

Fischenich schüttelte den Kopf. »Soweit sind wir noch nicht. Das müßte ja Anfang diesen, Ende letzten Jahres gewesen sein, – Ausschreibung und Auftragsvergabe?«

»Vermutlich ja.«

Fischenich stand auf und ging auf eine Reihe am Boden stehender Aktenordner zu. »Wir sind bisher chronologisch vorgegangen. Sind erst bei 1997.« Er bückte sich, legte den Kopf schief und ging die Ordner durch. Dann zog er einen heraus. »Hier drin müßte die Kuniberts-Geschichte sein.« Er kehrte mit dem Ordner zu seinem Schreibtisch zurück, klappte ihn auf, blätterte darin.

»Tatsächlich.«

»Darf ich mal einen Blick reinwerfen?« fragte Löhr.

»Klar doch.«

Löhr stand vom Stuhl auf, aber er war noch nicht ganz hinter Fischenichs Schreibtisch, als der ein erstauntes »Ach!« von sich gab.

»Was ist?«

»Der Lippegau hat bei dieser Ausschreibung mitgeboten!«

»Hab ich doch so was geahnt«, murmelte Löhr.

»Der ist als letzter ins Bieten eingestiegen. Hat sein Angebot einen Tag, nachdem die Frist abgelaufen war, nachgereicht.«

»Das ist *wirklich* interessant«, sagte Löhr, der jetzt hinter Fischenich stand und ihm über die Schulter auf das Angebotsschreiben blickte.

»Wie würden Sie sich das erklären?« fragte er Fischenich.

Der zuckte die Schulter. »Den hat irgendeiner wieder mit ins Boot geholt. – Was heißt, daß der nicht derjenige sein kann, der die Sache verpfiffen hat.«

»Oder gerade doch«, murmelte Löhr nachdenklich.

»Wie meinen Sie das?«

»Weiß ich noch nicht so genau. Er ist rausgeflogen, weil er schlecht gearbeitet hat oder wegen sonst was. Dann hat er aus Rache das Kartell verpfiffen. Und jetzt darf er wieder mitspielen ...«

»Aber warum? Ist doch nicht normal!« Fischenich schnippte mit der Rechten gegen das Blatt in seiner Linken.

»Vielleicht wußte er zuviel. Oder hat eine Gegenleistung dafür erbracht, daß sie ihn wieder mitreinnehmen. Oder beides ...«

»Wie kommen Sie da drauf?«

Löhr zuckte die Schulter. »Nur so eine Idee. Aber die würde ganz gut in unseren Mordfall passen.«

»Sie glauben, Lippegau ist ...?«

»Ich weiß es nicht. Noch nicht«, sagte Löhr. »Ach übrigens, können Sie vielleicht irgendwie rauskriegen, warum das Dach von Kunibert neu eingedeckt werden soll? – Die letzte Dachstuhlsanierung, habe ich erfahren, ist nämlich gerade mal fünfzehn Jahre her.«

Fischenich blätterte in seinem Aktenordner zurück, wieder nach vorn, wieder zurück, stutzte und zeigte dann auf eine maschinengeschriebene Seite, auf deren Kopf »Der Kirchenkonservator Erzbistum Köln« stand.

»Hier«, sagte er. »Ein Gutachten über das Dach von St. Kunibert.«

»Ach ja!« sagte Löhr. »Meinen Sie, ich könnte mir das mal kurz ausleihen?«

»Klar«, sagte Fischenich. »Aber wofür?«

»Ich möchte es in Ruhe lesen«, sagte Löhr. »Und ich gehe jede Wette mit Ihnen ein, daß ich dann finde, wonach ich suche.«

»Und was suchen Sie?«

»Wetten Sie?«

»Na schön«, lachte Fischenich, löste das Gutachten aus dem Aktenordner und reichte es Löhr. »Um was geht's?«

»Ich wette, daß darin«, Löhr tippte auf das Gutachten. »Daß darin der Name Henning auftaucht – als Auftraggeber des Gutachtens!«

***

Söntgenrath war ein kleiner Mann, höchstens einssechzig groß, nahezu zierlich. Sein kleines rundes Gesicht wurde von einer braunen Hornbrille dominiert, an der er ständig nervös ruckelte.

»Montagabend war ich, wie gesagt, bis abends um elf, also bestimmt bis elf, auf meiner Baustelle in Hoffnungsthal. Danach bin ich gleich nach Hause gefahren.«

»Gibt es Zeugen für Ihren Aufenthalt auf der Baustelle?« fragte Löhr, der hinter seinem Schreibtisch saß und wie beiläufig in der Henning-Ermittlungsakte blätterte.

»Ja. Der Fliesenleger, mit dem ich zusammen an dem Abend das obere Bad gekachelt habe.«

»Hat der einen Namen und eine Adresse?«

»Er ist Pole«, sagte Söntgenrath zögernd und räusperte sich. »Ein Schwarzarbeiter sozusagen ...«

»Der hat von uns nichts zu befürchten«, sagte Löhr. »Wir untersuchen hier einen Mord – und nicht Schwarzarbeit.« Aha. Da war der Obduktionsbericht. Erfahrungsgemäß trug der Pathologe die Körpermaße und das Gewicht des Obduzierten ein. Da hatte er es noch einmal Schwarz auf Weiß: Henning war zu Lebzeiten einzweiundachtzig groß gewesen und hatte an die zweihundert Pfund gewogen. Ein sehr fülliger Domprobst. Wenn der sich auch nur die Spur wehrt – ein solches Männlein wie dieser Söntgenrath kann den allleine nie geschafft haben ...

Söntgenrath wand sich auf seinem Verhörstuhl. »Also gut. Ich schreib Ihnen den Namen auf. Und die Telefonnummer. Adresse hab ich nicht.«

»Schön«, sagte Löhr, riß ein Blatt von seinem Notizblock und nahm einen Kuli aus dem Halter am Kopf seines Schreibtischs.

»Darf ich hier rauchen?« fragte der, nachdem er Blatt und Kuli in Empfang genommen hatte.

»Aber gerne!« sagte Löhr. »Mein Kollege, mit dem ich mir normalerweise das Büro teile, ist auch Raucher.« Er stand auf, ging zu Essers verwaistem Schreibtisch, reichte Söntgenrath einen von Essers Aschenbechern und beobachtete ihn dabei, wie er ein Päckchen Zigaretten aus der Jackettasche kramte, sich eine Zigarette ansteckte, gierig daran zog und dann etwas auf das Blatt, das Löhr ihm gereicht hatte, kritzelte. Die Halbtagssekretärin aus dem Geschäftszimmer, die an einem Nebentisch Protokoll schrieb, nutzte die Pause, kramte ebenfalls eine Packung Zigaretten aus ihrer Handtasche und sah Löhr fragend an. Der nickte und trug einen weiteren von Essers Aschenbechern zu ihr hinüber.

Gleich nach der Frühbesprechung, auf der sie nur das Allernotwendigste über ihren Fall berichtet hatten, um peinlichen Nachfragen von Schuhmacher vorzubeugen, hatten er und Esser sich kurz für das geplante Doppelverhör abgesprochen, während ihre beiden Verdächtigten – Krinke und Söntgenrath – im Geschäftszimmer warteten. Esser war damit einverstanden gewesen, daß Löhr sich Söntgenrath vornahm, während er Krinke im gerade leer stehenden Büro der beiden Kollegen von der Brandermittlung verhörte. Sie hatten verabredet, daß sie sich alle zwanzig Minuten auf dem Flur treffen, die Informationen beziehungsweise Aussagen, die sie von ihren Verdächtigen bekommen hatten, miteinander abstimmen und gegebenenfalls auf Widersprüche abklopfen würden. Löhr sah auf die Uhr. Er hatte noch zehn Minuten Zeit bis zum ersten Treffen mit Esser.

»Gut«, sagte er, während er den von Söntgenrath beschriebenen Zettel an sich nahm. Er wies auf Söntgenraths Zigaretten. »Übrigens: Interessante Marke, die Sie da rauchen. Hab ich noch nie gesehen.«

»Die?« Irritiert nahm Söntgenrath sein Zigarettenpäckchen hoch. »›American Spirit‹. Sind ohne chemische Zusätze …«

»Ach ja!« sagte Löhr. »Darf ich mal?«

»Ja natürlich –«

»Keine Angst. Ich rauche nicht. Will nur mal sehen …« Söntgenrath reichte Löhr das Päckchen, der klopfte eine Zigarette heraus, betrachtete kurz die Banderole, stopfte die Zigarette dann wieder in das Päckchen hinein und reichte es Söntgenrath zurück. »Sehr schön!«

Löhr kehrte zu seinem Schreibtisch zurück, setzte sich aber nicht in den Sessel, sondern lehnte sich an die Schreibtischkante und fixierte Söntgenrath, der mit einer fahrigen Bewegung seine gerade halb gerauchte Zigarette im Aschenbecher ausdrückte.

»Kommen wir jetzt mal zu St. Kunibert«, sagte er, das »Kunibert« ein wenig gedehnt.

»Kunibert?«

Löhr konnte keine zusätzliche Reaktion zu der ohnehin offensichtlichen Nervosität des kleinen Mannes beobachten. Das würde sich noch ändern.

»Ja. Kunibert. Da soll doch das Dach komplett saniert werden, oder nicht?«

»Ja, ja, natürlich, die Geschichte. Ja, das haben wir ausgeschrieben.«

»Wer kriegt denn nun den Zuschlag?«

»Tja, das ist noch nicht ganz raus. Es sind noch zwei Bieter im Rennen, zwei Dachdeckerbetriebe. Wir prüfen deren Angebote noch.«

»Lippegau und Petri, richtig?«

»Ja. Aber woher …?« Söntgenrath verschluckte den Rest seiner Frage. Er kam ins Schwimmen. Für was für einen trotteligen Verein hielt er eigentlich die Kripo?

»Wieso kam der Lippegau so spät mit seinem Angebot? Eigentlich war die Frist doch schon um! Wieso haben Sie ihn noch mit reingeholt?«

Statt gleich zu antworten, klopfte Söntgenrath eine neue Zigarette aus seiner Packung, zündete sie an, inhalierte hektisch. »Das ist 'n guter Handwerksbetrieb. Kostengünstig, zuverlässig –«

»So zuverlässig, daß der drei Jahre lang keinen einzigen Auftrag mehr von Ihnen gekriegt hat?«

»Es gab zwischenzeitlich Schwierigkeiten. Der kriegte nicht genug Leute.«

»Das hat der mir auch gesagt ...«

»Sie haben ... Sie waren ...?« Es war förmlich zu sehen, wie die Angst in dem Mann hochstieg, wie er sich immer mehr eingekreist fühlte. Er wußte noch nicht einmal mehr, wie er die Zigarette – seinen einzigen Halt in dieser Situation – anfassen sollte, drehte sie zwischen den Fingern, legte sie kurz im Aschenbecher ab, nahm sie wieder auf, inhalierte.

»Und das Seltsame war«, fuhr Löhr fort, »daß er mir verschwiegen hat, daß er bei Kunibert mitgeboten hat, daß er wieder mit im Kartell ist! Ist doch komisch, oder? Haben Sie eine Erklärung dafür?«

»Welches Kartell?«

»Da kommen wir später noch zu, Herr Söntgenrath. Aber zuerst mal was ganz anderes ...« Löhr schaute auf die Uhr. Noch fünf Minuten bis zu seiner Verabredung mit Esser. Gutes Timing.

»Waren Sie schon einmal oben auf dem Dachboden von St. Kunibert?«

»Ja. Vor ungefähr fünfzehn Jahren. Als wir das Dach das erste Mal saniert haben.«

Löhr glaubte, ein leichtes Zittern in der Stimme des anderen gehört zu haben. »Jetzt nicht? Ich meine, vor kurzem?«

»Nein.«

»Ganz sicher?«

»Ja, ja. Ich kenne das Dach. Das brauchte ich mir nicht noch mal anzusehen.«

»Sie sind sich also ganz sicher, daß sie letzten Montagabend nicht auf dem Dach von St. Kunibert waren?«

»Letzten Montag? Nein, da war ich doch ... Nein, ich war da nicht!«

Löhr sah Söntgenrath eine Weile an, ohne etwas zu sagen. Dann kramte er in der Tasche seines Jacketts nach der Asservatenfolie, in die er die auf dem Dachboden von St. Kunibert gefundenen Zigarettenkippen inzwischen verstaut hatte, zog das Briefchen hervor, ging zwei Schritte auf Söntgenrath zu und zeigte ihm die drei Zigarettenstummel, drehte dabei die Folie so, daß der andere die Banderole auf den Zigaretten sehen konnte.

»Kennen Sie die Marke?«

»Meine ...«

»Ja. Ihre Marke. Ziemlich selten. Sehr selten. Die gibt es nur in zwei Zigarettenläden in der Stadt.«

»Ja, das ist wahr. Aber ...«

»Und wissen Sie, wo ich diese drei Kippen gefunden habe?«

Keine Antwort. Hinter den Brillengläsern blitzte Panik in Söntgenraths Augen auf. Er wurde bleich.

»Richtig!« sagte Löhr. »Auf dem Dachboden von St. Kunibert!«

Löhr sah, wie Söntgenrath verkrampfte, zumindest krampfhaft versuchte, einen gleichgültigen Gesichtsausdruck zu bewahren. Das war immer ein kritischer Punkt im Verhör. Wenn der Verhörte sich in die Enge getrieben sieht, hat er zwei Möglichkeiten: Entweder versteift er sich weiter aufs Lügen oder er kippt um, fängt an, Stück für Stück zuzugeben, auszupacken, zu gestehen. Und für den Verhörenden gibt es auch nur zwei Möglichkeiten: Entweder bohrt er an diesem Punkt nach, zieht die Kreise noch enger – oder er macht eine Pause. Die erste Möglichkeit birgt die Gefahr, daß sich der Verhörte so sehr auf seine Lügen und Ausflüchte versteift, daß er am Ende, wenn er sich zu sehr in Widersprüche verwickelt hat, jede weitere Aussage verweigert. Dagegen gibt man ihm, wenn man eine kurze Pause einlegt, die Chance, seine Situation noch einmal zu überdenken. Und dazu hatte Söntgenrath wirklich allen Grund.

Das Telefon klingelte. Löhr nahm ab. Es war Weber von der Sitte.

»Ich habe was für Sie«, sagte Weber.

»Ach ja?«

»Die vom BKA haben das Bild von dem Jungen in ihrem Täterprofil-Programm.«

»Nein!« Sollte die Geschichte, so kurz vor der Aufklärung und der Überführung eines der Täter, jetzt doch noch eine andere Wendung kriegen? Möglicherweise noch komplizierter werden? Er sah zu dem vor sich hin brütenden Söntgenrath hinüber. Waren die Dachdecker-Schiebereien nur der Gipfel eines Eisberges?

»Ja und?« fragte Löhr schließlich laut ins Telefon.

»'ne merkwürdige Geschichte«, sagte Weber am anderen Ende. »Der Junge heißt nämlich Florian Henning.«

»Henning? Henning wie der Domprobst?«

»Genau so«, sagte Weber. Löhr blickte noch einmal zu Söntgenrath. Der hatte, als der Name Henning fiel, kurz aufgeblickt.

»Ich ruf Sie gleich zurück«, sagte Löhr ins Telefon. »Bin gerade in einer Vernehmung.« Er legte auf und sah auf die Uhr. Noch zwei Minuten bis zu der Verabredung mit Esser.

»Sie entschuldigen mich bitte einen Augenblick«, sagte Löhr zu Söntgenrath und tauschte mit der Sekretärin einen kurzen Blick, der sie darin erinnern sollte, alles, was Söntgenrath in seiner Abwesenheit sagen würde, zu protokollieren. Dann ging er schnell aus dem Büro.

Esser war noch nicht im Flur. Er hatte also noch Zeit, vom Geschäftszimmer aus zuerst Weber anzurufen, dann den Erkennungsdienst und am besten auch schon mal gleich den Staatsanwalt und vielleicht noch Engstfeld zu bitten, schon mal ein Fäßchen Kölsch zu besorgen …

Widerwillig überließ ihm Engstfeld einen seiner Apparate. Weber ging gleich dran.

»Was hat's denn mit diesem Florian Henning auf sich?«

Weber lachte. »Der Junge ist ein Neffe von Ihrem Henning.«

»Ein Neffe? Und wie kommt der in die BKA-Kartei?«

»Er ist vor drei Jahren mal sexuell belästigt worden, von 'nem Kerl.«

»Nicht von unserem Domprobst?«

»Nein. Das ist auszuschließen. Das hat sich in Bayern abgespielt, in irgend einem Kaff am Ammersee.«

»Und weiter?«

»Die Kollegen in Bayern haben den Fall damals in die Kartei aufgenommen, weil das ganze Drum und Dran, wie es passiert war, das hatte Ähnlichkeiten mit einem anderen Fall, der mit einer Tötung endete. Die sammelten Material, um ein Täterprofil erstellen zu können.«

»Verstehe«, sagte Löhr. »Und danke auch.« Gott sei Dank! Keine Päderasten-Geschichte! Und auch keine um einen unehelichen

Sohn des Domprobstes. Fehlanzeige mit dem Foto. Aus irgendeinem Grund hatte Henning ein neues Bild über das Foto des Jungen gelegt. Tatsächlich harmlos. Sie waren von Anfang an auf der richtigen Spur gewesen. Aber immerhin hatten sie nichts ausgelassen. Er rief unter dem mißmutigen Blick Engstfelds, der es absolut nicht gern sah, wenn eines seiner Telefone blockiert wurde, zuerst den Erkennungsdienst, dann den Staatsanwalt an.

Als er aus dem Geschäftszimmer zurückkam, marschierte Esser bereits ungeduldig über den Flur.

»Und?« fragte Löhr.

Esser zuckte die Schulter. »Aus dem Krinke krieg ich nicht mehr raus als wie beim letzten Verhör.«

»Hast du ihm seine Kontoauszüge mit den Bareinzahlungen gezeigt?«

»Klar. Aber der hat für jede eine Erklärung. Spielgewinne. Und das dauert, bis wir das überprüft haben.«

»Hm«, machte Löhr.

»Und bei dir? Was ist mit Söntgenrath?« fragte Esser.

»Ich komm langsam weiter«, sagte Löhr knapp. Es erschien ihm im Augenblick nicht ratsam, Esser vollständig in seine Theorien einzuweihen. »Aber paß mal auf. Frag Krinke doch mal ein bißchen ausführlicher nach dem Lippegau.«

»Lippegau?«

»Lippegau ist der Dachdecker, der das Kartell an Henning verpfiffen hat. Glaub ich zumindest.«

»Ja, richtig. Fischenich hat den mal erwähnt ...« Esser griff sich grübelnd an die Stirn. »Wie kommst du jetzt auf den?«

»Sag ich dir gleich. Folgendes: Lippegau ist vor drei Jahren aus dem Kartell rausgeflogen. Weswegen, kann ich nur vermuten. Spielt aber jetzt auch keine Rolle. Tatsache ist, daß er jetzt auf einmal wieder drin ist und einen dicken Auftrag kriegt – St. Kunibert. – Bohr mal weiter bei Krinke nach. Ich könnte mir vorstellen, das bringt was.«

Essers hatte seinen Mund geöffnet, während Löhr sprach, und ihn bis jetzt nicht wieder geschlossen.

»Das hab ich gerade aus Söntgenrath rausgekriegt«, schob Löhr eine halb gelogene Erklärung nach. Es war jetzt wirklich zu kompliziert, Esser auf die Schnelle in seine eigenen Recherchen und Schlußfolgerungen einzuweihen.

»Aha!« Essers Mund klappte zu. »Lippegau, hast du gesagt?«

»Ja«, sagte Löhr.

Als er wieder in sein Büro kam, suchte er zuerst den Blickkontakt mit der Sekretärin. Die schüttelte unmerklich den Kopf. Er sah zu Söntgenrath hinüber. Der saß aufrecht wie ein Ladestock auf seinem Stuhl und war noch fahler als vorhin. Mal sehen. Löhr lehnte sich wieder an die Schreibtischkante.

»Und? Haben Sie inzwischen mal Ihr Gedächtnis aktiviert und überlegt, wie Ihre Zigaretten auf den Dachboden von St. Kunibert gekommen sind?« wandte er sich in einem fast freundschaftlichen Ton an Söntgenrath.

»Ich möchte meinen Anwalt sprechen«, sagte der, fast tonlos. Aha. Er hatte also quasi schon aufgegeben.

»Natürlich«, sagte Löhr im gleichen Ton wie vorhin. »Darf ich vorher die Protokollantin anweisen, von jetzt an unser Gespräch von einer Zeugenaussage in ein Beschuldigten-Verhör umzudeklarieren? Reine Formsache.« Löhr suchte den Blick der Sekretärin. Die nickte, konzentrierte sich dann auf ihre Schreibmaschine, tippte.

»Was heißt das?« Die Frage kam aus Söntgenraths Mund wie ein Aufschrei.

»Herr Söntgenrath!« Löhr versuchte, seiner Stimme einen väterlichen Ton zu geben. »Sie *waren* doch letzten Montag oben auf dem Dach von Kunibert – oder?«

»Ich möchte meinen Anwalt sprechen.«

»Der Unterschied zwischen einer Zeugenaussage und der Vernehmung als Beschuldigter besteht im wesentlichen darin, Herr Söntgenrath, daß Sie sich von nun an nicht mehr selbst zu belasten brauchen. Das heißt, Sie können die Aussage verweigern.«

Söntgenrath schwieg und Löhr meinte beobachten zu können, wie er schrumpfte, wie seine Gliedmaße, seine Arme, Hände, Beine, Füße gleichsam in ihn hineinwuchsen. Löhr schwieg ebenfalls. Die Sekretärin hörte auf zu tippen und schaute auf ihre Tasten. Löhr beschloß, so lang zu schweigen, bis entweder Söntgenrath selbst anfing, wieder zu sprechen oder bis der Bote vom Erkennungsdienst kam. Er brauchte nicht allzulange zu warten. Es klopfte, und ein älterer Mann in einem grauen Kittel kam mit einem in eine Plastikfolie eingeschweißten Gipsblock unter dem Arm hinein.

»Geben Sie's mir!« sagte Löhr und nahm den Gipsblock in Empfang. »Danke.«

Der Mann ging wieder hinaus, Löhr betrachtete kurz den Abdruck, stellte ihn dann auf seinen Schreibtisch, riß den mit Tesafilm angehefteten Umschlag ab und las den darin steckenden Bericht. Dann nahm er den Gipsblock hoch, ging damit zu Söntgenrath und zeigte ihn ihm.

»Wissen Sie, was das ist, Herr Söntgenrath?«

Söntgenrath warf einen unwilligen Blick auf den Block. »Gips«, sagte er schließlich mit zusammengebissenen Zähnen.

»Richtig!« sagte Löhr in einem Ton, als habe Söntgenrath eine Trivial-Pursuit-Frage richtig beantwortet. »Genauer aber ist es ein Reifenabdruck aus Gips. Und haben Sie schon eine Vermutung, um welche Reifen es sich dabei handeln könnte?«

»Ich möchte jetzt meinen Anwalt sprechen.«

»Ja, natürlich, sofort«, sagte Löhr. »Lassen Sie mich nur bitte das noch gerade zu Ende bringen. Ich sage Ihnen nämlich jetzt, woher dieser Reifenabdruck hier stammt. Vom Lkw von Herrn Lippegau! Hätten Sie das vermutet?«

Söntgenrath schwieg, aber wenn es innerhalb des Farbtons »Kreidebleich« Nuancierungen gab, hätte Löhr darauf gewettet, daß er noch ein oder zwei Töne bleicher geworden war.

»Diesen Abdruck hier«, Löhr tippte auf die Rillen im Gips, »haben wir vor St. Kunibert gemacht. Und zwar genau an der Stelle, über der es oben auf dem Dach ein mannsbreites Loch gibt. Das Loch, hinter dem ich Ihre Zigarettenkippen gefunden habe. – Was sagen Sie dazu?«

Söntgenrath hatte den Kopf gesenkt.

»Und soll ich Ihnen noch was über diesen Gipsabdruck hier erzählen, Herr Söntgenrath?«

Der andere schwieg immer noch mit gesenktem Kopf.

»Dieser Reifenabdruck hier von St. Kunibert«, Löhr tippte auf den Gipsblock, »der ist identisch mit einem Reifenabdruck, den wir am Morgen nach der Ermordung von Domprobst Henning am Rheinauhafen gefunden haben. Ist doch komisch, oder?«

Löhr sah, wie Söntgenrath langsam den Kopf hob und wie er zitternd zu seiner Zigarettenpackung griff.

***

»Trotzdem! Glückwunsch, Jakob!« Esser hob sein frisch gefülltes Kölsch und stieß mit Löhr an. Jeder trank einen kleinen Schluck.

»Jetzt hör auf, so'n Gesicht zu schneiden, Rudi!« sagte Löhr.

»Ich? Was mach ich denn für ein Gesicht?«

»Du hast gerade ›Trotzdem!‹ gesagt.«

»›Trotzdem‹? Nee. Ich hab dir bloß gratuliert!«

»Wieso denn mir? Wir können *uns* gratulieren. Schließlich haben wir den Fall zusammen geknackt.«

»Na. Hab ich aber zum Schluß nicht allzuviel von gemerkt ...«, murmelte Esser.

»Ach, jetzt hab dich nicht so. Schön, ich hatte heut morgen vielleicht 'nen kleinen Informationsvorsprung ...«

»Einen *kleinen*?«

»Aber das war doch alles *spekulativ*, Rudi, was ich mir da am Wochenende zusammengetüftelt hab. Damit hätte ich doch nicht unter die Leute gehen können!«

»Nicht unter die Leute vielleicht. Aber *mir* hättest du schon das eine oder andere sagen können.«

»Aber *wann* denn, Rudi? Dazu war doch heute morgen überhaupt keine Zeit!«

»Dann hättest du mich gestern abend anrufen können.«

»Ich hab dir doch schon erzählt, daß Irmgard gestern zurückgekommen ist. Kannst dir ja vorstellen, was da los war!«

»Trotzdem«, murmelte Esser, immer noch weit davon entfernt, zufriedengestellt zu sein. Löhr atmete tief durch und legte dem Kollegen tröstend eine Hand auf die Schulter. Wenigstens diese versöhnliche Geste ließ Esser zu. Er nickte, so als ergebe er sich einem schweren Schicksal.

Nachdem Söntgenrath ein komplettes Geständnis der gemeinsam mit Lippegau begangenen Tat abgelegt und Krinke daraufhin die Existenz des Dachdeckerkartells und seine und Söntgenraths Beteiligung zugegeben hatte, war alles ganz schnell gegangen. Der Staatsanwalt war bereits bei Söntgenraths Geständnis dabei gewesen und hatte Haftbefehle gegen alle drei ausgestellt. Krinke und Söntgenrath waren vorübergehend ins Polizeigewahrsam am Waidmarkt gebracht und drei Kollegen von der Fahndung zur Verhaftung von Lippegau geschickt worden. Engstfeld hatte das von Löhr frühzeitig georderte Fäßchen Kölsch angeschlagen, Schuhmacher und ein paar andere Kollegen waren zu dem nach einer erfolgreichen Aufklärung üblichen Umtrunk in Essers und Löhrs Büro gekommen und nach einer halben Stunde wieder an ihre Arbeit gegangen. Jetzt waren die beiden allein, und Esser blickte schon seit etlichen Minuten sehr nachdenklich und schwieg. Schließlich seufzte er.

»Also gut, aber ein paar Fragen hätte ich doch noch, Jakob ...«

»Wußte ich doch, daß du nicht nachtragend bist, Rudi«, sagte Löhr, schritt beschwingt zum Kölschfäßchen und zapfte noch zwei Gläser.

»Wie bist du auf die Idee gekommen, daß der Henning der Hauptdrahtzieher in dem Kartell war? Also, ich hab doch auch das Dossier über ihn gelesen. Mir ist da nichts aufgefallen. Außer vielleicht, daß der Berichteschreiber den für einen Kotzbrocken hielt.«

»Nicht nur für 'nen Kotzbrocken, Rudi. Der hielt den für ein wirkliches Ekel, einen durch und durch kranken Charakter. Und vor allem für *habgierig*. Und das hat mich drauf gebracht.«

»Worauf?«

»Nachzubohren. – Einer, der so widerlich und so habgierig ist, wie das dieser Siegloch behauptet hat, der lebt doch nicht in so einer Wohnung wie der Henning! Der versteckt doch irgendwas. Und da gab es ein paar Anhaltspunkte. Denen bin ich hinterher. Und dann war's einfach.«

»Was denn für Anhaltspunkte?«

»Die Wallfahrten nach Italien! – Daß Henning so viele italienische Bücher über alte Villen und Antiquitäten im Bücherschrank hatte. Dann gab's da eine Anfrage an die Ambrosiana-Bank in Rom in seinen Kontoauszügen. Da hat's bei mir ›Klick‹ gemacht: der Henning versteckt Geld in Italien. Viel Geld. Und dann habe ich mich natürlich gefragt: Woher kommt das Geld?«

»Meine Güte«, Esser begann wieder mit seinem Kopfschütteln. »Dahinter hätte ich auch kommen können ...«

»Natürlich, Rudi! Natürlich hättest du auch dahinter kommen können.«

»Und wie hast du den Bruder vom Henning dazu gebracht, daß er dir erzählt, daß er als Strohmann eine Villa in Ostia gekauft hat, und daß der Henning die mit Antiquitäten vollgestellt hat?«

»Ich hab's ihm auf den Kopf zugesagt. Einfach 'n Schuß ins Blaue. Und das war 'n Volltreffer. Der Bruder kriegte Angst, daß er mit in die Sache hineingezogen würde, – von wegen Unterschlagung und Erpressung – und da hat er ausgepackt.«

»Hm«, machte Esser nachdenklich und grübelte eine Weile schweigend vor sich hin, während Löhr zwei weitere Kölsch zapfte.

»Habgierig!« murmelte Esser schließlich. »Der ist also hinter dieses Kartell gekommen und hat Krinke und Söntgenrath erpreßt.«

»Und nicht nur die, nehm ich an«, sagte Löhr. »Der Henning hat wahrscheinlich *jeden* erpreßt, zumindest die Dachdeckerbetriebe, die mit im Kartell waren. Und er hat an jeder Schraube gedreht, an die er ran konnte, um den Laden weiter in Schwung zu halten.«

»Ach ja? Zum Beispiel?«

»Zum Beispiel das Dach von St. Kunibert. Das war völlig in Ordnung. Bis Henning dem Kirchkonservator einen Tip gegeben hat, daß etwas mit der Neigung nicht stimme, und es so zu einem neuen Auftrag kam. Wieder ein paar Millionen, von denen Henning etliche Hunderttausend abzocken konnte.«

»Es ist nicht zu fassen!« sagte Esser, nahm das ihm von Löhr angebotene volle Glas und trank es mit einem Schluck zur Hälfte aus. »Kein Wunder, daß dann bei dem einen oder anderen Erpreßten irgendwann die Sicherung durchknallt.«

»Ja«, nickte Löhr. »So wie ich mir Henning vorstelle, wird der den anderen nichts übrig gelassen haben. Die dachten alle, sie hätten einen schönen kleinen Nebenverdienst, bauen sich davon Häuser oder machen sonst was damit – und dann kommt Henning – und nichts bleibt mehr übrig!«

»Wieso warst du eigentlich so sicher, daß Söntgenrath hinter dem Mord steckt? Hätte doch genau so gut Krinke sein können!«

»Weil der von allen am meisten Haß auf Henning haben mußte. Der hatte das stärkste Motiv.«

»Wieso? Krinke war auch pleite. Und Krinke hatte genauso viel Grund, Henning zu hassen.«

»Stimmt. Aber ich hab im Dossier über Söntgenrath das Kündigungsschreiben der PAX-Bank gefunden. Die haben ihm den kompletten Baukredit gekündigt, weil er die letzten drei Raten im Rückstand war. Der *mußte* Henning loswerden. Die einzige Chance, an richtiges Geld zu kommen, war für den, wieder mit Krinke allein die Schmiergelder von den Dachdeckerbetrieben zu kassieren. Dem ging's richtig an die Existenz. Noch ein, zwei Wochen, dann hätte er durch Henning alles verloren. Also hatte er den meisten Haß.«

»Hm«, machte Esser. Sie schwiegen eine Weile, Löhr trank beschwingt weiter sein Kölsch, Esser jedoch grübelte.

»Und Lippegau?« sagte Esser schließlich. »Wieso nimmt der Söntgenrath diesen Lippegau mit ins Spiel? Damit hatte er doch einen Mitwisser und einen potentiellen nächsten Erpresser mit am Hals?«

»Hast du dir Söntgenrath mal angeschaut? Wieviel der wiegt? Der ist 'n Zwerg. Und Henning war 'n Zweizentner-Brocken.«

»Nee, nee, nee. Das glaub ich nicht«, protestierte Esser. »Das war nicht der einzige Grund. Da muß noch was anderes dahinter stecken. Wenn's irgendwie möglich gewesen wäre, hätte Söntgenrath Henning allein um die Ecke gebracht. Hätte er sich eben was anderes ausgedacht, als Henning auf das Dach von Kunibert zu locken und runterzustoßen. Und sich dazu ausgerechnet noch den Typen auszusuchen, der eigentlich an seiner ganzen Misere schuld war, der ihn und Krinke bei Henning verpfiffen hat!«

»Da ist richtig«, sagte Löhr und stellte sein leeres Kölschglas ab. »Und das ist auch der komplizierteste Teil der Geschichte.«

»Aber du kannst natürlich auch das erklären!«

»Ach Rudi!« Löhr breitete die Arme aus. »Sei doch nicht so gehässig. Ich weiß es doch selbst bloß von Söntgenrath.«

»Was?«

»Warum Söntgenrath mit Lippegau sozusagen ein Bündnis geschlossen hatte. Natürlich nicht bloß, weil der Lippegau stärker und für so einen Mord geeigneter ist als er. Das war am Schluß nur noch das Tüpfelchen aufs ›i‹.«

»Ich weiß es!« sagte Esser und tippte Löhr gegen die Brust. »Wenn Lippegau einmal das Kartell verraten hat, tut er's auch noch mal. Wenn Henning beiseite geschafft worden ist, was könnte den daran hindern, zum Nachfolger von Henning zu gehen und Krinke und Söntgenrath noch einmal zu verpfeifen?«

»Genau, das war die Überlegung von Söntgenrath und wahrscheinlich auch von Krinke. Und die haben sie schon angestellt, bevor Söntgenrath den Plan faßte, Henning umzubringen.«

»Und deswegen haben sie Lippegau auch wieder ins Kartell reingenommen und Henning wird nichts dagegen gehabt haben, weil er genauso dachte wie sie: Lippegau hätte auch irgendwo anders über das Kartell singen können.«

»Also ist er für alle eine Gefahr, und also macht man ihn von einem bloßen Mitwisser wieder zu einem, der von der Sache profitiert!« Löhr grinste breit. »Und damit wäre unser Fall komplett geklärt.« Er schaute auf die Uhr. Es wurde langsam Zeit, daß er sich auf den Weg machte.

»Nein!« Esser schüttelte energisch den Kopf. »Überhaupt nicht! Ich seh immer noch kein Motiv für Lippegau, Henning umzubringen oder Söntgenrath dabei zu helfen, ihn umzubringen!«

»Tja.« Löhr ging zu einem der Fenster, wo er auf der Fensterbank das Protokoll des Verhörs mit Söntgenrath abgelegt hatte, nahm es auf und reichte es Esser. »Steht alles da drin. Ist vor allem wichtig, daß du das liest, bevor du nachher den Lippegau verhörst.«

»Was? Ich? Und was machst du?«

»Ich? Ich hab gleich 'ne Verabredung«

»Jetzt komm aber, Jakob! Du wirst mich doch nicht alleine ...«

»Es ist wichtig, Rudi.«

Esser sagte nichts, kniff die Lippen aufeinander und begann, das Protokoll durchzublättern.

»Also schön«, sagte Löhr, zog sich einen Stuhl heran, setzte sich verkehrt herum darauf, verschränkte die Arme über der Rückenlehne und sah Esser ins trotzige Gesicht. »Laßt uns kurz zusammen 'ne Strategie entwickeln.«

»Strategie?«

»Für das Verhör nachher.«

»Für *mein* Verhör.«

»Das du mit unserer *gemeinsamen* Strategie führen wirst.«

Esser sah Löhr mit versteinerter Miene an. Der erwiderte den Blick freundlich lächelnd. Schließlich gab Esser auf und zuckte die Schulter. »Also schön. Schieß los.«

»Söntgenrath hat behauptet«, Löhr wies auf das Protokoll in den Händen von Esser, »Lippegau und Henning seien da oben auf dem Dachboden von St. Kunibert in Streit geraten und dabei hätte Lippegau Henning aus der Dachluke herausgestoßen.«

»Und unten stand ganz zufällig der Lkw von Lippegau ...«

»Hab ich ihn auch gefragt. Söntgenrath behauptet, Lippegau hätte gar keinen Pkw, sondern führ nur mit seinem Lkw rum. Müssen wir überprüfen.«

»Von wegen Vorsätzlichkeit und Heimtücke.«

»Genau. Aber weiter: ich glaube dem Söntgenrath natürlich kein Wort. Denn erstens hatte der einen Plan, der hat Henning mit Absicht zu diesem Termin auf St. Kunibert bestellt ...«

»Wie eigentlich?« fragte Esser. »Wieso ist der Henning da überhaupt hingegangen? Der hatte doch einen Termin in Paderborn!«

»Genau das hab ich nicht rausgekriegt. Da hätte Söntgenrath ja zugeben müssen, daß er einen Plan hatte. Ich vermute, daß er Henning irgendwas in der Richtung gesagt hat, daß Lippegau die ganze Sache wieder auffliegen lassen wollte. Irgendwas, was Henning alarmiert und dazu gebracht hat, zum Treffen zu kommen statt nach Paderborn zu fahren.«

»Von mir aus ja. Aber du sprichst die ganze Zeit von Plan! Hatte der wirklich den Plan, Henning umzubringen? Wenn, dann hätte er doch seine Spuren vertuscht, zumindest hätte er nicht die Kippen auf dem Dachboden liegen lassen!«

»Der Mann war aufgeregt, Rudi! Der hatte zwar alles geplant, aber der hatte sich nicht mehr unter Kontrolle, als es dann wirklich passierte. Kann ich mir wenigstens nur so erklären. Und als es vorbei war, wollte er nichts wie weg.«

»Hm«, machte Esser und wog das Protokoll in seinen Händen. »Könnte alles so hinhauen. Bleibt nur noch die Frage, wieso Lippegau überhaupt mitgemacht hat, wieso der sich quasi zum Vollstrecker von Söntgenrath hat machen lassen.«

»Ja. Das ist meine Theorie.«

»Aber wieso, Jakob? Wieso?«

»Das mußt du nachher aus Lippegau selbst rauskriegen.«

»Der wird mir das natürlich auch sagen, ist ja logisch.«

»Deshalb brauchen wir eine Strategie für das Verhör, Rudi! – Also ich hab mir folgendes überlegt: Der Söntgenrath schiebt die Tat auf Lippegau und der wird es genau umgekehrt so machen ...«

»Kommt vom Strafmaß aufs gleiche raus. Anstiftung oder Beihilfe ...«

»Das Strafmaß ist doch im Moment nicht interessant, Rudi. Die Frage ist: warum? Und wie kommen wir dahinter? Also folgendes: Wenn du Lippegau brutal mit einem Mordverdacht konfrontierst, wird der, wie gesagt, alles auf Söntgenrath zu schieben versuchen.«

»Und weiter?«

»Der Lippegau hält sich für schlau. Ist er vielleicht auch. Aber der Mann ist primitiv! Der hat sich weniger unter Kontrolle als er denkt. Das hab ich gemerkt, als ich mit dem gesprochen habe. Der ist jähzornig, und wenn du seinen Jähzorn provozierst, verplappert er sich und er wird dir seine eigenen Motive als die von Söntgenrath ausgeben.«

»Versteh ich nicht!«

»Ich vermute, Söntgenrath hat den schon 'ne Weile lang heiß auf den Henning gemacht. Ihm erzählt, daß der von den Profiten aus dem Kartell nichts mehr übrig läßt, alles selbst abzockt und so weiter und daß mit Henning da nichts mehr zu holen ist und daß Henning also weg muß.«

»Das ist für Lippegau aber immer noch kein Motiv!«

»Ja. Und deswegen wird ihm Söntgenrath auch was versprochen haben. Zum Beispiel, daß er, wenn Henning weg ist, die dicksten Brocken in diesem Kartell abkriegt.« Löhr stand auf, ging zur Garderobe und angelte sein Jackett vom Haken.

»Und das soll ich alles aus dem Lippegau rauskriegen?«

»So ungefähr, ja.«

»Und ganz alleine?«

Löhr zog sich das Jackett über. »Du schaffst das schon, Rudi.«

Esser schüttelte mit bitterer Miene den Kopf.

»Ach übrigens, hätte ich fast vergessen«, sagte Löhr, während er seine Hand auf Essers Schulter behielt. »Die Geschichte mit dem Jungen hat sich aufgeklärt.«

»Ach nee! Und das erfahre ich so nebenbei?«

»Weber von der Sitte rief mitten in meinem Verhör an. Deswegen.«

Essers Miene blieb mißmutig. Löhr erzählte ihm alles, was er über den Neffen des Domprobstes erfahren hatte.

»Und weshalb hat Henning dann das Bild versteckt?« fragte Esser.

»Er hat's nicht versteckt, Rudi. Ich nehme an, daß der einfach das andere Bild drübergeschoben hat, nachdem er sich mit seinem Bruder in Bayern überworfen hat. Irgend so einen Grund wird das gehabt haben. Aber bei Gelegenheit können wir den Bruder ja noch mal genauer fragen.«

Esser nickte und schwieg. Löhr ließ seine Hand los und ging zur Tür.

»Und vielleicht«, sagte er, bereits die Türklinke in der Hand, »vielleicht überleg ich mir das auch noch mal mit dem Handy …«

***

Nein, so weit würde er nicht gehen, sich die Geschichte mit dem Handy noch einmal zu überlegen. Jedenfalls nicht im Augenblick. Im Augenblick war Löhr froh, das Kommissariat verlassen, den

Schmutz dieser Erpressergeschichte hinter sich lassen und sich anderem zuwenden zu können, bei dem er keineswegs durch ein dienstliches Handy-Piepsen gestört werden wollte. *Vielleicht* Erfreulicherem. Sein Plan war – zumindest auf den ersten Blick – durchaus plausibel und überaus menschenfreundlich. Die arme alte Tante Lisa sitzt den ganzen Tag in ihrem Rollstuhl und schaut sich dämliche Talkshows in der Glotze an. Der einzige, der sich um sie kümmert – wenn man da von *kümmern* sprechen kann –, ist diese professionelle Krankenpflegerin, die sich jedoch wahrscheinlich um nichts anderes kümmert als um die Medikamente und daß die Tante mal eine frische Unterhose kriegt. Ansonsten nur Talkshows. Tagein, tagaus. Morgens, mittags, abends. Einmal im Monat kommt vielleicht ein Verwandter mit ein paar »After-Eights« und ein paar Blumen vorbei. Ist doch kein Leben! Und *so* schlecht ist dieser Greggi nun auch wieder nicht. Bißchen runtergekommen. Aber ist doch klar, wenn man so alleine lebt. Wer würde da nicht verwahrlosen, wenn er in so einem Kabuff wie dem in der Palanterstraße alleine hocken und sich von Fritten und Bier ernähren würde? Und dann immer nur auf Premiere »Sports-World« gucken. Tagein, tagaus. Morgens, mittags, abends. Wäre doch eigentlich ideal, wenn die beiden noch mal zusammenfinden, zusammen die Einsamkeit des Alters überwinden würden. Vor allem für Tante Lisa wäre das ganz prima. Greggi könnte sie bei schönem Wetter ein bißchen spazierfahren oder was anderes mit ihr unternehmen, mit dem Bötchen nach Rodenkirchen oder in den Rheinpark. Das würde dann auch Greggi vielleicht mal auf andere Gedanken bringen. – *Andererseits*, andererseits natürlich sind das schon zwei Leben, die die beiden hinter sich haben, extremer konnten sie eigentlich nicht auseinanderlaufen. Lisa, die kleine, bescheidene Bäckereiverkäuferin, immer im Schoße der Familie, und Greggi, der jede Rennbahn und jedes Wettbüro im Umkreis von hundert Kilometern in- und auswendig kennt, der dort Vermögen verzockt hat, Vermögen, die er auf – na – jedenfalls nicht *allzu* kriminelle Art und Weise erworben hat, Greggi, der kleine Betrüger, der Aufschneider, der Weiberheld. Aber Greggi war ja jetzt nun auch nicht mehr der Alte. Vielleicht ließe sich da doch was machen. Zumal bei der Vergangenheit, die beide verband. Das war ja mal eine richtige Liebe gewesen …

Wieder so ein schöner, warmer, sonniger Tag. An solchen Tagen liebte Löhr Spaziergänge. Und außerdem kam das schöne Wetter seinen Plänen vollendet entgegen. Er war die Bäche stadtauswärts gegangen, hatte den Barbarossaplatz überquert und ging jetzt auf der rechten Seite die Luxemburger Straße hinunter, von der er nach rechts schließlich in die Sülzburgstraße einbog. Da verlangsamte sich sein bisher optimistisch ausgreifender Schritt. War das wirklich eine *richtige Liebe* gewesen, die zwischen Lisa Höveler und Gregor Hamacher?

Greggi hatte lange gebraucht, um sein Gedächtnis auf Trab zu bringen, sogar den Fernseher ausgeschaltet, um sich besser konzentrieren zu können. Ja, es war wohl so gewesen, wie Löhrs Mutter es ihm erzählt hatte: Gregor Hamacher und die sechzehnjährige Lisa hatten sich 1947 beim Hamstern auf dem Schwarzmarkt unter der Eigelsteintorburg kennengelernt, sich danach häufiger getroffen und ineinander verliebt. Über ein halbes Jahr lang »gingen« sie miteinander, wie Greggi sich ausdrückte. »Ich kann et jetzt noch vor mir sehen, – *so* en lecker Mädchen!« Aber dann war der Vater, Löhrs Opa Jakob, dahintergekommen. Wie, wußte Greggi auch nicht mehr. Auf jeden Fall erschien Lisa nicht zum verabredeten Stelldichein, sondern schickte ihre Schwester Helga mit der Botschaft, daß ihr der Vater für heute den Ausgang verboten hätte, und mit der Bitte um ein neues Stelldichein. Den ersten Teil der Nachricht überbrachte Helga, den zweiten, das bekam Greggi erst später heraus, verschwieg sie. Und – »jung, wie mir damals wore« – ging Greggi statt mit Lisa an diesem Abend mit Helga aus. Woraufhin Helga sich prompt ebenfalls in Greggi verliebte, und zwar »unsterblich«, wie Greggi betonte. Ob er Helgas Gefühle denn erwidert hätte? In dem Punkt konnte oder wollte Greggi sich nicht mehr so genau erinnern. Was bei ihm haften geblieben war, war, daß Helga ebenfalls »e lecker Mädchen« gewesen war mit »enem erstklassigen Figürchen«. Und weiter? Nun, Greggi »ging« mit *beiden* Mädchen. Jedenfalls eine Zeitlang, ein Jahr oder vielleicht auch anderthalb. Und natürlich so, daß keine etwas von der anderen wußte – »jung, wie mir damals wore.« Bis Helga dann das Doppelspiel durchschaute und nichts besseres zu tun hatte, als ihre Schwester Lisa beim Vater anzuschwärzen. Was ihr selbst keineswegs zum Vorteil gereichte. Denn der Vater, Opa Jakob, lauerte dem Liebespaar Gregor und Lisa beim nächsten Rendezvous auf, mit einem Knüppel in der Hand. Und der Kohlenhändler Jakob Höveler verdrosch mit diesem Knüppel den jungen Gregor Hamacher vor seiner Geliebten und unter den Augen seiner besten Freunde – man hatte sich vor der Kneipe »Zum höchsten Punkt« in der Mariagartengasse versammelt – daß Gregor, zutiefst gedemütigt, sich nie mehr blicken ließ. Weder bei Lisa – noch bei Helga.

War das nun eine Liebesgeschichte gewesen? Zweifellos ja. Lisa hatte Greggi ihr Leben lang geliebt. Greggi und niemanden anders. Sie hatte still ihre erste Jugendliebe in sich eingeschlossen. Das Foto in ihrer Devotionaliensammlung war der schlagende Beweis. Aber daß sie es erst nach Helgas Tod dort aufgehängt hatte, das zeugte davon, daß die Geschichte komplizierter war. Denn vermutlich hatte Helga diesen Greggi ebenso geliebt wie Lisa, auf eben die gleiche oder zumindest eine sehr ähnliche Art und Weise. Der Ausdruck seiner Mutter von wegen dem *»Herehemp«* hatte unter diesem Aspekt nun keinen allzu witzigen Beiklang mehr. Witzig war die Geschichte eigentlich überhaupt nicht. Auch wenn er über den feschen zwanzigjährigen Gregor inmitten der Mutter-Gottes-Galerie zuerst gelacht hatte. Plötzlich durchfuhr es Löhr siedendheiß. Mitten auf der Kreuzung von Sülzburg- und Berrenrather Straße blieb er stehen. Denn mit einem Mal war ihm klargeworden, *warum* Tante Helga damals nach Lisas Schlaganfall zu ihrer Schwester gezogen war. Rache! Die beiden Schwestern mußte nicht nur die lebenslange heimliche Liebe zu Gregor, sondern ebenso ein heimlicher Haß aufeinander verbunden haben. Und, als sich durch Lisas Schlaganfall die Gelegenheit zur Exekution dieser Rache ergab, hatte Helga sie beim Schopf ergriffen und war – wahrscheinlich gegen deren ebenso erbitterten wie ohnmächtigen Widerstand – bei ihr eingezogen. Das gemeinsame Leben der beiden Frauen mußte die Hölle gewesen sein! Tante Irmi mußte das gewußt, zumindest geahnt haben, sonst wäre sie wohl nie auf die Idee gekommen, Lisa könnte Helga umgebracht, vergiftet haben. Die Fußgängerampel war seit geraumer Zeit auf Rot umgesprungen, und die Autofahrer drückten wie von Sinnen auf ihre Hupen. Löhr spurtete auf die andere Straßenseite.

»'ne Spaziergang? Wie kommste denn dadrauf, Jakob?«

»Es ist *so* ein schönes Wetter da draußen, Tante Lisa«, sagte Löhr, »das wär 'ne Schande, wenn man da nicht ein bißchen an die frische Luft gehen würde.«

»Ich weiß nit. Ist dat nit viel zu kalt?«

»Die Sonne scheint, Tante Lisa! Es ist Sommer und richtig schön warm draußen!«

»Aber ich erkälte mich doch so schnell, Jakob!«

»Dann nehmen wir dir ‘ne Decke mit. Die legst du dir dann über, wenn's dir wirklich zu kalt wird.«

»Wie sieht dat dann aus? Ich in ‘ner Decke im Rollstuhl? Ich weiß et nit ...«

»Dann nehmen wir eben keine Decke, dann ziehst du dir nur ein Strickjäckchen über, das kannst du dann wieder ausziehen, wenn's dir zu warm wird.«

»Ach, mein Strickjacken sind alle eso wat von vimschig, dat ist alles nix mehr ...«

»Wir werden bestimmt eine finden, die noch schick ist, Tante Lisa. Wo hängen die dann, deine Strickjacken?«

Nach einer halben Stunde hatte Löhr es schließlich geschafft und rollte Tante Lisa in ihrem Rollstuhl auf die Gustavstraße hinaus. Langsam, damit sie alles sehen konnte, fuhr er sie in Richtung Palanter Straße. Als sie auf ihr Elternhaus zukamen, verlangsamte Löhr die Fahrt und vergewisserte sich, daß auch die gesunde Gesichtshälfte Tante Lisas dem Haus zugewandt war. Als sie vor dem Haus anlangten, stoppte Löhr die Fahrt.

»Wat is, Jakob? Warum bleibste stehen?«

»Ich dachte, du wolltest dir das Haus anschauen, dein Elternhaus, sehen, was sich vielleicht dran verändert hat?«

Tante Lisa wandte ihr Gesicht ganz dem Haus zu, nickte schließlich und sagte »Ja, ja. – Von mir aus können wir jetzt weiterfahren.«

Nach ein paar Metern fragte Löhr: »Macht es dir denn keinen Spaß, das alles noch mal wiederzusehen hier, Tante Lisa? Du warst doch bestimmt schon ein Jahr nicht mehr richtig draußen auf der Straße. Hier hat sich doch ‘ne Menge verändert in den letzten Jahre.«

»Doch, doch«, sagte Tante Lisa ohne jede Begeisterung. »Macht mir schon Spaß.«

Die nüchterne Antwort stimmte Löhr sehr bedenklich, schweigend schob er den Rollstuhl weiter. Als sie in die Palanter Straße eingebogen waren und sich allmählich dem de-Noel-Platz näherten, *mußte* er endlich das Gespräch auf Greggi bringen. Er verlangsamte die Fahrt und beugte sich beim Gehen zu seiner Tante hinunter.

»Sag mal, Tante Lisa. Der junge Mann, von dem du das Foto in deinem Wohnzimmer aufgehängt hast ...«

»Der Gregor«, sagte Tante Lisa, fast unhörbar.

»Genau, der Gregor!« sagte Löhr. »Du hast letztens gesagt, du wüßtest nicht, ob der noch lebt, ob es den überhaupt noch gibt ...«

»Nee. Weiß ich auch nicht«, sagte Tante Lisa.

»Und was würdest du sagen«, Löhr war mitten auf dem Bürgersteig, auf der Ecke zum de-Noel-Platz stehengeblieben, ging um den Rollstuhl herum, um seine Tante von vorn ansprechen zu können. »Was würdest du sagen, wenn ich dir sage, daß ich rausgekriegt hab, *daß* es den noch gibt?«

Das linke Auge von Tante Lisa richtete sich konzentriert auf Löhr, auch wenn auf ihrem Gesicht immer noch dieses etwas hämische Grinsen blieb. Es war absolut nicht auszumachen, was sie dachte, nur ihr gesundes Auge schien bis in die letzten Windungen von Löhrs Gehirn zu fokussieren.

»Ich weiß et nit ...«, sagte sie schließlich zögernd.

»Und was würdest du sagen, wenn dieser Gregor da drüben vor dem Restaurant auf der Terrasse sitzt?«

Darauf schwieg Tante Lisa, und Löhr konnte sehen, daß sie weiter schweigen würde, daß es keinen Zweck haben würde, noch etwas aus ihr herausholen zu wollen.

»Was hältst du davon, Tante Lisa«, sagte Löhr schließlich zögernd, »wenn wir jetzt einfach mal an dem vorbeifahren und uns den mal ansehen? Was meinst du?«

Tante Lisa sagte nichts. Was auch ein »Ja« hätte bedeuten können. Löhr interpretierte ihr Schweigen jedenfalls so. Warum hatte er sich schließlich die ganze Mühe gemacht? Er ging um den Rollstuhl herum und schob ihn weiter. Tante Lisa protestierte nicht. Also doch ein »Ja«?

Wie verabredet, saß Greggi an einem Tisch auf der Außenterrasse des »Gallo Nero«, vor sich ein halb leeres Glas Weizenbier. Greggi trug einen dunkelbraunen Anzug mit nur ein ganz klein wenig zu breiten weißen Längsstreifen, dazu ein fliedergrünes Hemd und eine violette Krawatte. Sein Silberschopf war heute mittag wirklich äußerst kunstvoll um den kahlen Schädel drapiert. Als Greggi sah, wer da so langsam an ihm vorüberzog, wandte er, wieder wie verabredet, den Kopf ein wenig ab, so, daß Tante Lisa sein Profil sehen konnte. Ein letztendlich doch immer noch einigermaßen beeindruckendes Profil, meinte Löhr. Und tatsächlich wandte Tante Lisa dem Profil Greggis ihr ganzes Gesicht zu. Löhr verlangsamte die

Fahrt. Tante Lisa war jetzt zehn, fünfzehn Schritte von Greggi entfernt. Löhr fuhr noch langsamer, so daß der Rollstuhl fast zum Stillstand kam. Greggi tat immer noch so, als schaue er irgendwohin in die Ferne und sähe rechts und links um sich herum nichts.

»Fahr weiter«, sagte Tante Lisa leise.

Und als sie ein paar Meter weiter gefahren waren, hörte Löhr sie murmeln: »Dat Foto ist mir genug.«

Vom gleichen Autor im Emons Verlag

»Mit vorbehaltlosem Blick und liebevoller Anteilnahme zeichnet der Autor Menschen, die zu kurz gekommen sind ... und das in einer Mischung aus Reportage und Chronik zugleich.«
Kölner Bilder-Bogen

Klüttenmann
Gesammelte Geschichten aus dem Halbschatten
Köln Bibliothek 2
Klappenbroschur
ISBN 3-89705-129-X
335 Seiten, 63 Abbildungen, 24,80 DM

»Ein starkes Stück Großstadtliteratur.«
Express

Schmahl
Köln Krimi 7
Paperback
ISBN 3-924491-31-3
150 Seiten, 16,80 DM

Vom gleichen Autor im Emons Verlag

»Meisenberg holt mit ›Haie‹ ein Stück große weite Welt zurück an den Rhein. Böse, böse dekonstruiert Meisenberg darin den täglichen Wahnsinn des Klüngels.«

Speakeasy

Haie
Köln Krimi 11
Paperback
ISBN 3-924491-66-6
220 Seiten, 16,80 DM

»Ein Melodram mit knisternder Erotik zwischen durchgeknallten Schreibern und abgebrühten Produzenten. Sex und Crime pur!« *Bild Köln*

Leidenschaft
Köln Krimi 15
Paperback
ISBN 3-89705-125-7
260 Seiten, 16,80 DM